Matthias Wittekindt wurde 1958 in Bonn geboren und lebt heute in Berlin. Nach dem Studium der Architektur und Religionsphilosophie arbeitete er in Berlin und London als Architekt. Es folgten einige Jahre als Theaterregisseur. Seit 2000 ist er als freier Autor tätig, schreibt u.a. Radio-Tatorte für den NDR. Für seine Hörspiele, Fernsehdokumentationen und Theaterstücke wurde er mit zahlreichen Preisen ausgezeichnet. Bei Edition Nautilus erschienen bisher die Kriminalromane **Schneeschwestern** (2011), **Marmormänner** (2013), **Ein Licht im Zimmer** (2014) und **Der Unfall in der Rue Bisson (2016)** mit demselben Ermittlerteam. Für **Marmormänner** wurde er mit dem 3. Platz des Deutschen Krimipreises 2014 ausgezeichnet.

Matthias Wittekindt

DIE TANKSTELLE VON COURCELLES

Kriminalroman

Edition Nautilus

Edition Nautilus GmbH
Schützenstraße 49 a
D-22761 Hamburg
www.edition-nautilus.de

Originalveröffentlichung
Erstausgabe März 2018
Umschlaggestaltung:
Maja Bechert, Hamburg
www.majabechert.de
Autorenporträt Seite 2:
© Wenke Seemann
Druck und Bindung:
CPI – Clausen & Bosse, Leck
1. Auflage
ISBN 978-3-96054-070-0

Lou

Dünne Beine sind für ein Mädchen kein Grund, sich geschlagen zu geben. Vor allem dann nicht, wenn das Mädchen erst neun Jahre alt ist und noch nie über seine dünnen Beine nachgedacht hat.

So war Lou ein paar Jahre vor den blutigen Ereignissen an der Tankstelle von Courcelles einfach nur ein klapprig dürres Kind, das ein hellgrünes Fahrrad mit einem ebenfalls klapprigen Gepäckträger besaß. Ihr erster richtiger Freund – so nannte sie ihn – war so alt wie sie.

»Wie heißt du?«

»Fabien, ich wohne oben in der Rue Bonaparte.«

»Tolles Fahrrad, wie viele Gänge?«

»Fünf.«

Fünf Gänge, das war 1978 ganz gut für ein Fahrrad, das von Lou hatte nur drei. Die brauchte es auch, denn die wenigsten Wege in Courcelles sind eben, und Lou liebte es, sich und ihr Fahrrad mit hochrotem Kopf und brennenden Augen über steilste Waldwege und Trampelpfade auf den Berg hinter der Stadt hochzuquälen, um sich dann in halsbrecherischem Tempo ...

»Hör auf, Mama, ich falle nicht. Außerdem ist es mein Fahrrad.«

Da hatte sie vollkommen recht, sie stürzte nie. Und wenn es mal passierte, waren es höchstens ein paar Schrammen oder eine Beule am Kopf. Nur einmal war es schlimmer, da konnte Lou eine Woche lang ihren Kopf nicht mehr drehen. Zum Glück merkte es niemand, und davon abgesehen machte man in Courcelles auch nicht aus jedem Wehwehchen gleich eine große Sache. Man nahm auch an, schwere Verbrechen würden woanders geschehen.

Schon bald beherrschte Lou ihr Fahrrad, als wäre es ein Teil von ihr. Selbst engste Kurven nahm sie wie eine Rennfahrerin. So wie sie wagte das niemand. Außer Fabien, der allerdings immer aufs Neue stimuliert werden musste.

»Jetzt trau dich doch mal richtig, dann bist du auch schneller.«

Fabien hatte Übergewicht und die Angewohnheit, stets durch den offenen Mund zu atmen. Überhaupt schloss er den Mund nur selten, was ihn dümmer aussehen ließ, als er war.

»Einfach runter, Fabien. Richtig treten. Und nie auf die Bremse.«

War das bereits ein Hinweis auf Stärke? Hatte Lou schon damals mehr Mut, mehr innere Kraft als andere, übte sie sich auf diese Weise darin, über Widerstände, gleich welcher Art, hinwegzugehen?

»Und was machen wir jetzt?«

»Dir fällt auch nie was ein, Fabien. Du bist richtig dumm.«

»Ja, aber was machen wir jetzt?«

»Wir könnten den Berg noch mal runterfahren.«

Auch mit zehn wusste Lou noch nichts von der Verantwortung, die es bedeutet, ein Leben zu führen, sie jagte einfach auf ihrem laut klappernden Fahrrad herum, und nicht selten sagten dann irgendwelche Alten hinter einer Buchsbaumhecke, ohne sie überhaupt zu sehen: »Das ist die Kleine von den Bateliers.«

Nie zog sie die Schrauben ihres Gepäckträgers an, immer war anderes wichtiger. In dieser Weise, also klappernd, klapperte Lou nach und nach die nähere Umgebung von Courcelles ab, sah Störche, ein verbrauchtes, abgemagertes Pferd und die alte Mühle, oben am rauschenden Bach.

Der kleine Ort, in dem Lou 1969 geboren wurde, liegt am Fuß eines langgestreckten steilen Walls, einer Riesenwelle ähnlich, den manche großmütig als Vorgebirge der Vogesen bezeichnen. Wegen dieser mit hohen Buchen bestandenen Welle, die sich

120 Meter über den Ort erhebt, heißt die Stadt Courcelles-la-Montagne. Doch niemand hier benutzt diese Bezeichnung.

Und vor der Welle? Wenn man nach Süden blickt, was ist da? Nun, ein Tag, wie er charakteristisch ist für die Gegend, für die Jahreszeit.

Der nächtliche Regen hat gegen drei Uhr morgens aufgehört. Um kurz nach vier dämmert es, und man weiß, der Asphalt, der wird heute weich werden. Noch ist es nicht so weit, noch hocken sie. Auf den Ästen der Bäume. Regungslos. Vögel. Ihr schwarzes Gefieder, in den kühlen Böen des Morgenwinds gesträubt, schluckt alles Licht.

Hinter ihnen, so weit das Auge blickt, dehnt sich das Land in schattig grünen Wellen. In dieser Struktur zeichnen sich auf den Wölbungen der Hügel bereits erste tiefviolette, teils roséfarbene Flecken ab, die an der Linie eines geschwungenen Horizonts mit den noch unbestimmten Farben des Himmels verschmelzen. Dazu schlanke Pappeln um einzelne Gehöfte herum. Vieh. Noch trüb und träge. Das ist die Ebene vor dem Wall, der Courcelles im Sommer bereits ab 15 Uhr beschattet. Die Ebene, die Vielfalt der Farben, das alles müsste viel genauer beschrieben werden, um einen Eindruck zu geben, denn es ist ja so: Erst auf dem Gipfel des Besonderen zeigt sich das Allgemeine. Das gilt wohl auch für Gesellschaften.

Nun aber der Tag. Die Stunden vergingen, die Temperatur stieg. Und am Nachmittag erklärte Lou, rot und verschwitzt: »Ja, Fabien, du bist schneller geworden, aber du bremst immer noch in der Knüppelkurve. Warum?«

Er antwortete so hastig, als hätte er auf die Frage gewartet: »Weil ich da am meisten Angst habe.«

»Wovor?«

»Dass ich wegrutsche und falle und sterbe, es geht da fünf Meter runter.«

Lou hatte nie über diese Gefahr nachgedacht, und warum die Schlucht Wolfsschlucht hieß, wusste nicht mal ihre Lehrerin.

Jedenfalls war da ein baumfreier Kratzer, und dank dieses Kratzers, der von Weitem aussah, als hätte eine riesige Kreatur mit langen Fingernägeln einmal mit ihrem Zeigefinger am Berg runtergeratscht, konnte man von der Knüppelkurve aus den östlichen Ortsausgang von Courcelles sehen, den Bereich, in dem die Lagerhäuser der Spedition Larousse standen. Auf der anderen Straßenseite erkannte man sogar noch die spurdurchzogenen Stellplätze. Manchmal parkten dort dreißig LKWs und manchmal nur drei.

»Trau dich, Fabien! Du hast eine 5-Gang-Schaltung. Wenn du es schaffst, in der Knüppelkurve nicht zu bremsen, bist du schneller als ich.«

»Ich hab aber Angst.«

»Los! Ohne Angst.«

Courcelles könnte schön sein. Einige Häuser jedenfalls bieten einen Anblick, den Touristen für gewöhnlich als ästhetisch und passend empfinden, da die uralten Behausungen aus dem Gestein des Bergs bestehen, ihm sozusagen entrissen wurden. In der Kirche steht eine kostbare Figurengruppe aus dem vierzehnten Jahrhundert, die zeigt die Anbetung der Heiligen Jungfrau durch die Hirten und Tiere. Lou hat dieses Meisterstück eines Unbekannten oft betrachtet, denn ihre Tante war eine eifrige Kirchgängerin.

So schlicht, so bunt, so klar. Das Kunstwerk mit der Jungfrau, den wüsten Männern und den wilden Tieren hatte ihr anfangs mehr Angst gemacht als das Bild des Gekreuzigten, das mit dem brennenden Busch oder das mit den Schädeln, den Scheiterhaufen, den prasselnden Heuschrecken, der Flutwelle oder dem Kopf auf dem Tablett. Trotzdem blieb sie stets so lange vor der Figurengruppe stehen, dass ihre Tante sie rufen musste, nachdem sie die Kerze für ihren Vater Emile entzündet und gebetet hatte.

Turmfalken umkreisen den Kirchturm, sie gehören noch heute ins Bild.

Leider wurde die Kirche wie die meisten Gebäude in Courcelles irgendwann verputzt und in falschen Farben gestrichen. Überhaupt, die Farben: Purpur, Gold, Grün bis ins Graue hinunter, zwischendrin ein von innen heraus leuchtendes, beinahe kristallines Rosa, schnell vernichtet von einem alles überstrahlenden Weiß, irisierend, schimmernd und in Wirbeln flimmernd über den Maisfeldern, tief unten in der Ebene, auf die Lou ihren Blick damals richtete. Diese Farben sind alle falsch, übersteigert bis an die Grenze zum Aggressiven, unter dem Licht einer Sonne, die alle Konturen verflacht, Linien auflöst und selbst Vögel, Kühe und Schweine zu Boden drückt. Aber morgens! Und erst recht abends. Da kommen die Farben und Konturen zurück, da erheben sich die Tiere, und die Kühe legen ihre Köpfe weit in den Nacken. Das Spiel dauert nur zehn, fünfzehn Minuten. Lou fuhr oft auf den Berg, um diese Verwandlung der Welt zu betrachten.

Aber was sah sie? Was empfand sie? Hat ein Kind wie Lou schon ein Gefühl für Zeit? Für Abstraktion? Für Verantwortung und Mitleid? Hatte man ihr das bereits beigebracht? Oder dachten ihre Eltern: ›Lassen wir ihr ein paar schöne Jahre, schließlich ist sie ein Mädchen.‹

»Was ist los, Fabien? Warum weinst du?«

»Ich wäre fast in die Wolfsschlucht gestürzt. Dann wär ich jetzt tot!«

»Du hast ein besseres Fahrrad als ich und schaffst es trotzdem nicht?«

Ein Ast bewegte sich, ein Lichtstrahl fiel auf sein knallrotes Fahrrad.

»Pass auf, Fabien, wir tauschen die Räder. Du gibst mir deins und ich gebe dir meins.«

»Für immer?«

»Überleg's dir. Und mach den Mund zu, da fliegen sonst Fliegen rein, und das ist schlimmer als tot.«

Eine Stadt ist Courcelles nur der zahlenmäßigen Definition

nach, der Charakter ist eher der eines Straßendorfs. Die traufständigen, ungegliedert zweigeschossigen Bauten bieten selbst im Sommer ein schwaches, beinahe freudloses Bild, wirken, indem sie die Perspektive betonen, als wollten sie den Besucher möglichst schnell durch den Ort hindurchleiten. Die Gebäude folgen dabei im Wesentlichen der Rue Fleurville. Die führt von Metz über Courcelles und Avondville zur nächstgrößeren Kreisstadt, also nach Fleurville. Und da ist man dann fast schon in Deutschland.

»Jetzt fahr los, Fabien, es wird gleich dunkel!«

»Nein!«

»Fahr! Ein letztes Mal.«

»Aber du bist Schuld, wenn was passiert.«

Auf dem Abschnitt zwischen Avondville und Fleurville verläuft die Straße ein Stück weit parallel zum Canal de Songe, einer bis zum Ende der zwanziger Jahre bedeutenden Wasserstraße, die, wie Lou und Fabiens Lehrerin ihnen in Heimatkunde beigebracht hatte, 1879 von einem deutschen Ingenieur mit einem unstillbaren Kummer erdacht wurde und seither zwei große Flusssysteme verbindet. Eine stark verblichene Fotografie des Deutschen hängt noch heute im Rathaus von Avondville zwischen zwei alten Türen, die selten geöffnet werden, und wer sich mit Menschen auch nur ein wenig auskennt, wird schnell erspüren, dass dieser Ingenieur wohl vor allem auf Grund einer nie endenden Traurigkeit im Leben so viel erreicht und geschaffen hat. Lou war mal mit ihrer Klasse dort gewesen, und ihre Lehrerin hatte einige Zeit suchen und rufen müssen, ehe sie Lou vor der Fotografie fand, die sie in einer Weise, einer Körperhaltung betrachtete, als würde es so etwas wie Zeit oder Eile für sie nicht geben.

Nachdem sie mit dem Berg fertig war, gefiel es Lou, mit ihrem Fahrrad haarscharf an der steilen Böschung des Canal de Songe entlangzufahren. Sie freute sich, wenn massenhaft Frösche ins Wasser zwischen die Schlingpflanzen sprangen oder ein Reiher aufflog, nur um sich, faul wie diese Tierart nun mal ist, nach einer kurzen Gleitphase auf der anderen Seite wieder ins Schilf zu stellen.

»Wir sind keine Freunde mehr. Tut mir leid, Fabien, das ist jetzt für immer.«

Fabien fing an zu weinen, als Lou das sagte, und ... hatte sie ihn nicht schon halb vergessen, als er fragte: »Warum?«

»Weil dir nie was einfällt und weil du nie richtig weit von zu Hause wegdarfst.«

»Und mein Fahrrad?«

»Wir haben getauscht.«

Aber war das ein Tausch? Nicht eher ein Diebstahl, eine List? Ein gemeines Austricksen zumindest. Fabiens Eltern jedenfalls sahen das so, und Lou musste das Rad zurückgeben. Aber warum hatte sie so etwas Gemeines überhaupt gemacht? Wirkte da eine Substanz, die ihr mitgegeben war? Nun, sie wurde bestraft, denn man nahm ihr das Fahrrad ja wieder weg, und ihr Stiefvater erklärte Lou sehr genau den Unterschied zwischen richtig und falsch. Sie wirkte nach seiner Ansprache tatsächlich einen Moment lang bedrückt. Nur warum? Weil sie sich schämte? Oder weil sie das Fahrrad zurückgeben musste?

Die Unterhaltung mit ihrem Stiefvater dauerte lange, und er ergänzte seine Lehre von richtig und falsch, nachdem Lou sich die Zähne geputzt hatte und im Bett lag, mit einem Märchen, das von fremden Wanderern handelte, die von Dorf zu Dorf zogen, um dort zu arbeiten.

»Unter diesen Wanderern gab es zwei, die nachts in Häuser eindrangen und dort Dinge taten ...«

Dinge, die er in der Geschichte mit Worten beschrieb, die Lou nicht kannte. Als ihr Stiefvater an dieser Stelle war und Lou anfing, am Fingernagel ihres rechten Daumens zu knabbern, meinte er, es sei für heute genug.

»Nein, weiter. Nur noch ein bisschen.«

»Aber wirklich nur noch ein bisschen.«

Am Ende des Märchens verbrannten zwei von den Wanderern, weil plötzlich Flammen aus den Wänden und allen Fenstern und Türen des Hauses herausgesprungen kamen, in dem sie gerade gewütet hatten.

»So standen die beiden zum Schluss eng umschlungen ganz oben auf dem Schornstein, wo sie dann in Flammen aufgingen und verschwebten.«

Lou stellte sich wie immer alles ganz genau vor, und dabei zeigte sich zum ersten Mal eine Begabung. Sie verlangsamte das Geschehen, verfremdete es auf diese Weise. Das Bild von den beiden Männern, die eng umschlungen auf dem Schornstein im Feuer tanzten, wirkte auf sie ebenso stark, wie die Vorstellung von Flammen, die ›lecken‹. Vor allem aber das Wort ›verschwebten‹ prägte sich ihr ein, weil sie es vorher noch nie gehört hatte. Es verband sich in ihrem Verstand mit dem Bild eines roten Fahrrads.

Nachdem Lous Stiefvater ihr noch einen Gutenachtkuss gegeben und sie das Licht ihrer Nachttischlampe gelöscht hatte, war es so dunkel, dass man von einer vollkommenen Schwärze sprechen kann.

Aus dieser Schwärze heraus entsteht an einem anderen Ort etwas Neues. Zunächst sieht man nur bräunliche Flecke sowie einige geradlinige Konturen, die keinen Sinn ergeben. Es dauert fast eine Minute, bis man erkennt, dass hier ein großer Stellplatz für LKWs zu sehen ist. Der Boden besteht aus getrocknetem Lehm, darin tiefe Spuren von Fahrzeugen, die rangiert haben oder abgestellt waren.

Eine Weile bleibt es so, und man möchte fast an ein zufälliges nächtliches Stillleben ohne Bedeutung denken. Dann aber fährt von links ein Transporter ins Bild. Eine Schiebetür wird geöffnet, sieben Männer steigen aus. Da sich die Augen inzwischen an das schwache Licht gewöhnt haben, erkennt man, dass es sich bei dem Transporter um einen Ford Transit handelt, und zwar einen der Serie, die in Belgien gebaut wurde. Eine präzise Angabe, und doch ist genau in diesem Moment Vorsicht geboten, denn nächtliche Bilder dieser Art werden vom Verstand schnell für Teile einer Geschichte gehalten und in Vorstellungen eingepasst. Was das Auge in diesem Moment wirklich sieht, also die Linien, Farbflächen, Körper, ist aber nicht das, was die Existenz dieser Männer ausmacht.

Jetzt gehen sie auf ein altes Gebäude zu, wobei sie eine ordentliche Dreier- und Vierergruppe bilden. Ihre Kleidung ist, was die Farben angeht, schlecht zusammengestellt. Gleichzeitig hat aber die Art, wie sie sich bewegen, etwas Geordnetes, wirkt militärisch. Der Fahrer, der die sieben angeführt hat, sagt zwei Worte...

»You wait.«

...und entfernt sich.

Die er zurückgelassen hat, versammeln sich vor dem Gebäude, das kaum mehr als ein Schatten vor einer anderen Dunkelheit ist. In diesem Versammeln zeigt sich eine Präzision, als hätten die Männer das Zusammenstellen in Formationen längere Zeit geübt, als sei es ihnen zur zweiten Natur geworden.

Das Gebäude, vor dem sie stehen, hat zwei kleine, stark eingetrübte Fenster, in denen sich Sprossen kreuzen, Fenster, wie man sie häufig an Schuppen oder alten Lagerhallen sieht. Durch diese Fenster dringt kaum Licht. Daher wirken die Flammen der Feuerzeuge, die nun eine nach der anderen emporspringen, größer, als sie in Wirklichkeit sind. Das überhelle Licht dieser Flammen frisst sich ins Bild, wobei die weißen Fraßpunkte ähnlich Wurzeln oder dem Rhizomgeflecht eines Pilzes organisch wuchern, bis sie das gesamte Bild ausfüllen.

Claire

Was für ein Wetter. Die Sonne ist so hell, die Luft so klar, dass man die Augen zusammenkneifen muss.

Als Lou im Spätsommer anfing, den Canal de Songe zu erkunden, war Fabien nicht mehr dabei. Sie fuhr jetzt mit Claire. Und an diesem Tag, der so glühend war, dass die Straßen weich wurden ...

»Guck mal, Claire, du kannst mit der Hacke reintreten und ein Loch machen.«

… an diesem glühheißen Tag mit den weichen Straßen passierte es. Claire fiel, weil sie einer Ringelnatter ausweichen wollte, in den Canal de Songe. Als sie zwischen den Schlingpflanzen wieder auftauchte und herumstrampelte, sah das so lustig aus, dass Lou zuerst gar nicht begriff, dass ihre Freundin nicht schwimmen konnte. Sie lachte sich tot, weil Claire sich doch immer so hatte, mit ihren Lackschühchen und ihren schön frisierten und geflochtenen Haaren. Erst als die Freundin unterging, erschrak Lou, sprang hinein und zog sie ans Ufer. Das war mutig, denn Lou konnte ja selbst kaum schwimmen.

Nach der Rettung war Claire ganz zittrig gewesen. Lou musste sie in den Arm nehmen und eine Weile an sich pressen, ehe es besser wurde. Auch für sie selbst, denn Lou hatte vorher noch nie daran gedacht, dass jemand, der so alt war wie sie, sterben könnte. Als sie Claire dann aber zum dritten Mal erzählte, wie sie ausgesehen hatte, mit all den Schlingpflanzen im Gesicht, musste die lachen und behauptete, sie sei nun eine Andere.

Alles kam schließlich ein wenig zur Ruhe, die Mädchen saßen nass, wie sie waren, im Gras zwischen Kanal und Straße und sprachen nicht mehr. Lou beschirmte ihren Blick mit der Hand, musterte die Landschaft. Musterte, denn es war kein schweifender, auch kein bewertender Blick, sie analysierte Farben und Formen, als gälte es ein Bild zu beschreiben.

›... blau, grün und ocker. Blau ist der Himmel, grün und ocker das Maisfeld darunter. Hinten links ganz am Rand ein Wald ...‹

Der Canal de Songe war aus dieser flachen Perspektive nicht zu sehen, dafür die graue Teerdecke einer Straße, schnurgerade wie der Kanal. Die leicht gewölbte Straße führte in der Mitte des Bilds in die Tiefe, wurde dabei immer schmaler. Ein weißer VW-Bus mit blinden Scheiben stand am Rand.

›... keine Vögel, kein schnüffelnder Hund, keine Katze, es ist denen zu heiß ...‹

Da es zudem vollkommen still war, meinte Lou nach einer Weile ein feines Rieseln und Knistern zu hören, ein Geräusch, das für sie klang wie ...

Ein plötzlicher Einfall unterbrach ihre Betrachtung.

»Komm, Claire.«

»Wohin?«

»Zeig ich dir. Fährt dein Fahrrad noch?«

»Denke ja.«

»Dann komm. Zur Schäferbrücke ist es nicht weit.«

Das Trocknen ihrer Kleidung im Maisfeld oben am Dohlenwald war ihnen vorgekommen wie ein einzigartiges Abenteuer mit viel Kitzeln und Lachen. Und so entschieden Lou und Claire, dass sie von diesem besonderen Tag nie jemandem erzählen würden.

Als die Sachen halbwegs trocken waren und sie zu ihren Fahrrädern zurückkehren wollten, verirrten sich die beiden im Maisfeld. So stießen sie auf eine Fläche, wo die Pflanzen niedergetrampelt waren. Die Fläche war nahezu kreisrund und hatte einen Durchmesser von sieben Metern. Aber nicht deshalb standen Claire und Lou da wie erstarrt.

In der Mitte dieser Fläche lag eine Hose. Und sie lag da, als hätte man sie sorgfältig drapiert. Auf die Mädchen wirkte das Kleidungsstück, als habe jemand extra für sie ein unerklärliches

Geheimzeichen, ähnlich einem fremden Buchstaben, hinterlassen. So dauerte es nicht lange, und die doch eigentlich sehr schlichte Hose verwandelte sich in eine Geschichte, die von der Landung eines Raumschiffs handelte. Lou und Claire steigerten sich so in diese Möglichkeit rein, dass ein erneutes Gelächter die Folge war. Denn dass Außerirdische ausgerechnet eine so gewöhnliche Hose zurücklassen würden, war ja nun wirklich zum Lachen.

Aber natürlich waren die beiden nicht so verrückt, dass sie an Außerirdische glaubten. Also sprach Claire, nachdem sie genug gelacht hatten, eine Vermutung aus: »Du kennst doch diese Vogelscheuchen. Ich weiß von meinem Bruder, dass hier manchmal welche aus der zehnten Klasse hingehen, um zu trinken, und ich schätze, dass die einer Vogelscheuche aus Spaß die Hose ausgezogen haben.«

Diese Vorstellung war für die Mädchen noch spannender als die mit den Außerirdischen, denn um die Geheimnisse der Größeren rankte sich so manche Geschichte. Gleichzeitig ärgerte sich Lou, dass Claire offenbar mehr als sie selbst über diese Geheimtreffen der Älteren wusste, also dachte sie sich eine noch verrücktere Erklärung aus.

»Bei Sturm, hat mein Vater mir mal erzählt, werden diese Vogelscheuchen oft total zerfleddert und verweht. Die Sachen werden vom Wind davongetragen und segeln in einer Weise durch die Luft, dass man meinen könnte, sie kämen aus einem Schornstein oder wären Gespenster.«

Und so landet eben mal hier eine Hose und mal dort ein Hemd. Davon abgesehen: Die Freude an geheimnisvollen Kreisen in Feldern und auch die an starrenden Vogelscheuchen ist unausrottbar und gehört wohl zum Menschsein dazu. Es gibt sogar Filme, in denen diese Strohmänner durch einen Blutstropfen gereizt plötzlich zu leben beginnen, nachts in Häuser eindringen und sich dort großer Sensen oder Messer bedienen.

»Komm! Wer zuerst da ist!«

Lou lief los, Claire hinterher. Sie fegten durch das riesige Maisfeld wie durch eine endlose Freiheit. Die Halme waren viel höher als sie, also bildeten Lou und Claire mit ihren Händen und Armen die Form eines Pflugs und kniffen die Augen zusammen. So gewappnet rannten sie in die Unendlichkeit ihres jungen Lebens. Und immer mal wieder rief Lou lachend, fast keuchend nach hinten: »Wir haben uns total verirrt!«, und Claire antwortete jedes Mal mit Begeisterung: »Ja!«

Irgendwann wurde es noch verrückter, denn Lou behauptete, um Claire Angst zu machen, sie würden von einer Hose verfolgt. Claire sah nun beim Rennen immer wieder nach hinten. Aber hier war nicht wirklich Angst im Spiel. Die beiden suchten das Abenteuer, sehnten es förmlich herbei. Es war ja auch spannend, denn die Riesenhalme wichen wie Stangen zur Seite, gaben jeden Moment den Blick frei auf eine neue Wirklichkeit, die immer auch eine neue Möglichkeit war, und das hörte und hörte nicht auf. So lange, bis Lou plötzlich, als sei sie gegen eine Wand gelaufen, stehen blieb und Claire von hinten in sie hineinrannte. Sie stürzten. Sie konnten nicht glauben, was sie da sahen.

Ihre Fahrräder.

Das war jetzt wirklich ein Wunder. Lou und Claire waren zwanzig Minuten blind durch ein Maisfeld geirrt und genau an der richtigen Stelle wieder herausgekommen.

»Glaubst du das?«

»Nein. Das ist magisch.«

Dazu noch die brennende Sonne, ihre vom Laufen roten Köpfe und der eigentümliche Geschmack feinsten Erdstaubs, den sie beim Fallen aufgewirbelt hatten.

Man weiß vorher nie, was der Verstand bewahrt und was nicht. Es ist also durchaus möglich, dass sich Claire, wenn sie fünfzig ist und zufällig den seltenen Geschmack aufgewirbelter Erde schmeckt oder zwei Fahrräder sieht, die an einem

Baum lehnen, sich wie aus dem Nichts heraus an diesen Augenblick erinnern und sagen wird: »Diese Rennerei im Maisfeld, das war einer der Momente, in denen ich vollkommen frei und glücklich war.«

Als Lou beim Abendessen von der Hose, der tollen Jagd durchs Maisfeld und dem magischen Zufall des Herauskommens an der richtigen Stelle berichtete, sagte ihr Stiefvater: »Ihr geht da nie wieder hin, hörst du? Das Maisfeld am Dohlenwald ist für euch Mädchen tabu.«

Am Samstag nach dem Abenteuer im Maisfeld trug Lous Stiefvater eine braune Cordhose. Dazu ein gebügeltes schwarzes Hemd, das er sonst nur zu Beerdigungen anzog.

»Pass gut auf, Lou. Heute werde ich dir etwas zeigen und erklären, das du dir merken musst.«

Lou hatte ihren Stiefvater noch nie so ernst erlebt. Er sah sie an, als könnte ihr jeden Moment etwas auf den Kopf fallen. Lous Mutter stand still am Fenster und starrte mit einem Blick nach draußen, als hätte man ihr während der Nacht das Gehirn entnommen. Ihre Nase presste sie dabei so fest an die Scheibe, als müsste sie neu erlernen, wo die Grenzen des Raums sind. Lou schloss daraus, dass ihre Eltern sich beraten hatten, bevor man sie rief. So war es ja auch gewesen, bevor sie Fabien das Fahrrad zurückgeben musste.

»Komm.«

Lous Stiefvater fuhr mit ihr zum östlichen Ausgang von Courcelles und erklärte, indem er unbestimmt in Richtung einer großen, offenen Fläche zeigte, auf der einige LKWs standen: »Hier ist es für Kinder gefährlich. Vor allem für solche wie dich, die auf nichts achten.«

Die Spedition Larousse hatte dort ihre ausgedehnten Lager- und Parkplätze, und wenn die langen Laster und Sattelschlepper rückwärts auf die Rue Fleurville rangierten oder plötzlich ausschwenkten, um die Kurve zur Einfahrt zu nehmen, musste man aufpassen, denn dann kamen sie oft auf die Gegenseite. Da war schon zweimal ein Kind überfahren worden.

Lous Stiefvater war in dieser Sache sehr genau, erklärte ihr alles ganz plastisch. Vor allem das mit dem Rückspiegel und der Ablenkung.

»Der tote Winkel heißt so, weil in ihm Menschen sterben. Also denk immer dran: Man weiß nie, was diese Fahrer im nächsten Moment tun und ob sie wissen, was sie tun.«

»Und die Kinder, die überfahren wurden, kanntest du die?«

»Eins kannte ich. Ja.«

»Und waren die tot?«

»Komm, das Essen wird kalt, und es gibt Spinat.«

»Den darf man nicht noch mal warmmachen, wegen der Blausäure.«

»Du bist sehr klug, also merk dir das mit den Lastern und pass in Zukunft auf, wenn du hier mit dem Rad fährst.«

»Sind wir hier hergekommen, weil Claire und ich im Maisfeld waren?«

»Wir sind hier, damit du in Zukunft aufpasst. Man hat mir gesagt, dass ihr beide nebeneinander fahrt, viel redet und auf nichts achtet. Zum Canal de Songe dürft ihr, aber das Maisfeld ist tabu. Das hast du verstanden? Die Schäferbrücke ist für euch die Grenze.«

Dass Lou so viel draußen war, lag sicher vor allem an ihrem Freiheitsdrang, hatte aber auch damit zu tun, dass ihr Kinder- und späteres Jugendzimmer nur zehn Quadratmeter groß war. Überhaupt war die ganze Wohnung recht eng und vollgestellt, und ihr Stiefvater brauchte ja auch seine Ruhe, wenn er von der Nachtschicht an der Tankstelle nach Hause kam. Lou hatte in der Wohnung leise zu gehen, weil die Besitzer des Hauses unter ihnen wohnten. Aber wurde sie wirklich zum Leisegehen erzogen?

›Trampel nicht so!‹ Lou meinte später, sich an diesen Satz zu erinnern und daran, dass sie oft auf Zehenspitzen gegangen war. Mehr noch, Lou wird als erwachsene Frau behaupten, ihr angebliches Trampeln sei oft Thema gewesen. Aber stimmen diese Erinnerungen? Oder sind sie Ausdruck für etwas anderes? Für Enge zum Beispiel. Für Einschränkungen ganz allgemein. Vielleicht sogar für Armut, weil die Wohnung zu klein war.

Die goldenen Zeiten von Courcelles kannte Lou nur aus Geschichten, denn das Wesentliche geschah lange vor ihrer Geburt. Von 1952 bis 1954 wurden auf der Krone des Walls drei große Kurkliniken nach der Methodik des vereinheitlichten Betonplattenbaus errichtet, die Jahr für Jahr bis zu 8.000 Gäste in die Stadt brachten. Gold rieselte zwei Jahrzehnte lang durch die Finger der Einwohner, und viele Hausbesitzer verputzten ihre Gebäude oder leisteten sich einen Zweitwagen. Doch am 18. September 1976, Lou ging noch in die erste Klasse und hatte exakt an dem Tag einem Jungen beim Stangenkampf aus Versehen einen Schneidezahn ausgeschlagen ... am 18. September 1976 also wurde in Paris eine Veränderung am Leistungskatalog gesetzlicher Krankenkassen beschlossen. Der Todeskampf dauerte zwar noch zwei Jahre, aber im Herbst 1978 schloss die letzte Klinik. Seitdem standen die Großbauten wie drei riesige Zähne oben auf der Riesenwelle und mussten bewacht werden, damit Jugendliche sich da nicht gegenseitig einsperrten, die Scheiben einwarfen oder Feuer legten.
Was auch immer es mit Lous Zehenspitzen und dem Leisegehen auf sich hatte, es war eine unerhört leichte Kindheit. Nach dem Sommer kam Lou in die 6. Klasse. Und sie war besser, als alle in der Familie gedacht hatten.

Von dem Tag des neuen Schulbeginns gibt es ein Foto. Die ganze Klasse ist darauf, die Kinder haben sich in drei Reihen aufgestellt. Vorne knien die Mädchen, dahinter stehen die kleineren Jungen und weitere Mädchen, in der dritten Reihe nur Jungen, abgesehen von Francesca, die Heuschrecke genannt wurde, sich später aber zu einer recht hübschen Frau mit unglaublichen Beinen mauserte. Philippe mit seinen blonden Haaren sticht auf dem Bild natürlich heraus. Er wirkt betrübt. Das Gleiche gilt für Julien, der ganz rechts am Rand steht. Es ist der, dessen linker Arm nicht mehr mit drauf ist.

Anna

Ihr 13. Lebensjahr war das letzte, das Lou frei und sorglos verlebte, denn sie begann sich erst später als die anderen Mädchen, für Jungen zu interessieren. Stattdessen freundete sie sich mit einer aus ihrer Klasse an. Annas Eltern waren reich, wodurch sie immer ein bisschen Außenseiterin geblieben war. Nicht, dass ihre Klassenkameraden sie verachtet oder in die Güllegrube geworfen hätten, wie sie das mit Philippe und Julien getan hatten, aber sie war eben doch etwas Besonderes, und das ist nicht für jeden in Ordnung. Anna war jedenfalls überglücklich, endlich eine richtige Freundin zu haben, und das brachte sie dann auch gleich zum Ausdruck.

»Pass auf, Lou. Ich gebe dir einen Teil von meinem Taschengeld ab. Dann ist alles gerecht und gleich zwischen uns.«

»Du musst mir nichts abgeben.«

»Ich mache das gerne.«

»Und ich will es nicht. Komm, lass uns auf den Berg fahren, dass wir die Farben sehen und die Sonne uns durchglüht.«

Dass Lou ihre Freunde abzockte, so wie sie es mit Fabien und bei zwei Gelegenheiten mit Claire getan hatte, dieses Verhalten, das auf kleine Gewinne aus war, hatte aufgehört, als sie das große Haus und den Garten von Annas Eltern zum ersten Mal sah. Lou war bei diesem Anblick von echtem Reichtum sofort klar gewesen, wie dumm es ist, jemandem eine Kleinigkeit abzuschwatzen.

Nicht nur in dieser Hinsicht hatte sie sich gebessert und damit bewiesen, dass die Sorge ihrer Mutter, sie könne Recht und Unrecht nicht unterscheiden, unbegründet war. Es gab mehrere Zeugen, die später aussagten, Lou sei in dieser Zeit ein völlig normales, lebhaftes Mädchen gewesen, das nicht anders aufwuchs als andere auch. Als Beweis dieser Unbeschwertheit kann noch einmal das oben erwähnte Klassenfoto vorgezeigt werden, auf dem sie sogar lacht. Lou ist die in der Mitte der ersten Reihe, die kniet und einen kleinen Strauß Blumen in der Hand hält. Der Fotograf muss übrigens ein Trottel gewesen sein, denn man macht solche wichtigen Aufnahmen nicht bei Gegenlicht.

»Das blendet!«

»Aber das ist doch genau das Beste, Anna!«

»Schon, aber diese blöden Schwebfliegen, die mir immerzu in die Augen fallen...!«

»Also wirklich, Anna. Wie du wieder redest. Übrigens: Wenn du die Augen trüb einstellst, siehst du die Farben mehr als die Formen.«

»Du immer mit deinen Farben...«

Die Strahlen der bereits tiefstehenden Sonne waren noch immer so intensiv, dass sich die Luft eingetrübt hatte und die Insekten verrückt spielten. Mit geröteten Gesichtern saßen Anna und Lou, ihre Rücken an den Stamm einer mächtigen Buche gelehnt, auf Moos und Buchenblättern so dicht beisammen, als wollten sie eins werden.

Ihre Lieblingsstelle lag ein Stück jenseits der Kuppe des Walls, am Rand eines alten Steinbruchs, dem man vor 200 Jahren das Material entnommen hatte, aus dem die Häuser des Orts gebaut wurden.

Ganze Nachmittage lagen die beiden dort über dem Abbruch und ließen sich von der Sonne wärmen. Oder durchglühen, wie Lou immer sagte. Es gab längere Phasen, in denen keine von ihnen etwas sagte, dann wieder erklärten sie sich gegenseitig die Formen der Wolken. Was oft zu einem Gelächter führte, das Erwachsene nicht verstanden hätten.

War Anna ein Einfluss, vor dem man Lou hätte bewahren müssen, oder kam der Auslöser von anderer Stelle? Man weiß es nicht. Der später in die Ermittlungen involvierte Gendarm Ohayon sprach bei zwei Gelegenheiten von unglücklichen ›Kollisionen‹.

»Kriegst du eigentlich schnell einen Sonnenbrand?«

»Nein, du?«

»Welche Farbe haben deiner Meinung nach die Stämme der Buchen? Ist das Silber oder eher ein helles Grau?«

Mit keiner als mit Anna konnte Lou so was machen. Einfach dasitzen oder liegen und sich hin und wieder ein wenig räkeln wegen einiger Bucheckern im Rücken. Aber die Zeit der Märchen war doch schon ein bisschen vorbei, und eines Tages, Anna sprach gerade über ein ernstes Thema...

»Hier oben hat sich doch mal dieser Junge erhängt.«

...geschah etwas, das sich vom Gewohnten unterschied. Auf der anderen Seite des Steinbruchs, etwa 80 Meter entfernt, bewegten sich Zweige eines Schlehdornbuschs. Dann erschien dort ein junger Mann. Er war Anfang zwanzig, sehr schlank und wusste offenbar nicht, wo er war.

»Siehst du den?«

»Hm.«

Er lief ein Stück am Abbruch entlang, sah dabei zweimal zu ihnen rüber und verschwand, nachdem er sich einen Moment lang orientiert hatte, wieder im Wald.

»Wer war das?«

»Weiß nicht.«

»Was macht so ein Araber bei uns im Wald?«

Sie warteten, aber der Mann blieb verschwunden.

Gerade als Anna die kurze Begebenheit abtun wollte, denn sie beschäftigte ja der Erhängte, tauchte ein zweiter Mann aus dem Busch auf. Auch der lief zunächst am Abbruch entlang und blieb dann an derselben Stelle wie der erste stehen. Er schien etwas im Gras zu suchen und verschwand zuletzt ebenfalls im Wald.

»Als ob er den ersten verfolgen würde.«

»Warum? Weil er den gleichen Weg genommen hat?« Anna maß dem Ereignis keine große Bedeutung zu. Dafür war ihrer Meinung nach zu wenig passiert. Lou war das ganz recht. Sie glaubte nämlich, in dem zweiten Mann Gilles Larousse erkannt zu haben, einen Freund ihres Stiefvaters, und... ›Bloß nicht, dass ich mit Anna über den rede.‹

Gilles war durchaus schon von Weitem ganz gut zu erkennen. Er war einsachtzig groß und hatte einen kompakten und muskulösen Körper. Sein Hals war vor lauter Muskeln so dick, dass er genauso breit war wie der Kopf. Das Auffälligste an Gilles war aber sein glänzend schwarzer Ledermantel, der ihm bis zu den Knien ging. Den trug er sommers wie winters. Und irgendwas stimmte nicht mit den Ärmeln dieses Mantels. Oder lag es an Gilles Armen? Jedenfalls guckten die Hände kaum raus. Gilles nutzte das, um andere zu erschrecken, denn wenn er zugriff, kamen wahrhaft riesige Hände wie der Kopf einer Schildkröte aus diesen Ärmeln heraus. Von seiner entschlossenen Art zuzugreifen abgesehen hatte Gilles keinen guten Ruf in Courcelles. Und das, obwohl er der Sohn der alten Larousses war, denen die Spedition gehörte, also der Sohn der beiden reichsten Männer im Ort. Nun, in Courcelles wusste niemand, wer von beiden der Vater war, und zudem kursierte schon lange das Gerücht, Gilles sei adoptiert.

Lou interessierten solche Fragen, also wer zu welcher Familie gehört und von wem abstammt. Das hing natürlich mit ihrer Mutter und deren Sprüchen zusammen.

»Es gibt solche und es gibt solche«, sagte die oft zur Einleitung ihrer Geschichten, die stets davon handelten, warum aus jemandem oder aus einer Familie etwas geworden war oder auch nicht. Es kam Lou oft vor, als wollte ihre Mutter ihr einreden, dass die Frage, was aus ihr mal werden würde, längst entschieden sei. Und etwas Gutes konnte das im Fall der Bateliers nicht sein.

Dabei war sie doch gut in der Schule, jedenfalls mindestens Durchschnitt. Und natürlich lehnte Lou, jetzt wo sie fast vierzehn war, das, was ihre Mutter aus der Welt machte, total und komplett ab. Trotzdem fragte sie sich ständig, wer von wem abstammte und was das bedeutete. Letztlich war Lou zu dem Schluss gekommen, dass Familie ein saugender Sumpf sei, in dem man mindestens bis zu den Knien feststeckte. Man kam zwar mit aller Kraft noch ein, zwei Meter nach links oder rechts, aber das war's dann.

Anna war nicht so im Familiären verstrickt, sie interessierten bereits moralische Fragen, die alle angingen.

»Noch mal wegen dieses Jungen, der sich hier erhängt hat.«

»Ach, Anna.«

»Nein! Weißt du, was ich mir mal überlegt habe? Das war vielleicht so einer wie Philippe. Der sieht auch immer so traurig aus.«

Philippe war einer aus ihrer Klasse, den keiner mochte. Wegen seiner Intelligenz.

»Julien wirkt auch immer traurig«, ergänzte Anna. »Und wenn ich mir vorstelle, wie der hier hochgeht, mit dem Gedanken, sich zu erhängen ...«

»Julien oder Philippe?«

Die Frage war witzig gemeint, aber Anna ließ sich nicht von ihrem Gedanken abbringen. »Es soll ein Draht gewesen sein, an dem der Junge sich damals erhängt hat, und ich rede jetzt erst mal nur theoretisch, okay? Aber wenn ein Freund von dir so traurig wäre wie der Erhängte damals, also so, dass er sterben will. Oder er hätte Krebs. Würdest du ihm helfen, wenn er es alleine nicht schafft?«

»Ihn töten? Sag mal, hast du auch so viele Bucheckern im Rücken?«

»Ja, aber das meinte ich nicht. Sondern ihm helfen, wenn er sterben will. Mein Vater führt gerade den Vorsitz in einem Prozess, wo ein Mann seiner Frau Gift besorgt und wohl auch gegeben hat, weil die das wollte, weil sie sehr krank war.«

»Oh.«

»Ich finde, das ist die größte Form von Treue. Zu jemandem zu halten, auch wenn der etwas verlangt, das man selbst nicht will, worunter man sogar leidet oder wofür man später bestraft wird.«

»Aber der sich hier erhängt hat, war jung, und ich habe noch nie gehört, dass er Krebs hatte.«

»Ob man so einem helfen könnte, indem man zum Beispiel erst mal mit ihm spricht, weil andere das nicht tun. Mein Vater sagt jedenfalls, jeder hätte das Recht, in Würde zu sterben.«

Von solchen kleinen Spannungsmomenten und Zuspitzungen abgesehen waren die Nachmittage, die Lou und Anna oben am Steinbruch verbrachten, ziemlich ereignislos. Nur merkten die beiden das nicht. Das Einzige, was schon ein wenig daran gemahnte, dass es noch etwas anderes gab als Wolken und freie Gedanken, war der Geruch, denn unten im Steinbruch lagen die Wracks von dreißig alten Autos. Die Wagen verströmten einen sonderbaren Duft, der an heißen Tagen bis hier hoch zu den träumenden Mädchen drang. Sie erkannten den Gestank von Öl und alten, muffigen Stoffen.

Und noch etwas gab es, das die beiden unter unheimlich einordneten. Wenn sie vom Steinbruch aus 300 Meter Richtung Courcelles fuhren – oder schoben, denn es war da oben sehr uneben, weil sich da mal Soldaten eingegraben hatten – wenn sie also über die Kuppe weg waren und unten schon Courcelles lag, sahen sie zwischen den dicken Stämmen der Buchen die Ruinen. Die toten Kurkliniken wirkten auf Lou und Anna selbst bei hellstem Tageslicht und im Duft des Sommers stets bedrohlich.

Und doch hielten sie jedes Mal an und betrachteten die gewaltigen Blöcke. Anschließend nahmen sie einen kleinen Umweg, um ihnen nicht zu nahe zu kommen. Das mit dem Umweg lag auch daran, dass vor den Ruinen immer mal Männer patrouillierten, die schwarz angezogen waren und Pistolen an ihren Gürteln trugen.

Die Weihnachtsgeschichte der Familie Batelier

Der Winter 1983/84 war der mit dem vielen Schnee. Und dieses Weihnachten sollte für Lou etwas Besonderes werden.

Heiligabend versammelte sich in der Wohnung ihrer Eltern die gesamte Familie Batelier. Auch wenn längst nicht mehr alle diesen Namen trugen, wussten sie doch nur zu gut, wer dazugehörte.

Als Erstes kam stets die Schwester von Lous Mutter, und wie immer überreichte sie Lou ihr Geschenk schon am Nachmittag, und dann musste Lou den Pullover sofort anziehen, damit ihre Tante überprüfen konnte, ob er auch passte. So war es gewesen, seit Lou denken konnte.

Aber diesmal sollte sie die Geschichte hören. Die Geschichte der Bateliers.

»Mach das Kind nicht auch noch verrückt, die Geschichte ist erbärmlich«, hatte ihr Stiefvater ein paarmal sehr laut gesagt.

Der Streit war erst beendet worden, nachdem ihre Tante gekommen war und die Schwestern ihn sehr deutlich darauf hingewiesen hatten, dass er nicht Lous Vater sei. Danach war er gegangen, hatte dabei die Haustür sehr laut geschlossen.

Wie immer, wenn er weg war, fühlte Lou sich sofort unwohl. Und das wurde nicht besser, als ihre Tante sagte: »Du wirst langsam erwachsen, du solltest erfahren, wer du bist.«

So hörte Lou in dieser Nacht zum ersten Mal die Weihnachtsgeschichte der Familie Batelier. Es war schon nach elf, als sich ihre Mutter endlich räusperte und alle still wurden.

»Unsere Vorfahren, nicht wahr ...«, begann sie, als ein neuer Satz Kerzen brannte und ein neuer Satz Rotweinflaschen entkorkt auf dem Tisch stand, »unsere Vorfahren waren Flussschiffer und Kaufleute. Sie besaßen zwei Fähr- und vier Poststationen. Dazu Gasthäuser mit Übernachtungsmöglichkeiten sowie einige Ländereien.«

Von den Poststationen her kam Lous Mutter zunächst auf die Flucht Ludwigs des XVI., über den sie sich im Laufe der Jahre einiges angelesen hatte. Und sie hatte vom vielen Wein eine gute Stimme, alle hörten ihr aufmerksam zu. Dabei schien jeder zu wissen, worauf es hinauslief. Lou schloss das aus kleinen Zwischenbemerkungen und Ergänzungen der anderen Zuhörer.

Als Lous Mutter mit der Geschichte Ludwigs des XVI. fertig war, sah sie ihre Schwester ein paar Sekunden lang an, ehe sie dann mit etwas leiserer Stimme fortfuhr.

»Wie ihr alle wisst, ist unser Vater, Emile, in der Nacht des 24. Dezember 1964 mit seinem Auto von der Straße abgekommen, über einen Schiffsanleger aus Beton gerutscht, in den Canal de Songe gestürzt und dort in seinem Wagen ertrunken. Die Scheinwerfer seines Fiat 850 müssen unter Wasser noch die ganze Nacht hindurch gebrannt haben.«

Lous Mutter trank ein paar Schluck Rotwein, ehe sie fortfuhr, und ihre Schwester, die neben ihr saß, streichelte sie an der Wange.

»Wo aber wollte unser Vater hin? Am Abend seines Todes hatte er eine Kneipe in Avondville besucht und dort wie immer sehr viel getrunken. Das also war der Ausgangspunkt seiner letzten Fahrt, die er gegen 23.30 Uhr angetreten hatte. Doch als er in den Canal de Songe stürzte, war er nicht auf dem Weg nach Hause, nicht auf dem Weg zurück zu mir, meiner Schwester, unserer Mutter und unserem Weihnachtsbaum. Er fuhr in die andere Richtung und verunglückte auf halbem Weg zwischen Avondville und Fleurville.«

Hier entstand eine Pause, und Lou meinte, ihre Mutter würde weinen. Sie sah zu ihr rüber. Doch ihre Mutter weinte nicht, sie blickte nur ganz merkwürdig in die Ferne.

»Ich rede nicht gerne schlecht über ihn, aber unser Vater hatte wohl schon lange vor seinem tragischen Unfall in Fleurville eine Geliebte.«

Jetzt spitzte sich die Geschichte in Richtung auf diese mögliche Geliebte zu, und es wurde ein paarmal dazwischengerufen, es sei Emile recht geschehen, man habe ihn ja gut gekannt, er habe sich seinen Tod redlich verdient. Das Merkwürdige daran war, dass Lous Mutter von diesem Moment an begann, ihren Vater zu verteidigen. Zuletzt stellte sie Fragen.

»Gefangen in seinem Wagen, kurz vor dem Ertrinken: Woran hat er gedacht? Hat er bereut, diesen Weg genommen zu haben? Hat er mit seinen Fäusten gegen die Tür oder das Dach seines Wagens getrommelt und gelobt, sich zu bessern, wenn er gerettet würde?«

Obwohl sie schon ziemlich betrunken war, erzählte Lous Mutter die Geschichte mit einigem Geschick. Es wirkte nämlich am Ende, als sei allein Emile dafür verantwortlich, dass man nicht mehr war, was man einst gewesen. Aber da gab es dann doch Widerspruch, denn andere Mitglieder der Familie wussten zu berichten, dass der Niedergang der Bateliers lange vor Emiles Todesfahrt begonnen hatte. Eigentlich schon kurz nachdem man Ludwig den XVI. geköpft hatte. Außerdem schienen viele ihrer Vorfahren sehr arm gewesen zu sein, und einige hatten sogar im Gefängnis gesessen.

Das Ganze endete damit, dass Lous Mutter ganz schrecklich weinte. Kurz darauf weinten auch zwei Tanten und wieder andere wurden sehr wütend und laut und schimpften auf Menschen, die ihnen schaden würden. Es gingen sogar Gläser kaputt, und einer der Gäste fiel in den Weihnachtsbaum.

Ihr Stiefvater – er war inzwischen zurückgekehrt und hatte widerwillig an der Feier teilgenommen – setzte sich später an

Lous Bett, um ihr Gute Nacht zu sagen und mit ihr zu reden. Er hatte als Einziger gesehen, in was für einem Zustand Lou war, ärgerte sich, dass er sich nicht durchgesetzt und sie vor dieser Familiengeschichte bewahrt hatte. Schlimm war daran nicht, dass jemand ertrunken war, an Schauergeschichten hatte er Lou ja selbst gewöhnt. Er fand es furchtbar, dass Lou auf diesem Wege erfuhr, was für ein armseliger Kerl ihr Großvater gewesen war. Noch schlimmer hatte sicher die alkoholgetriebene Heulerei ihrer Mutter auf sie gewirkt. So etwas, das hatte er mal gelesen, konnte sich auf Kinder übertragen, und sie zu ängstlichen Menschen machen. Er fing also an, die Todesfahrt in ein anderes Licht zu stellen und abzumildern. Aber er kam nicht weit, denn Lou unterbrach ihn.

»Sind wir arm?«

Er wusste nicht sofort, was er sagen sollte. Er hatte nicht mit dieser Frage gerechnet.

»Arm … Wir sind nicht gerade reich, aber unter arm verstehe ich etwas anderes.«

Erst jetzt sah er, dass Lou schwitzte und einen roten Kopf hatte.

»Warum fragst du, ob wir arm sind?«

»Weil ich es wissen will.«

»Deine Mutter hat geweint, weil ihr Vater damals ertrunken ist. Sie weint ja öfter mal. Was deine Mutter da erzählt hat, war so etwas wie ein Märchen, und alle hatten schon viel getrunken. Und soll ich dir was sagen? Ich finde diese Geschichte genauso schrecklich wie du. Sie kommen alle zusammen, um schlecht über sich und andere zu reden. Zuletzt regen sie sich dann auf und spielen verrückt. Wer macht so was? Solche Geschichten behält man für sich und fängt nicht an zu heulen wie ein Rudel Wölfe. Man sollte drüber lachen, oder? Aber du musst trotzdem versuchen, das ein bisschen zu verstehen. Als der Vater deiner Mutter ertrank, war sie noch jung, und es passierte Heiligabend. Deshalb muss sie es wohl jedes Weihnachten wieder erzählen. Vielleicht hat sie Angst, dass man ihren Vater sonst ganz vergisst.«

»Aber wir sind nicht arm.«

»Denk nicht mehr dran und versuch zu schlafen. Ich bringe dir noch ein Glas Wasser.«

»Warum?«

»Weil du Fieber hast. Wenn du aufwachst, bist du bestimmt durstig.«

Äpfel und Marmelade

Ein paar Tage später – sie hatte wirklich Fieber bekommen – erzählte Lou die Geschichte bei einem langen Spaziergang in tiefem Schnee ihrer Freundin Anna. Die versicherte ihr, dass Armut kein Problem sei.

»Weil du irgendwann selbst Geld verdienst. Es liegt an dir, nicht an deiner Familie.«

Von diesem Punkt ausgehend führten die Freundinnen ein langes Gespräch, das von Schuld handelte und von Geld. Denn das mit der Schuld beschäftigte Anna als Tochter eines Richters bereits seit einiger Zeit, und das mit dem Geld beschäftigte Lou. Am Ende hatten beide ganz taube Zehen und meinten, sie hätten nun alles verstanden.

Das Gespräch, das ihr Stiefvater Heiligabend mit Lou führte, war eins der letzten, bei denen er noch an ihrem Bett saß, weil sie eben jetzt in ein anderes Alter kam.

Der Schnee verging und Lou und Anna sprachen noch intensiver über grundlegende Fragen des Daseins. Schuld und Geld behandelten sie als Erstes, danach spekulierten sie eine Weile darüber, warum so viele ihrer Klassenkameraden ganz eindeutig nicht wussten, wer sie eigentlich waren. Sie gingen einige durch und sprachen länger über Philippe und Julien, da sie die

Stillsten waren, zwei die nie etwas sagten, das nicht mit dem Unterricht zusammenhing. Zwischen März und Mai 1984 erweiterten sich die Themen, und die Freundinnen sprachen mehr und mehr über die Grenzen der menschlichen Existenz. Es ist möglich, aber keinesfalls gesichert, dass die nächsten Ereignisse mit diesen Grenzen und deren Überschreitung zusammenhingen.

Jedenfalls häuften sich ab Anfang Juni jene vergeudeten Nachmittage, an denen Lou an einem alten Staketenzaun lehnte, die Beine gekreuzt, den Kopf leicht gesenkt, mit einem Blick, als würde sie schmollen. Aber worauf war sie zornig? Oder beobachtete sie insgeheim den Sportplatz? Interessierten sie die Jungen, die dort Fußball spielten? Jedenfalls vertat Lou ihre Zeit völlig sinnlos, denn wenn jemand vorbeikam und grüßte, grüßte sie nicht zurück, und wenn jemand fragte, ob sie mit zum Baden kommen wolle oder ähnliches, sagte sie nein.

Noch unerklärlicher war, dass sie manchmal einen kräftigen Schraubenzieher in der Hand hielt. Den benutzte sie, nachdem sie lange zum Spielfeld rübergesehen hatte, um damit Löcher in die alten Latten des Zauns zu bohren oder das Holz zu spalten. Ein paarmal war auch Anna dabei, und die guckte genauso störrisch. Am beeindruckendsten war ein Abend, an dem es stark regnete. Da standen die beiden vor dem Zaun, schmollten ins Nichts hinein, zerstörten einige Latten und ließen sich so lange vollregnen, bis sie klatschnass waren und vor Kälte zitterten.

Vielleicht hätte man Anna und Lou vom ersten Tag an jeglichen Umgang miteinander verbieten müssen. Und es kann leider nicht mit letzter Bestimmtheit gesagt werden, warum die beiden sich so unsinnig aufführten. Am wahrscheinlichsten scheint die Erklärung, dass sie jenen Punkt der Reife erreicht hatten, an dem sie begannen sich zu langweilen. Irgendetwas war jedenfalls in Unordnung geraten, denn Lou und Anna fingen an, ihre Eltern auszutricksen, was Übernachtungen anging. Sie waren in eine Phase der Geheimnisse eingetreten, oder um es der Einfachheit halber beim Wort zu nennen: Sie logen ihre Eltern an. Damit begingen sie natürlich Verrat an deren Erziehungskonzepten.

Nun ist es mit dem Verrat aber so, dass er keinesfalls immer aus Bosheit oder Niederträchtigkeit begangen wird. Oft geht es beim Verrat um die Entwicklung und Stärkung der eigenen Autonomie, also um die ersten Schritte in ein eigenes Leben.

Ab Mai 1984 bekam es die Gendarmerie Courcelles dann mit sehr urtümlichen Diebstählen zu tun. Solche, wie sie die älteren Bewohner noch aus der Zeit nach dem Krieg kannten.

Es fing an mit Pflaumen und Äpfeln. Oder waren die Birnen zuerst dran gewesen? Dann Konservendosen und Eingemachtes. Schließlich verschwanden zwei Hühner, die man später im Wald wiederfand, wo sie völlig verstört herumliefen – es war in einige Schuppen eingebrochen worden.

Der Leiter der Gendarmerie Courcelles, Commissaire Bagrange, hatte entschieden, dass es sich dabei um die Streiche von Kindern oder Jugendlichen handelte. Und genau das sagte er dann auch seinen Gendarmen.

»Es wurde kein Rasenmäher geklaut, keine Bohrmaschine, kein Werkzeug. Es wurde generell nichts von wirklichem Wert gestohlen. Dafür hat man zwei Hühner befreit. Es wäre nicht das erste Mal, dass Kinder oder Jugendliche so etwas machen. Wenn euer Gedächtnis besser wäre, wüsstet ihr das.«

Ganz tatenlos blieb man trotzdem nicht, und so hatte es an Lous Schule eine Unterrichtsstunde gegeben, in der es darum ging, dass auch ein kleiner Diebstahl eine Straftat sei. Und als ihr Lehrer, Monsieur Simonin, ihnen mit stark gerötetem Kopf den Unterschied zwischen Recht und Unrecht erklärte, hatte er Lou einen Moment lang direkt in die Augen gesehen. Sie hatte sich furchtbar erschrocken und fast augenblicklich schuldig gefühlt.

Damit gab man sich erst mal zufrieden. Aber dann, kaum drei Wochen später, passierten in Avondville zwei ähnliche Diebstähle, auch da wurden Schuppen aufgebrochen.

Daraufhin bestand ein Gendarm aus der Kreisstadt Fleurville auf einem Treffen, das in Avondville stattfinden sollte. Commissaire Bagrange hielt dieses Meeting von Anfang an für reinen Humbug. Um das zum Ausdruck zu bringen, schickte er seinen jüngsten und unerfahrensten Gendarmen, Ohayon, der erst vor ein paar Monaten bei ihnen angefangen hatte.

Ohayon wurde in Avondville Zeuge einer etwas einseitigen Zusammenkunft. Denn Gendarm Conrey schien nur daran interessiert, Informationen zu sammeln. Vor allem interessierte ihn, ob abgesehen von Äpfeln, Pflaumen und Konserven noch etwas anderes aus den aufgebrochenen Schuppen entwendet wurde.

»Vielleicht Kleidungsstücke? Zum Beispiel eine Hose? Ein Hemd? Unterwäsche?«

»Nein, keine Kleidungsstücke.«

»Habt ihr die Bestohlenen danach gefragt?«

»Haben wir. Sie haben uns gezeigt, wo die Einmachgläser, die Pflaumen und Äpfel gelagert waren, ehe sie verschwanden, und wir haben das protokolliert.«

Damit war die Sache vorerst erledigt. Was von der kurzen Aufregung blieb, war ein Protokoll, das bald in einer Schublade verschwand. Was weiterhin blieb, war ein Gefühl von Abneigung bei Gendarm Ohayon. Zum einen hatte Conrey sich bei diesem Treffen mit zwei beiläufigen Bemerkungen kritisch zu Ohayons Frisur sowie seiner Kleidung geäußert, zum anderen war Conrey selbst erst seit einem Jahr im Dienst und tat nun so, als wäre er dabei, sehr geheimnisvolle Straftaten aufzudecken, über die er offenbar überhaupt nichts wusste. Das ärgerte Ohayon. Diese Arroganz und Aufschneiderei.

Das Zelt

Die Freundschaft zwischen Anna und Lou wurde bis zum Sommer so eng, dass sie meinten, sie würde für immer halten. Aber dann wurde Lou fünfzehn, die Gespräche drehten sich um andere Themen und sie gingen nur noch selten auf Exkursion. Lou schlief drei Wochen früher als Anna mit einem Jungen, und François Mitterrand war der erste Präsident, für den sie sich ein bisschen interessierte. Weil einige Leute, die sie kannte, so große Hoffnungen auf ihn setzten.

Von Lous sechzehntem Lebensjahr sind keine Spuren erhalten. Es gibt nur ein Foto, das sie am Heck eines Raddampfers zeigt, eingeklemmt zwischen ihrer Mutter und ihrem Stiefvater, der recht zufrieden aussieht. Lou dagegen wirkt, als würde sie gleich kotzen oder etwas Gemeines sagen.

Im Mai 1986 fanden Männer vom Forstamt bei Rodungsarbeiten in einer Kuhle ein gelbes Zelt. Der Fundort lag jenseits des Walls, nicht weit von jenem Steinbruch entfernt, an dem Anna und Lou ihren verträumten Sommer verbracht hatten. Das Zelt war eingesackt und völlig durchnässt, auf dem Stoff lagen Bucheckern und welke Blätter. Da sich unter dem Stoff die Umrisse zweier Körper abzeichneten, entstanden in den Köpfen der Forstarbeiter Bilder. Also alarmierten sie die Gendarmerie.

Commissaire Bagrange kannte sich aus mit Geschichten, die aus Bildern entstehen, und so drehte er dann auch gleich die Augen nach oben, als er von den Leichen erfuhr, und schickte den Entbehrlichsten.

Ohayon nahm die Sache, nachdem er ein wenig am Stoff herumgeschnüffelt hatte, nicht so ernst wie die Forstarbeiter und kroch ins Zelt. Als er wieder herauskam, verkündete er: »Keine Toten, nur zwei Schlafsäcke, und einige Pflaumen und

Äpfel. Alles total verrottet, das liegt hier seit mindestens einem Jahr.«

Commissaire Bagrange hatte gehofft, damit sei die Sache erledigt. Doch es kam anders. Von diesen spärlichen Indizien ausgehend, entwickelte sich nämlich eine ganze Reihe geradezu wuchernder Geschichten.

Es wurde vermutet, dass dort zwei Männer gehaust hätten, die für die Obstdiebstähle und Einbrüche damals verantwortlich waren. Was die Menschen beunruhigte, war aber nicht das geklaute Obst, sondern, dass man bei genauerer Untersuchung des Zelts braunschwarze Flecken fand. Schon bevor die Untersuchungsergebnisse aus Nancy vorlagen, sprach man von Menschenblut. Und es war tatsächlich welches, wenn auch nur wenig.

Das Ganze gipfelte, nach einem nicht eben sorgfältig recherchierten Artikel der *Gazette de Courcelles*, in der Frage, ob irgendwo im Wald möglicherweise ein Toter läge und wo dann der andere sei. Dazu kamen noch einige Aussagen und nächtliche Beobachtungen, die mehr oder weniger von Waldmenschen handelten, sowie von einem Fahrzeug...

»Der Wagen stand letztes Jahr vier Wochen auf dem Waldparkplatz oben beim Forsthaus, wo ja sonst nie Autos stehen. Und er verdreckte immer mehr, da war zuletzt eine richtige Schicht drauf, weil er offenbar nicht bewegt wurde. Dann war er auf einmal weg.«

»Ein gelber Fiesta war das. Einer der neusten Baureihe.«

»Was für ein Auto das war? Ich meine, das könnte ein gelber Fiesta gewesen sein. Ford Fiesta. Und alt war der nicht.«

Es war verblüffend, wie vielen Bewohnern von Courcelles der gelbe Fiesta aufgefallen war. Und alle platzierten ihn genau richtig.

»Der stand von der Straße aus gesehen auf der linken Seite, also direkt vor dem alten Forsthaus.«

Wenn Zeugenaussagen bis ins Detail übereinstimmen, ist

Vorsicht geboten, denn dann könnte der gelbe Fiesta in den Köpfen der Zeugen Da sah vielleicht jemand einen weißen Golf, nun sprechen aber alle von einem gelben Fiesta. Voilà.

»Kein französisches Nummernschild, da bin ich mir sicher. Könnte sein, eins aus Luxemburg.«

Ein gelber Fiesta, ein blutiges Zelt und Waldmenschen. Commissaire Bagrange wehrte sich, aber es half alles nichts. Er hatte ein wenig die Kontrolle über seine Stadt verloren. Schließlich versammelte er seine Männer.

»Also gut. Ehe die Leute alleine losziehen ... Ihr achtet vor allem darauf, dass keiner raucht oder sonstwie zündelt. Gott, was für eine Scheiße.«

Selbst seine eigenen Leute waren bereits infiziert.

»Warum sind wir überreizt, Chef? Wir wollen doch nur nachsehen, ob da was ist. Wir wollen Klarheit. Alle in Courcelles wollen Klarheit.«

So wurde also eine groß angelegte Durchkämmung der Wälder zwischen Courcelles und Avondville organisiert, bei der 250 Freiwillige mitmachten. Auch einige Jungen der oberen Klassen des Lycée beteiligten sich. Sie berichteten ihren Klassenkameraden, das Ganze habe bis in die Nacht hinein gedauert, man habe Fackeln getragen und viele seien bewaffnet gewesen. Eine maßlose Übertreibung. Zwei der drei Suchtrupps waren vor Einbruch der Dunkelheit ordnungsgemäß ins Dorf zurückgekehrt. Warum der dritte Trupp bis tief in die Nacht weitergesucht hatte, war ebenfalls erklärlich. Sie wollten eben fertig werden mit ihrer Arbeit. Mit ihrem Gebiet. Davon abgesehen waren nur die Polizeikräfte bewaffnet, allen anderen war dies untersagt worden. Es war eben keine Jagd, sondern eine Suche.

Was darstellbar wäre, sind Bilder des dritten Suchtrupps. Bilder vom Wald, von Menschen mit Taschenlampen – keinesfalls Fackeln, denn der Wald war trocken –, Menschen, die klein wirken zwischen den glatten Stämmen alter Buchen. Kein Rufen, kein Schwenken von Lichtern, keine Hast. Es sind einfach nur

Einwohner von Courcelles zu sehen, die eine verabredete, gemeinschaftliche Arbeit verrichten, wie sie früher bei der Ernte auf dem Feld üblich war. Das Wichtigste bei der künstlerischen Reproduktion dieses Vorgangs der Durchkämmung, also das, was zum Beispiel einen Maler mit einem gewissen Anspruch reizen würde, wäre die Darstellung der Ruhe und Gleichmäßigkeit der Bewegung einer in die Tiefe des Raums gestaffelten Linie aus Menschen.

Gefunden wurde nichts.

Lou und Anna hatten sich in dieser Nacht vor einer Haustür stehend beraten und überlegt, ob sie zur Gendarmerie gehen und auch etwas über die mögliche Anwesenheit von Waldmenschen aussagen sollten. Sie sprachen leise und entschieden sich letztlich dagegen. Es war vor allem Lou, die ein solches Vorpreschen für unklug hielt.

Dass die Ereignisse im Wald in einem teilweisen Zusammenhang mit zwei Morden standen, die ein Jahr später, also 1987, begangen wurden, konnte die Gendarmerie Courcelles damals schnell aufklären. Es starben aber vier Menschen. Vier, wenn man nur die Toten zählt, deren Körper man fand. Die Ermittlungen waren also nicht einfach, und sie dauerten ungewöhnlich lange.

Ohayon wird sich dreißig Jahre später in seinem im Dezember 2017 verfassten Zusatzprotokoll noch einmal die Frage stellen, wo genau die Verbindung zwischen den ersten beiden Morden und den späteren Todesfällen lag. Er wird zu dem Schluss kommen, dass sie aus kaum mehr als einigen Blättern grünlichen Fließpapiers bestand und dass tatsächlich Lou, und indirekt auch Anna, einen nicht unerheblichen Teil der Schuld trugen. Nach Ohayons Ansicht gab es aber noch eine weitere Ursache für die hysterische Katastrophe, die sich damals ereignete. Einen Auslöser, der nichts mit irgendwelchen Ereignissen im Wald zu tun hatte, sondern mit einer sehr freien Auslegung der Art, in der Unterrichtsstoffe an einer Schule vermittelt wurden.

Monsieur Theron

Wenn man von Philippe absah, der immer allein war, stets traurig wirkte und in der Schule manchmal Einstein und manchmal Arsch genannt wurde, lebten Lou und ihre Freunde das Leben der Zufriedenen. Doch im Mai 1986, also gut ein Jahr vor ihrem Abitur, bekam die Klasse einen neuen Lehrer. Der Direktor – er trug an diesem Tag einen schwarzen Anzug und eine schwarze Krawatte – brachte ihn persönlich in den Klassenraum.

»Ich möchte euch heute mit eurem neuen Klassenlehrer bekannt machen. Er ist, wie ihr sicher gleich bemerkt habt, jünger als Monsieur Simonin, aber ich denke, das wird euch nicht stören. Monsieur Theron hat schon an einigen Schulen unterrichtet, er kann euch also mehr über Frankreich und die Welt erzählen als Monsieur Simonin, der, wie wir alle wissen, sehr heimatverbunden war. Ich bitte euch in diesem Zusammenhang noch einmal darum, bei der morgigen Trauerfeier dunkle Sachen zu tragen und euch ruhig zu verhalten. Alle, die im Chor singen sollen, bitte rechtzeitig erscheinen. Vergesst es nicht.«

Nun, ganz jung war Monsieur Theron nicht mehr, er war bereits einundvierzig. Aber er wirkte jung, sah gut aus und hatte in Paris studiert. Monsieur Theron sprach plötzlich ganz anders über Courcelles, als Lou und ihre Klassenkameraden es von Monsieur Simonin gewohnt waren. Und er begann mit seiner Aufklärungsarbeit gleich in der ersten Stunde.

»Was wisst ihr über Courcelles?«

Großes Staunen. Eine derart einfache Frage hatte ihnen schon lange niemand mehr gestellt. Außerdem: Mit Heimatkunde waren sie längst durch, schließlich würden sie in einem Jahr Abitur machen. Nach einigem Zögern erhielt Theron dann aber doch eine Reihe von Antworten, die er sich geduldig anhörte, mit denen er zunächst auch einverstanden schien. Dann aber trieb er einen ersten Keil in die naive Seele seiner Schüler.

»Und was ist mit dem Geruch?«

Keine Antwort, nur Staunen in den Gesichtern.

»Ich bin zwar erst seit einer Woche hier, aber ich meine, es riecht in Courcelles ziemlich streng.«

»Das sind die Schweine, die haben das so an sich«, konterte Benoît.

Benoît war der Klassenclown und der zweite Junge, mit dem Lou Sex gehabt hatte. In einem See, was ihr sehr gefiel. Seitdem war sie mit den Jungen immer zum Lac de Session gefahren.

»Es liegt an den Schweinen, ganz richtig«, erklärte Theron. »Denn in Courcelles gibt es seit Mitte der siebziger Jahre zwei große Schweinemastbetriebe, und seit 1981 steht hier eine mit EU-Geldern subventionierte Großschlachterei. Eine strukturfördernde Maßnahme der Regierung, ein weiterer genialer Einfall, um die Region zu entwickeln. Dieser Schlachtbetrieb sowie die Spedition Larousse sind die beiden größten Arbeitgeber. Das werdet ihr wissen, denn sicher arbeiten die Eltern von einigen von euch in der Schlachterei oder für die Spedition.«

Da hatte es ein erneutes, diesmal leicht widerwilliges Gemurmel gegeben, denn der Satz klang wie ein Vorwurf. Die Schüler verstanden nicht, was Monsieur Theron gegen die Schweine, den Schlachtbetrieb und die Spedition hatte, die in ihren Augen genauso zu Courcelles gehörten wie der Berg, die Kirche und alles andere.

»Was ist mit den drei Ruinen, die den Ort verschandeln?«

»Das waren mal Kurkliniken.«

»Richtig, aber der Fremdenverkehr«, fuhr Theron fort, »der

ja für gewöhnlich Geld in solche hübschen Orte wie Courcelles bringt und dazu führt, dass kleine Pensionen und Geschäfte entstehen, dass also viele etwas davon haben, dieser Fremdenverkehr blühte hier nie richtig auf, nicht wahr? Was natürlich mit den Bauruinen, der Großschlachterei, den vielen Lastern sowie mit dem Gestank zusammenhängt. Es verdienen also einige Wenige viel Geld auf Kosten der anderen.«

Monsieur Theron hätte vielleicht etwas behutsamer mit seiner Lehre beginnen sollen, aber er hatte nicht ganz unrecht. Denn wenn man Spaß daran hätte, das Negative ans Licht zu zerren, würde man die verpesteten Brunnen erwähnen, den total verkrauteten Canal de Songe, und auch zugeben, dass Courcelles dem Charakter nach weder eine Stadt noch ein Dorf war, sondern eine Mischung aus etwas zufällig Altem, gepaart mit ein paar in großem Stil durchgeführten gewinnorientierten Maßnahmen.

»Sie meinen, in Courcelles ist alles hässlich und falsch?«, hatte Julien gefragt.

»Einiges ist doch wohl schiefgegangen. Und wie wir inzwischen wohl alle gemerkt haben, hat Präsident Mitterrand nicht vor, etwas daran zu ändern, denn Präsident Mitterrand interessiert sich vor allem für seine Kaste und für Kultur.« Theron ließ hier eine kleine Pause wirken, mit der niemand etwas anfangen konnte. »Natürlich verstehe ich, dass ihr euren Ort mögt, aber das bedeutet nicht automatisch, dass man alles so hinnimmt, wie es ist, nicht wahr?«

Theron hatte natürlich Recht, es gibt keine Erkenntnis ohne Kritik. Und so kam etwas in Gang, das es vorher nicht gegeben hatte. Anna zum Beispiel fing an, ihrem Vater immer konkretere Fragen zu Recht und Unrecht zu stellen.

»Du hast mir doch mal von dem Mann erzählt, der seine Frau mit Gift getötet hat, weil sie das wollte. Ist der damals verurteilt worden?«

»Ja, natürlich. Er hat fünf Jahre bekommen.«

»Weil man niemanden töten darf, egal warum.«

»Richtig. So was darf man nur in wenigen, genau definierten Ausnahmefällen. Zum Beispiel aus Notwehr.«

»Das Gesetz ist also nicht absolut.«

»Warum willst du das so genau wissen?«

»Weil wir in der Schule gerade über Befreiungskriege und Revolutionen sprechen. Also: Wenn jemand einem anderen so sehr schadet, dass der daran kaputtgeht ...«

»Dann soll man ihn anzeigen, darf ihn aber nicht töten.«

»Und wenn es auf jede Sekunde ankommt? Wenn zum Beispiel eine Mutter ihr Kind quält und das Amt nichts unternimmt.«

»Dann zeigst du die Mutter bei der Polizei an.«

»Weil es Gesetze gibt, die das Kind schützen. Aber wenn das Gesetz versagt?«

»Redest du von jemandem, den du kennst?«

»Nein, ich überlege.«

»Was überlegst du? Wann du jemanden umbringen darfst?«

»Nein, mich interessiert, wie das Verhältnis ist zwischen Gesetz, Autonomie und Strafe.«

Theron hatte einige neue Vokabeln eingeführt und er hielt sich, was seine Aufklärungsarbeit anging, nicht lange mit Courcelles auf. Schon bald wurden die jungen Dörfler über Afrika, die arabischen Staaten und die Geschichte Algeriens aufgeklärt. Von dort ging die Reise dann wieder zurück nach Frankreich.

»Es wird viel von Freiheit geredet. Oft ist damit nichts anderes gemeint, als dass man sich sein Urlaubsziel frei aussuchen kann oder die Automarke, die man fährt. Es geht bei Freiheit aber um einen Prozess der Bewusstwerdung. Freiheit heißt auch nicht, dass jeder tun und lassen kann, was er will. Früher oder später tauchen Hindernisse auf. Man spricht dann von Konfrontation. Es gibt also richtig Ärger. Jeder von euch wird so etwas schon einmal erlebt haben ...«

An dieser Stelle ein schönes Lachen der gesamten Klasse.

»Eine Konfrontation ist nichts anderes als ein Konflikt zwischen Mensch und Hindernis, wobei das Hindernis meist ein anderer Mensch ist, manchmal ein Staat, ein Gesetz ...«

»Und manchmal die Familie, in der man lebt«, warf Lou ein, woraufhin wieder gelacht wurde und Monsieur Theron sie eine Weile ansah, ehe er weitersprach.

»Der Einzelne muss nun selbst entscheiden, ob er das Hindernis überwinden will oder vor ihm kapituliert. Das führt zur nächsten Frage: Gibt es ein Recht des Einzelnen, jedes Hindernis zu überwinden, wenn er glaubt, dieses Überwinden sei Ausdruck seiner Freiheit?«

Da hatte sich zur Überraschung aller der Arsch eingeschaltet, also Philippe.

»Solange man die Verantwortung für sein Tun übernimmt und die Konsequenzen trägt, hat der Einzelne alle Rechte, denn nur er selbst entscheidet darüber. Eine eingeschränkte Freiheit ist keine Freiheit.«

Über diesen Satz musste Monsieur erst mal nachdenken, ehe er antwortete.

»Was du sagst, Philippe, kann ich als These gelten lassen. Wie Juristen oder die Polizei darüber denken, ist natürlich eine andere Sache.«

»Wir sprechen über Freiheit, nicht über die Polizei. Oder?«

Ein Murmeln in der gesamten Klasse, und Julien klopfte, nein, er hämmerte zustimmend auf sein Pult. Niemand hätte so was von Philippe dem Arsch erwartet. Lou sah zu ihm rüber. Auch sie hatte ihn schon ein paarmal Arsch genannt und oft genug erlebt, wie er von irgendwem eben genau in denselben getreten wurde. Einfach so. Jetzt wunderte sie sich, dass Philippe so aussah wie immer. Groß, aufrecht. Und er hatte auch noch immer den gleichen Scheitel und diese glatten, ordentlich zur Seite gekämmten blonden Haare, die ihm ständig ins Gesicht fielen.

Für Jugendliche, die in einem Land wie Frankreich aufwachsen, gibt es viele Möglichkeiten der Entwicklung. Zwei, die sich auf den ersten Blick kaum unterscheiden, sollen hier kurz genannt werden: a, jemand möchte nicht er selbst sein und b, jemand möchte unbedingt jemand sein.

Wer also ist dafür verantwortlich zu machen, dass aus Lou und einigen ihrer Klassenkameraden plötzlich andere wurden? Monsieur Theron? Möglich. Jedenfalls spaltete er die Klasse in zwei Gruppen. Glühende Anhänger und glühende Gegner. Es gab in diesem Zusammenhang sogar eine Schlägerei, und die Eltern von zwei Schülern hatten bereits Klage gegen die Schulleitung eingereicht und gefordert, den neuen Lehrer zu verbannen.

Aber da war noch etwas anderes. Denn unter die Thesen Therons und die immer raffinierteren Gegenfragen von Philippe und Julien, die sich jetzt ständig einschalteten, schob sich etwas, das möglicherweise auch ohne den neuen Lehrer entstanden wäre. Es war mehr ein Gefühl, ein noch unbestimmtes Wollen. Lou jedenfalls meinte auf einmal, sie könne, ja sie müsse etwas an sich und den Umständen ändern und sollte Courcelles und alles, was sie zu einer Gefangenen machte, so bald wie möglich verlassen.

Die Beschleunigung der Entwicklung betraf nicht nur Lou, und sie wirkte auf die Schüler sehr unterschiedlich. Manche machten gar nicht mit, einige verhielten sich abwartend, wollten erst mal sehen wohin der Trend geht, und einige stiegen voll ein. Anna war kaum berührt, Julien und Philippe dagegen treten erst mit dem Erscheinen des neuen Lehrers als Persönlichkeiten richtig ins Bild. Spätestens ab jetzt kann Lou nicht mehr für sich betrachtet werden, denn die Entwicklungen und Ereignisse stießen sich gegenseitig an, wobei so gut wie nichts vorhersehbar war. Ausgerechnet Julien, der Monsieur Theron sehr verehrte, äußerte zum Beispiel einen regelrechten Gegenentwurf zur Weltsicht des Lehrers.

Theron hatte gerade erklärt, jede neue Generation habe nicht nur das Recht, sondern die Pflicht, die Welt zu verändern und sie sich auf diese Weise anzueignen, als Julien sich zu Wort meldete und verkündete:

»Ich will nichts.«

Nur das. Und Philippe hatte natürlich sofort unterstützend auf den Tisch geklopft.

Auf diesen plötzlichen Ausbruch von nihilistischem Neokonservativismus war der Lehrer nicht vorbereitet. Und so war es das erste Mal, dass Monsieur Theron sichtlich aus dem Takt geriet. Er wusste sich schließlich nicht anders zu helfen, als lange und bedeutsam zu nicken.

»Sehr gut, Julien, sehr gut.«

Julien wurde rot vor Stolz, und Philippe klopfte ein zweites Mal heftig auf den Tisch. So weit war es also gekommen mit den Gedanken der jungen Dörfler, sie hielten sich nicht mehr an das Konzept, auf eine bestimmte Art frei zu sein.

Trotz solcher kleinen Missverständnisse erreichte Theron etwas, wofür allein er eine Medaille verdient hätte. Er hatte bei denen, die nach so was lechzten, etwas in Gang gebracht. Und so waren die beiden Außenseiter Philippe und Julien inzwischen unzertrennliche Freunde geworden.

Vor allem Philippe, dessen Intelligenz nun endlich ein anderes Ziel hatte als gute Noten, entstieg in politische und philosophische Regionen, die ihm niemand zugetraut hätte. Und er konnte, nachdem er so lange geschwiegen hatte, auf einmal verblüffend gut argumentieren. Kaum zwei Monate, nachdem Theron zum ersten Mal die Klasse betreten hatte, war Philippe der Arsch zu so was wie einem Anführer mit einer wachsenden Schar Jünger geworden. Mit deren Hilfe konnte er endlich Rache an jenen nehmen, die ihm so oft grundlos in den Arsch getreten hatten. Und da floss zum ersten Mal Blut.

Anna dagegen sehnte sich plötzlich zwei Jahre zurück. Sie und Lou trafen sich wieder oben am Steinbruch und versuchten die schöne Zeit zurückzuholen. Nur wurde ihnen jetzt schnell langweilig. Also schlug Anna nach ein paar Tagen vor: »Vielleicht sollten wir mal Julien mit hochnehmen. Der redet doch immer davon, dass er nichts will. Dem müsste es bei uns gefallen.«

»Und Philippe?«

»Nein, den nicht, der ist mir unheimlich. Sein Vater ist Förster.«

»Was hat das damit zu tun?«

»Philippe tickt nicht ganz richtig. Angeblich besitzt er sogar eine Waffe.«

»Du spinnst doch! Theron hat schon mehrmals gesagt, er wäre sehr intelligent. Und solche haben keine Waffen.«

Anna setzte sich durch, und sie verbrachten zwei schöne Nachmittage mit Julien. Aber bereits als sie das dritte Mal zusammen hochfuhren, sprach er fast nur noch von Philippe. Julien hatte seinen Haarschnitt inzwischen verändert. Genau wie Philippe trug er jetzt einen Scheitel, nur eben auf der anderen Seite. Und er war nicht der Einzige mit so einer Frisur.

Um Juliens Interesse noch einmal zu wecken, erzählte Anna ihm von dem Jungen, der sich hier erhängt hatte. Lou trank inzwischen keine Cola mehr, sondern Bier. Und sie rauchte, was Anna überhaupt nicht gefiel. Es wurde nie mehr wie damals. Das lag vor allem an Julien, der, seit er endlich einen Freund gefunden hatte, so aufgedreht war, so viel redete, dass einfach nichts mehr entstand. Jedenfalls nicht das, was Anna so sehr und Lou noch ein bisschen suchte.

Am nächsten Wochenende war Philippe dann mit dabei, und Julien erzählte auf eine Art von dem Jungen, der sich erhängt hatte, als käme die Geschichte von ihm. Dann entschieden sich die Jungen für den Schrottplatz, und Anna schwieg beleidigt.

Lou verstand nicht warum, und es dauerte eine Weile, bis Anna sich endlich erklärte. »Ich will dich wiederhaben. Seit die beiden mit uns hier oben sind, ist alles kaputt.«

Anna benutzte tatsächlich diese Babysprache, ihre Stimme klang auch ein bisschen nach Baby. Zuerst ließ sich Lou erweichen, aber eine Stunde später hatte sie sich dann doch für Philippe und Julien entschieden und war runtergegangen zu den Schrottautos. Es war das vorletzte Mal, dass Anna hier oben am Steinbruch war. Einmal kam sie noch her. Aber da war der Verrat längst begangen, da waren bereits Tote zu betrauern.

Abgetragene Kleider

Julien war der Erste aus der Kasse, der mit dem Tod zu tun bekam.

Er war zusammen mit Philippe in Avondville im Kino gewesen. Dort hatten sie einen Film gesehen, der eigentlich nicht für Jugendliche zugelassen war. In diesem Film hatte es keine Sexszenen gegeben, denn der Film handelte von sehr gruseligen Fremden, mit denen eine Paarung, allein schon aus ästhetischen Gründen, undenkbar war. So war auch der Titel, wobei *Aliens – Die Rückkehr* Philippes analytischem Verstand komisch vorkam.

»Wohin bitte sollen denn Fremde, die im Weltall nichts anderes tun als fressen und sich vermehren, zurückkehren wollen? In die Existenz selbst? Ist das gemeint? Unsterblichkeit?«

»Die kehren doch nicht zurück, Ripley kehrt zurück.«

»Das ist alles?«

Philippe war nach dem Film bei seiner Oma in Avondville geblieben und so musste Julien mitten in der Nacht allein zurück nach Courcelles radeln. Zu allem Überfluss führte die gewundene Straße auch noch ein gutes Stück durch den Wald.

Während er fuhr – Julien hatte sich gerade erfolgreich eingeredet, dass ein Film nur ein Film sei –, kam er auf eine Kurve zu. Und da meinte er hinter den Bäumen einen Schein zu erkennen. Der Schein war weiß, ging aber immer mal wieder ins

Bläuliche. Auch Rot kam vor. Er fuhr trotzdem weiter, denn er hatte den größten Teil der Strecke ja schon hinter sich, war schon ganz dicht bei Courcelles. Als er um die Kurve herumkam, staunte er, war aber vor allem erleichtert. Da standen wenigstens zwanzig Leute auf der Straße und außerdem ein Fahrzeug der Gendarmerie mit Warnlicht und allem.

Julien bremste ab. Er befand sich nun hinter einer ganzen Reihe von Rücken und Beinen, sah also nichts. Das störte ihn nicht weiter. Es reichte ihm, was er hörte.

»Ein Schuh.«

»Ein was?«

»Ein Schuh. Man sieht nur einen Schuh, der liegt offenbar hinter der Leitplanke.«

Die Leute wirkten ganz andächtig.

»Ein alter, abgetragener Schuh, den muss es ihm vom Fuß gerissen haben.«

Etwas weiter links sah Julien einen weißen Peugeot 104, der halb in einen Graben gefahren war. Neben diesem Wagen stand eine Frau. Ein kleiner Gendarm ging gerade auf sie zu.

Julien schob sein Rad links an den Gaffern vorbei. Als er dabei näher zu der Frau kam, erkannte er, dass es die Mutter von Albert war, einem aus seiner Klasse. Sie hatte eindeutig einen Schock, ihr Blick schien nach innen zu gehen. Der dramatische Effekt verdankte sich aber vor allem den Lichteffekten aus blauem und rotem Licht. Diesem Pulsieren. Und natürlich der vollkommenen Stille, denn bei Julien hatten sich gerade die Ohren verschlossen. Er hörte nur noch ein helles Pfeifen. Wie immer, wenn er Angst hatte, schob sich Julien einen Streifen Kaugummi in den Mund. Das mit dem Hören würde dann bald wieder in Ordnung sein.

Zuerst versuchte Alberts Mutter sich an ihrem Auto festzuhalten, dann an dem Gendarm. Julien sah nur Bewegungen, auch solche von Mündern, fand aber, dass der kleine Gendarm das gut machte. Er hielt sie einfach im Arm und ließ ihr Zeit sich zu beruhigen. Trotzdem ein komisches Bild, denn die von der Gendarmerie waren für Julien bis jetzt eigentlich nur Figuren gewesen, denen man halt hier und da mal begegnete. Er selbst hatte noch nie etwas Kriminelles gemacht, seine Freunde auch nicht. Außer Lou, aber die hatte nur in Avondville ein schwarzes Top geklaut und war nicht erwischt worden.

Der Frau schien es jetzt etwas besser zu gehen. Jedenfalls löste sie sich von dem kleinen Gendarm. Auch Juliens Gehör funktionierte auf einmal wieder, es ging wie immer fast schlagartig.

»Wie gut, dass Sie das sind, Monsieur Ohayon, mit Ihnen kann man wenigstens vernünftig reden.«

»Haben Sie sich verletzt?«

»Ich war angeschnallt.«

Julien erinnerte sich, Alberts Mutter bestand immer darauf, dass sich alle im Wagen anschnallen.

»Soll ich Sie nicht vielleicht doch erst mal nach Hause bringen?«

»Nein, ich kenne mich, richtig schlimm wird es in einer oder zwei Stunden. Ist er denn wirklich tot?«

»Ja, Madame.«

Dass sie auf diese Auskunft heftig reagieren würde, hätte Julien gleich sagen können. Also hielt der kleine Gendarm sie wieder eine Weile im Arm. Und wieder war sie es, die bestimmte, wann es genug war. Der Gendarm wirkte, wie Julien fand, eigentlich ganz menschlich. Sie versuchte, es schnell hinter sich zu bringen.

»Ich fuhr höchstens sechzig. Ich wollte nach Hause, ich war bei meiner Schwester in Fleurville und...«

Hilflose Bewegungen ihrer Hände.

»...wenn wir nicht so lange geredet hätten, wenn meine Schwester nicht noch zwei Gläser Marmelade aus dem Keller geholt hätte, dann wäre das nicht passiert.«

»Manchmal ist es einfach Pech. Und manchmal kann man auch gar nichts dafür.«

»Weil das ja eine Kurve ist. Verstehen Sie? Auf einmal rannte er mir vors Auto. Dabei hatte ich sogar Fernlicht an, weil ich weiß, dass hier öfter Wildschweine und ... der hätte doch sehen müssen, dass da ein Auto kommt. Höchstens sechzig, das müssen Sie mir glauben.«

»Das wird alles noch ausgemessen, wir können sehr gut feststellen, wie schnell Sie waren. Und wenn Sie sagen, sechzig... Sie dürften hier achtzig fahren.«

»Aber wo kam er denn her? Der muss ja direkt da aus der Fichtenschonung gekommen sein. Wer macht denn so was, mitten in der Nacht?«

Julien schob sein Fahrrad ein Stück zurück, um die anderen von der Gendarmerie besser verstehen zu können, die jetzt über den Toten sprachen. Er sah noch immer nichts, aber die Schaulustigen waren ganz still, denn dort an der Leitplanke geschah etwas Entsetzliches. Einer der Gendarmen fing an, zunächst die Lage des Toten zu beschreiben, dann den Zustand seiner Haut sowie seine Kleidung. ›Da schreibt sicher ein anderer mit‹, dachte Julien und hörte auf jedes Wort.

›Aber warum so genau? Warum ist die Kleidung so wichtig?‹ Julien fand keine Antwort.

Abgetragene Sachen. Darauf lief es hinaus. Julien wäre niemals auf die Idee gekommen, dass die Beschreibung der ärmlichen Kleidung eines Mannes unheimlicher war als das tödlichste Stülpgebiss und der ätzendste Triefschleim eines Aliens.

»Einer von da unten«, hatte vorhin jemand gesagt. Julien fiel ein, wie sehr sich Monsieur Theron im Unterricht über diese Bezeichnung für Menschen aus Nordafrika aufgeregt hatte. Dort offenbar kamen der Tote oder seine Vorfahren her. Also mit Sicherheit nicht aus dem Weltall. Es war Julien aber fast so vorgekommen, denn die genaue Beschreibung der Kleidung hatte den Toten in etwas ganz Fremdes verwandelt.

An diese Beschreibung von Kleidungsstücken eines Armen

hinter einer Leitplanke musste Julien am nächsten Tag denken, als es darum ging, was jemand hat und will oder eben auch nicht.

»Also, Julien? Was wünschst du dir?«

»Nichts.«

»Julien, bitte! Es darf auch etwas Teures sein. Vielleicht eine Uhr von Bersol? Dein Freund Benoît hat so eine.«

»Keine Uhr.«

»Manschettenknöpfe?«

»Keine Manschettenknöpfe.«

»Dann vielleicht einen schicken Anzug? So einen, wie Albert ihn trägt. Komm, lass uns in den dritten Stock fahren.«

»Nein.«

Julien und seine Mutter standen im Lafayette. Sie hatte ihn mit nach Strasbourg genommen, und da ahnte er schon was in die Richtung. Schließlich würde er in einer Woche siebzehn und sie hatte ihn ja schon ein paarmal damit genervt, dass er ganz eindeutig dabei sei, ein Mann zu werden.

»Du musst doch von irgendwas träumen, Julien, irgendwelche Vorstellungen haben.«

Julien fühlte sich von seiner Mutter so bedrängt, dass ihm übel wurde und seine Ohren wieder zugingen. Also schob er sich schnell einen Streifen Kaugummi in den Mund. Das hier war das Gegenteil von dem, was er wichtig fand. Das hier war äußerlich.

›Innerlich – Äußerlich.‹ Diese Worte führen schon seit einiger Zeit ein lebhaftes Dasein in seinem Kopf. Sie waren von Monsieur Theron gekommen. Davon abgesehen musste er bei dem Wort Anzug sofort an den hinter der Leitplanke denken.

»Was wünschst du dir, Julien? Denk mal richtig nach.«

»Wir kaufen ständig Sachen, die wir gar nicht brauchen.«

»Gut, dann nicht. Fahren wir zurück nach Courcelles.«

Während der Heimfahrt sprach sie kein Wort. Er hatte sie enttäuscht, obwohl er das gar nicht wollte. Julien war im Beisein seiner Mutter manchmal so schlecht, dass ihm Speichel in den Mund schoss und er Angst hatte, sich zu übergeben.

Um nicht ins Auto zu kotzen, um sich an etwas Positivem aufzurichten, fragte sich Julien, wie sehr es seine Mutter wohl schockieren würde, wenn sie ihn mal im alten Steinbruch sähe. Da war er während der letzten Wochen oft gewesen. Zusammen mit Lou und Philippe.

Philippe

Sie hatten zuerst auf die Türen der Autos geschossen, dann auf anderes.

Mit einer Pistole, die Philippe sich aus der Sammlung seines Vaters besorgt hatte.

Nach den ersten Schüssen hatte Lou sich darüber beschwert, dass die Pistole zu laut sei und ihr Handgelenk wehtut. Auch Julien war es so gegangen. Also hatte Philippe ihnen gezeigt, wie man eine Pistole richtig hält, und er hatte es demonstriert mit der Präzision und Anschaulichkeit eines Orthopäden.

»Die Kraft geht hier rein. Also wenn du die Waffe so hältst ...«

Danach ging es ganz gut, fühlte sich nach einigen Schüssen nicht mehr so brutal und fremd an.

Als Nächstes hatte Philippe von ihnen verlangt, herauszufinden, ob es einen zeitlichen Abstand zwischen Knall und Einschlag gäbe. Es gab keinen.

»Es ist«, hatte Philippe mit einem Stolz erklärt, als habe er die Pistole erfunden, »als ob die Waffe das Loch macht.«

»Macht sie aber nicht, das bist du, indem du abdrückst«, hatte Lou gekontert.

»Ja, schon klar. Aber was ich meine ...« Philippe hatte einen Moment nachdenken müssen. »Es gibt keinen Unterschied zwischen mir, der Pistole und dem Loch. Das meine ich. Wenn man viel schießt, vergisst man die Pistole, dann ist es so, als würde sie gar nicht existieren. Und schon gar nicht wie etwas Fremdes, vor dem man Respekt oder Angst haben muss. Das meine ich. Und wenn man noch mehr schießt, dann existiert man zuletzt selbst auch nicht mehr. Und wenn man keinen Gedanken und keine Vorstellung mehr von sich selbst hat, verliert man die Angst.«

»Du widersprichst dir gerade, merkst du das?« Lou hatte bis zum Schluss nicht begriffen, was Philippe sagen wollte. Für sie existierte die Pistole, und es existierte die Entscheidung abzudrücken. Dafür, dass es eine bewusste Entscheidung gab, sprach ihrer Ansicht nach allein schon die Kraft, die nötig war, sie zu nehmen, zu heben, zu laden, zu halten, zu zielen und abzudrücken.

»Das sind alles Entscheidungen.«

»Du bist eine Frau. Ihr habt zur Jagd und zum Kampf ein anderes Verhältnis.«

Danach hatte er ihr einen längeren Vortrag darüber gehalten, warum sich Männer und Frauen im Laufe der Evolution unterschiedlich entwickelt hatten. Er las ja auch immer seine angeblich vielsagenden Comics, philosophischen Fachmagazine und Jägerbücher. Schließlich war sein Vater Förster.

»Hast du denn schon mal auf etwas Lebendiges geschossen?«, hatte Lou schließlich gefragt, und Philippe sagte, als habe er nur darauf gewartet: »Nein. Aber mein Vater nimmt mich manchmal mit auf die Jagd. Deshalb weiß ich, ein Tier zu töten ist etwas, an das man sich schnell gewöhnt, weil das in jedem von uns drinsteckt. Auch in euch. Was uns davon abhält es zu tun, sind nur Angst und Regeln.«

»Du meinst das Gesetz?«

»Auch.«

»Und du hältst nichts davon?«

»Erinnerst du dich daran, was Monsieur Theron über Freiheit gesagt hat? Es geht dabei um Gedanken. Warum sollten wir uns vor Waffen fürchten? Eine Waffe ist nichts als ein Gerät. So wie ein Füller, Stuhl oder Rasenmäher. Nur der Gedanke, damit zu töten, macht sie zu etwas, vor dem wir dann Respekt oder Angst haben. Wenn man regelmäßig schießt, wird die Waffe wieder zu dem, was sie ist: ein Werkzeug. Und zuletzt hört sie auf zu existieren und ich auch. Ist ein Gefühl wie in Trance, versteht ihr? Es macht mir Spaß, das an mir auszuprobieren und die Veränderung zu verfolgen.«

»Welche Veränderung?«

»Wie ich diesen schwachsinnigen Respekt verliere. Ich kehre aus der Sphäre der Vorstellungen zurück in die Realität. Das ist eine Form von Freiheit.«

»Hast du das irgendwo gelesen?«, hatte Lou gefragt.

»Es geht um den Gedanken der Freiheit, nicht wahr? Nicht ums Schießen.«

Nachdem er das gesagt hatte, ließ Philippe noch einige Thesen zum Code Civil vom Stapel, die es in sich hatten.

Julien stand der Mund offen. Was sich da entwickelt hatte. Noch vor zwei Monaten hatte derselbe Junge während der Pause in einer Ecke des Schulhofs gestanden, still sein Pausenbrot gegessen und sich manchmal in den Arsch treten lassen.

Zum Glück war Lou an dem Tag gut drauf gewesen, und so hatte sie Philippe einfach reden lassen. Julien hatte sie schon anders erlebt. »Was für einen Scheiß ...!« Und so weiter.

Warum hat sie Philippe an dem Tag nicht widersprochen? Weil sie da schon begann, seine Gedanken zu akzeptieren?

Nun, Lou hatte jedenfalls in der Kiesgrube darauf verzichtet, und sie war ja dann auch zur Überraschung aller die Beste beim Schießen gewesen. Vielleicht war sie am Ende viel natürlicher, als sie selbst wusste.

Julien brauchte eine Weile, um herauszufinden, ob er sich in der Nähe einer Pistole wohlfühlte oder nicht. In jedem Fall war er fasziniert. Denn das hatten er und Philippe gemeinsam: Spaß daran, sich in etwas Unerhörtes reinzudenken. Nur hätte er selbst sich niemals getraut, seinen Eltern eine Waffe zu klauen, um eine so krasse Idee wie die von der Normalität des Tötens an sich selbst zu überprüfen.

Am Ende hatten sie zwei Schachteln à 50 Schuss verballert. Erst auf die rostigen Türen, dann auf die Ausstellfenster, die, in denen noch Glas war, und zuletzt...

»Jetzt wird es spannend und ihr werdet sehen, wie eure Phantasie, eure Vorstellung von der zweiten Bedeutung der Dinge, also das Symbolische euch im Griff hat.«

...zuletzt durch die offenen Türen auf die Rückenlehnen und Kopfstützen im Inneren. Aus denen war einiges an Filz und Schaumstoff rausgekommen. Manchmal quoll das noch eine ganze Weile aus den Löchern und Rissen, denn die Füllung schien irgendwie unter Druck zu stehen. Philippe fing damit an. Also mit den Rückenlehnen. Ihm, Julien, war das anfangs sehr unheimlich gewesen, denn es war ihm vorgekommen, als würde er auf etwas Lebendiges schießen. Weil er bei Sitzen nun mal ganz automatisch an Menschen dachte. Was das anging, hatte Philippe Recht. Er war unfrei, er wurde vom Symbolischen beherrscht.

Lou hatte keine Probleme mit den Rückenlehnen. Aber sie war ja schon immer ziemlich kaltblütig gewesen, fand Julien. Die anderen Mädchen aus seiner Klasse waren jedenfalls anders als Lou, das spürte er jeden Tag.

Was hatte sich also gezeigt? Obwohl Philippe seit Wochen damit angab, was für ein guter Schütze er sei, war Lou am Ende viel treffsicherer gewesen. Sie hatte die Kopfstützen auseinandergeballert wie nichts.

»Wir könnten zusammenarbeiten«, hatte Philippe schließlich erklärt. »Auf der Straße ist viel Geld zu holen. Man muss nur seine Angst überwinden.«

Diesen Satz hörte Julien noch, als seine Mutter und er am Ortsschild von Courcelles vorbeifuhren. Philippe hatte ihn ganz leise ausgesprochen, und nach diesem Satz war dann etwas Seltsames passiert. Lou hatte sich auf den Gedanken eingelassen, ein Verbrechen zu begehen. Sie und Philippe hatten sich in Sachen reingesteigert, die absolut kriminell waren, hatten so getan, als wären sie Bonnie und Clyde.

Und er selbst? Warum nahm er Philippes Thesen nur mit theoretischem Interesse auf? Warum fehlte ihm der Mut, ins Unbekannte zu springen und etwas zu tun, das nicht in Ordnung war? Philippe hatte ihn in letzter Zeit doch immer wieder dazu aufgefordert. Und Julien hatte ihn nur zu genau verstanden. Es ging exakt um das, was Monsieur Theron Freiheit nannte. Und er wollte doch frei sein.

Ich töte

An einem, wie er später meinte, folgenschweren Dienstag um zehn vor acht war Julien wie jeden Morgen während der Woche auf dem Weg zur Schule gewesen. Er besaß sein Moped erst seit zwei Wochen, genoss noch die Kraft des Motors.

›Blinker nicht wieder vergessen...!‹

Er bog von der Rue Fleurville in die damals noch unbefestigte Rue Avondville ein. Eine Abkürzung, die zu seiner Schule führte. Und da kam ihm, nicht zum ersten Mal, ein Wagen entgegen. Der starke Regen verwandelte das Licht der Scheinwerfer in ein blendendes Leuchten.

Das Auto schien direkt auf ihn zuzufahren. Julien hatte trotzdem keine Angst, er kannte solche Situationen und verließ sich darauf, dass der Fahrer dort fahren würde, wo er zu fahren hatte. Und so geschah es dann auch. Der Wagen fuhr – vielleicht etwas zu schnell – vorbei, verpasste ihm eine kleine Dusche, die seinen linken Unterschenkel durchnässte.

Aber es war eben doch nicht wie immer.

Im letzten Moment nämlich, kurz bevor sie einander passierten, sah Julien etwas Unbegreifliches. Das lichtdurchflutete Geprassel des Regens wurde plötzlich von einem kleinen Gegenstand durchschossen. Der bewegte sich entgegen der Gesetze der Schwerkraft und war so unerklärlich, dass Julien einen kurzen Moment lang meinte, er sei direkt aus der Front des Wagens oder aus dem Licht selbst herausgekommen. Schussartig, das kam ihm merkwürdig vor.

Er bremste sein Moped ab, drehte sich um. Die roten Rücklichter des Wagens flammten in einiger Entfernung auf, als er anhielt, um sich in die Rue Fleurville einzufädeln. Doch das nahm Julien nur am Rande wahr. Er wendete und berechnete, wo der Gegenstand gelandet sein müsste.

Als Nächstes drückte er den Scheinwerfer seines Mopeds ein Stück nach unten und suchte, indem er den Lenker nach links und rechts schwenkte, den Boden ab.

Im Laub.

Es war kein Gegenstand, es war ein Eichhörnchen.

Julien brauchte fast eine Minute, bis er sein Moped im weichen Untergrund so aufgebockt hatte, dass es nicht drohte umzufallen und der Scheinwerfer die Stelle richtig ausleuchtete.

Er kniete sich ins nasse Laub und betrachtete das Tier.

Ganz nah, ganz genau.

Es war tot, kein Zweifel.

Es war mit dem Wagen zusammengeprallt und hierher geschleudert worden.

›Am Kopf getroffen. Im linken Ohr Blut. Bestimmt ist der Körper noch warm, er wird bald kalt werden, und dann werden Käfer kommen und die Hülle des Tiers wird ausgehöhlt zusammensacken, und …‹

Er erschrak.

Die Hinterläufe. So schnell, als wollte es weglaufen.

Dann wieder Erstarrung. Er nicht weniger als das Eichhörnchen.

Dann noch mal. Es war noch nicht tot.

Bei seinem letzten Gezappel war das Tier auf die Seite gerollt. Das Blut war rot.

Frisch.

Das Auge des Tiers schien ihn direkt anzusehen.

Noch mal.

Wieder nur die Hinterläufe.

Julien erschrak diesmal so stark – vielleicht die Wirkung des Auges –, dass er sich aufrichtete. Sein Gehör ... Er schob sich einen Kaugummi in den Mund.

Er stand jetzt über dem Eichhörnchen.

Das bewegte erneut seine Beine. So schnell und sinnlos. So verzweifelt. Es litt, daran bestand für Julien kein Zweifel. Und auch er litt, denn er war hier aufgewachsen, in Courcelles, einer Kleinstadt, in der es eine Großschlachterei und zwei Mastbetriebe gab, die Schweine in industriellem Stil aufzogen. Ein Umfeld also, in dem man über Tiere anders sprach als in der Stadt. Julien wusste, was er zu tun hatte, und seinem ruhigen, analytischen Verstand war vollkommen klar, dass er deswegen kein schlechtes Gewissen zu haben brauchte.

Also hob er seinen Fuß.

In diesem Moment, als hätte es geahnt, was nun kam, versuchte das Eichhörnchen erneut wegzukommen. Ganz sonderbare Bewegungen. Juliens Fuß – zum Glück trug er Stiefel – schwebte über dem Tier.

Er drehte den Kopf so weit er konnte, blickte schräg hinter sich. Der Motor seines Mopeds lief noch, die Abgase sammelten sich als große Wolke hinter dem Auspuff. ›Natürlich ist das so‹ dachte er, ›ein Moped hat keine Batterie, der Motor muss laufen, sonst leuchtet der Scheinwerfer nicht.‹ Alles schien Julien klar und erklärlich.

›Aber ...‹

Würde er es überhaupt schaffen, das kleine Tier auf diesem weichen Untergrund totzutreten? Wie oft würde er zutreten müssen, ehe er sicher sein konnte?

Entscheidend war zuletzt etwas anderes. Er konnte es nicht.

Also kniete er sich wieder hin. Und das verdammte Tier tat ihm nicht den Gefallen zu sterben.

Da berührte er es. Es war warm, und er bildete sich ein, seinen rasenden Herzschlag zu spüren. Er begann, das Eichhörnchen ein wenig zu streicheln.

Der Körper zuckte zusammen, vielleicht hatte das Tier Angst vor ihm, fühlte sich bedroht. Julien spürte, wie ihm Blut in den Kopf stieg.

Schnell zog er die Hand zurück. Der Blutstropfen im Ohr war größer geworden. ›Kein Wunder, wenn sein Herz so schnell schlägt.‹

Julien merkte, dass auch sein Herz schneller schlug, und dass ihm ganz heiß geworden war.

Er wusste genau, was Philippe in dieser Situation getan hätte, er wusste, was nun auch er zu tun hatte, er wusste, was das Beste und Gnädigste wäre. Dreimal hart mit dem Hacken seines Stiefels und das Leid des Tiers wäre vorbei.

Er fasste keinen Entschluss, es passierte von selbst. Er begann wieder, das kleine Eichhörnchen zu streicheln. Er wollte etwas anderes tun, aber es ging nicht. Und so dauerte es noch eine ganze Weile, bis das Eichhörnchen auf den grauen, nassen Blättern starb.

Zuletzt schob Julien etwas Laub über seinem Körper zusammen. Nachdem er noch eine Weile neben dem kleinen Grabhügel gestanden hatte, stieg er auf sein Moped und fuhr.

Das Ereignis mit dem Eichhörnchen beschäftigte ihn. Stets lief es auf das Gleiche hinaus – die Erkenntnis, dass er sich selbst nicht mehr definieren konnte. ›Nicht definieren‹, diese Worte benutzte er in seinen Gedanken. Sie stammten von Philippe. Nach einigen Tagen Verwirrung meinte er, die Sache sei ausgestanden. Doch dann kam die Geschichte wieder hoch.

Julien machte sich nun ernsthafte Vorwürfe, dass er das Leid des Eichhörnchens nicht abgekürzt, es nicht zertreten hatte. Er meinte, nicht aus Mitleid, sondern aus Feigheit gehandelt zu haben. Und so war dies der Moment in seinem Leben, in dem er erkannte, dass er ein Schwächling war, ja, dass er nicht mal eine Entscheidung getroffen, sondern einfach nicht anders gekonnt hatte, als das sterbende Tier zu streicheln. So gesehen war er nicht nur Schwächling, sondern auch unfrei. Schließlich dachte er an Philippe, der ja nun schon seit einiger Zeit nicht nur sein bester Freund, sondern auch sein Vorbild war, was Mut anging und interessante Gedanken. Nach der Eichhörnchengeschichte entstand da ein kleiner Zweifel, und Julien fragte sich zum ersten Mal, ob denn Philippe anders war als er. Dabei hatten sie doch so viel über Freiheit gesprochen.

Die Frösche

Anfang September 1986, es war ein paar Tage lang unangenehm schwül gewesen, denn der August hatte mit einer Hitzewelle und starken Gewittern geendet, geschah auch mit Philippe etwas, das ihn erschütterte.

Sein Vater hielt ihn kurz, er bekam ein Taschengeld, das schon zehn Jahre zuvor lächerlich gewesen wäre. Und er wollte doch eine Enduro fahren. Jetzt hatte ein Bekannter seiner Oma aus Avondville ihm eine Yamaha XT angeboten. Leider hielt sein Vater eine Yamaha XT für verzichtbar. Das war kein böser Wille, er hatte eben seine Vorstellungen. Er selbst gab viel Geld für seine Waffensammlung aus, aber sein Sohn sollte erst mal lernen zu verzichten. Auf diese Weise meinte er, ihn zu stärken und auf später vorzubereiten. Nur ging die Rechnung nicht auf, denn Philippe steigerte sich in Wünsche stets ungeheuer rein. So wurde ihm auch die Yamaha XT immer wichtiger.

Das war der Zeitpunkt, an dem er darüber nachzudenken begann, ob es ihm wohl gelingen würde, einen Kiosk oder eine

Bank auszurauben. Es waren nur vage Gedanken, die er sofort in sein philosophisches System von den Rechten des Einzelnen einbaute.

War er da bereits auf dem Weg, ein Verbrecher zu werden? Die Frage kann nicht beantwortet werden, denn es geschah etwas viel Einfacheres als ein Überfall auf einen Kiosk oder eine Bank. Er sprach mit Lou über seine Geldprobleme und seinen Wunsch nach der Yamaha XT. Lou wiederum sprach mit ihrem Stiefvater, der schließlich Pächter zweier Tankstellen war. So fand der Banküberfall nicht statt, und Philippe begann, nach Schulschluss für Lous Vater zu arbeiten. Er einigte sich mit dem Verkäufer auf Ratenzahlung und konnte schon ein paar Wochen später mit seiner Yamaha vorfahren.

Nun hatte er alles: Freunde, eine Enduro, seine Gedanken. Und noch immer unglaublich gute Noten. Und doch war er nicht zufrieden. Im Gegenteil. Die Tatsache, dass er sein Ziel erreicht hatte, indem er Handlangerdienste verrichtete, brachte ihn durcheinander. Daraus, dass er sich auf etwas derart Erniedrigendes eingelassen hatte, einen Deal, der überhaupt nicht in seine Philosophie von den Rechten der Starken passte, wurde ein inneres Drama.

Julien ahnte nichts von diesem Yamahadrama, denn Lou hatte ihm nichts erzählt.

Im Gegensatz zu Philippe war er, abgesehen von der Eichhörnchengeschichte und seiner offensichtlichen Unfähigkeit frei zu sein, eigentlich ganz zufrieden. Vor allem freute er sich auf die Tage, an denen sie sich im Steinbruch trafen.

Lou ging inzwischen unglaublich cool und routiniert mit der Pistole um. Und Julien merkte, dass sie anfing, Philippe anders anzusehen, dass sie sich gern in dessen Nähe aufhielt. Das war der zweite kleine Riss zwischen ihm und Philippe. Trotzdem blieben sie eine Gruppe. Eine, die sich von den anderen eindeutig abhob, und das war ihm das Wichtigste. Das Verrückte daran war, dass ihre Clique nicht dadurch zusammenhielt, dass sie einander glichen oder aus ähnlichen Familien kamen. Es waren die Pistole und das Unerhörte, das sie verband. Was Julien anging, hatte sich die Pistole keineswegs in Nichts aufgelöst, wie Philippe immer behauptete. Im Gegenteil, sie war das Symbol ihrer Freundschaft.

Aber dann ließ Philippe plötzlich nach, schien das Interesse am Schießen und seinen ausufernden Gedanken verloren zu haben. Das lag daran, dass sich Claire seiner angenommen hatte. Claire hatte auf die Jungen ihrer Klasse immer diese beruhigende und ausgleichende Wirkung. Philippe wurde auf einmal ein ganz anderer, schwächte seine Thesen ab, hörte zu und gewann so nach und nach Freunde auch unter denen, die ihn vorher noch als verrückt oder gefährlich angesehen hatten.

Julien versuchte sofort, bei Anna für diesen veränderten Philippe zu werben, denn er wollte, dass sie alle vier Freunde wurden.

»Glaub mir, Anna! Philippe ist jetzt ganz anders, er wirkt richtig glücklich, seit er mit Claire zusammen ist.«

»War er denn vorher unglücklich? Es ist doch egal, auf welche Art Philippe sich selbst liebt und verehrt.«

»Gib ihm eine Chance.«

»Solche wie der ändern sich nicht.«

Julien konnte nicht glauben, wie ungerecht sie war, wie arrogant und dumm. Anna ignorierte einfach, was geschah. Lou war auch nicht viel besser. Erst vor ein paar Tagen hatte sie über Anna gesagt: »Die hat was von einem Gift. Die will doch nur, dass ich zu ihr zurückkehre und wir wieder so tun, als wären wir Kinder.«

Diese Aussage ist schwer nachzuvollziehen, denn Anna war zu diesem Zeitpunkt noch immer Lous beste Freundin. Davon abgesehen war Anna gar nicht mehr kindlich. So über sie zu reden war einfach nur fies. Muss man dem Bedeutung beimessen? Wie Lou über Claire sprach, soll hier nicht wiederholt werden.

Julien jedenfalls litt unter dem, was Anna und Lou übereinander und über Claire sagten, er musste plötzlich an seine Frösche denken.

Er hatte mal, als er acht Jahre alt war, fünf Frösche in eine große Plastikbadewanne gesetzt. Erst waren sie ein bisschen herumgehüpft, hatten versucht zu entkommen. Doch nach einer Weile hatte sich so was wie eine Ordnung eingestellt. Die Frösche hatten sich aufgeteilt. Zwei saßen nebeneinander, einer saß auf einem anderen oben drauf und einer hatte ein Plätzchen ganz für sich gefunden. Dann hatte er einen sechsten Frosch dazugesetzt, und alle waren wie wild durcheinandergesprungen. Wieder hatten sie sich nach einer Weile beruhigt. Nur hatte sich diesmal eine völlig neue Ordnung ergeben.

›So einfach‹, entschied Julien. ›Was jemand ist, hat nichts mit Plänen oder mit Gedanken oder Freiheit zu tun, sondern mit Konstellationen. Es gibt überhaupt keine Einzelnen und auch keine Kontrolle.‹

So hatte also das Verhängnis, das bei Lou ›Familie‹ hieß, bei ihm diesen Namen: ›Konstellationen‹.

Ein weiterer Begriff, der ebenfalls zu den Vorbedingungen möglicher verbrecherischer Handlungen gehört, muss noch erwähnt werden.

Territorialität.

Damit bezeichnete man früher die Zugehörigkeit zu einem Staatsgebiet. In der vergleichenden Verhaltensforschung wird der Begriff zur Kennzeichnung von Verhaltensweisen verwendet, die sich aus dem wahrgenommenen Besitzanspruch auf einen geografischen Raum herleiten. Ob diese Sichtweise noch haltbar ist, darf in Zeiten hoher Mobilität bezweifelt werden. Vielleicht gibt es beide. Die Mobilen und die Immobilen, die Reisenden und die Sesshaften. So gesehen hat sich der Begriff der Territorialität erweitert. Er bezieht sich nicht für alle auf ein konkretes Gebiet.

40 Tonnen

Er kam aus Marseille, das stand vorne dran. Zusammen mit dem Namen der Spedition, zu der er gehörte. Er war an Avignon vorbeigekommen, an Dijon, und Nancy. Insgesamt über 900 Kilometer. Dafür brauchte er beinahe elf Stunden. Da er um 16 Uhr in Marseille losgefahren war und die Fahrer eine Pause eingelegt hatten, nahm er die Abfahrt Courcelles um kurz nach 3 Uhr morgens.

In dem Moment, da er im Bild auftauchte, war der Laster nicht mehr als ein langer Schatten.

Die Kurve nach der Abfahrt war eng. Also musste der Sattelschlepper mit der Geschwindigkeit bis auf 35 km/h runter. Rote Rücklichter. Zwei Reihen. Er wartete, da eine Ampel auf Rot stand. Als sie auf Grün umsprang, wurde er laut und bog auf die Rue Fleurville ab. Was keine Schwierigkeiten bereitete, da um diese Uhrzeit niemand unterwegs war und das Fahrzeug bei dem Einbiegemanöver ohne Gefahr bis auf die Gegenspur ausholen konnte.

Er fuhr Richtung Zentrum. Über den Feldern zu seiner Rechten flache Nebelschwaden.

Nachdem der Sattelschlepper dem Verlauf der Rue Fleurville 800 Meter gefolgt war, kam eine Tankstelle ins Bild. Alles an dieser Tankstelle wirkte hell vor der Schwärze, die sie umgab. Auch im Inneren des Verkaufsraums brannte noch Licht. Hinter der Kasse stand eine sehr junge Frau, vielleicht müsste man sagen, ein Mädchen. Außer ihr war weit und breit niemand zu sehen.

Beide Fahrer waren jung und schlank, blickten zur Tankstelle rüber, sahen das Mädchen. Der Fahrer nahm den Fuß vom Gas. Sein Beifahrer sagte etwas in einer fremden Sprache. Es klang wie ein Befehl. Daraufhin beschleunigte der Fahrer wieder und die Tankstelle zog am rechten Seitenfenster vorbei. Es wurde wieder dunkel, da es in diesem Bereich weder Häuser noch eine Straßenbeleuchtung gab. Nach 500 Metern kam der LKW am Ortsschild von Courcelles vorbei. Hier begann eine Reihe von Straßenlaternen, welche die Fahrbahn in ein intensiv orangefarbenes Licht tauchten. Wieder nahm der Fahrer den Fuß vom Gas, diesmal blieb der Beifahrer still.

Das schwere und vor allem sehr lange Fahrzeug wurde bis auf den Bürgersteig nach rechts gezogen, kam dabei fast zum Stehen und fuhr beinahe an einer Straße vorbei, die von links in die Rue Fleurville einmündete. Diese Straße hieß Rue du Moulin und führte nach Belgien. Erst im letzten Moment drehte der Fahrer das Lenkrad bis zum Anschlag nach links. Kräftige und auch schnelle Bewegungen waren dafür nötig. Der LKW musste ausholen, dann scharf einschlagen, um die enge Kurve zu schaffen. Aber sie war nicht zu schaffen. Also musste der Vierzigtonner zweimal vor- und zurückrangieren. Erst dann gelang das Manöver. Der Fahrer gab nun mächtig Gas und folgte der Rue du Moulin, die bereits nach 100 Metern in eine starke Steigung überging. Der Motor wurde sehr laut, da der Fahrer die Strecke hoch auf den Wall in einem niedrigen Gang anging.

Während der LKW sein Rangiermanöver durchführte, ging in einem Haus am Abzweig ein Licht im ersten Stock an. Das Licht brannte noch, als der LKW längst verschwunden war. Eine ganze Weile blieb es so. Man sah also nur ein zweigeschossiges Haus, das von der Straßenbeleuchtung schwach angestrahlt wurde. Erst zehn Minuten später erschienen Oberkörper und Kopf einer Person als Schatten am Fenster. Den Proportionen nach ein Mann. Er blieb lange dort stehen. Erst nach zwanzig Minuten verschwand er wieder. Kurz darauf erlosch das Licht.

Die Eskapade am Lac de Session

Momente, in denen sich ein Mensch plötzlich verändert, kündigen sich nicht immer groß an.

Im Lac de Session war das Wasser so klar wie seit Jahren nicht mehr. Es war heiß in Courcelles, die Frauen und Mädchen waren luftig gekleidet, und nicht wenige sagten, sie kämen sich vor, als seien sie leicht betäubt. Das lag möglicherweise am Geruch, denn über dem Ort mit seinem Schweinegestank hing jetzt der intensive Duft von Lavendel, Thymian und Eberraute, Pflanzen, die unter diesen nahezu mediterranen Bedingungen prächtig gediehen.

»Lust auf eine Spritztour mit der Yamaha?«, fragte er, und sie sagte: »Klar.«

Er saß dabei auf seiner Enduro, sie stand daneben und berührte zweimal den Lenker.

»Wann?«, wollte sie wissen.

»Wenn's dunkel wird?«

»Okay«, sagte sie und überquerte, nachdem er gefahren war, den Schulhof, um zu ihrem Fahrrad zu kommen.

Fünf Stunden später sah der Himmel aus, wie er im Sommer oft aussieht, wenn die Sonne nach einem langen, heißen Tag untergegangen ist. Der Boden bestand aus Sand mit einigen Inseln Gras. Es ist bis heute so, die Stelle hat sich kaum verändert.

»Romantisch, oder?«

»Ja.«

»Da?«

»Okay.«

Sie war zuerst auf der Decke. Sie hörte den überhitzten Auspuff seiner Enduro ein paarmal knacken, als Philippe sich neben sie legte und sofort anfing, über den Himmel, die Weite des

Blicks und die Verschmelzung von Farben zu reden. Während dieses Vortrags rutschte er ein Stück näher an sie heran.

Dann begann Philippe über sie zu sprechen, und zwar auf eine Art, als hätte er schon lange auf alles, was Lou gesagt, getan, ja sogar gedacht hatte, geachtet. Nach dieser Erklärung kam er dann noch ein Stück näher. Der Raum, den ihre beiden Körper beanspruchten, war jetzt auf deutlich unter zwei Quadratmeter geschrumpft.

Ein lauer Wind strich über sie hinweg, und der Geruch des Wassers, den er mit sich führte, war angenehm, er vermittelte Lou ein Gefühl von Ungebundenheit, befeuerte ihre Lust auf ein Abenteuer. Als hätte er das erspürt, kam Philippe noch ein Stück näher. Wohl nur zehn Zentimeter.

Diese letzte Distanzverringerung wirkte wie ein Auslöser, denn plötzlich kam es Lou vor, als würde sich die Präsenz seines Körper auf ihren übertragen. Sie spürte, wie eine Art von Elektrizität über ihre Haut ging. Doch so blieb es nur kurz, denn die Kraft bündelte sich schnell, griff an anderer Stelle an. Und so erfasste Lou sehr plötzlich ein Verlangen, das vorher nur Vorstellung oder Träumerei gewesen war. Von der Freiheit einer Entscheidung konnte keine Rede mehr sein. Und genau in diesem Moment sagte Philippe dann etwas, das Lous Zustand und Wollen so genau beschrieb, als könnte er Gedanken lesen.

»Du bist ich und ich bin du.«

Daraufhin bewegte nun auch sie sich, es geschah ganz von selbst. Er deutete diese Bewegung richtig und handelte, wobei es ihr gefiel, dass er zielstrebig war, ohne brutal oder überstürzt zu agieren. Sie war ganz weg, wie man so schön sagt, und so merkte sie nicht mal, dass sie bei ihrer dritten Eskapade einiges an Sand in den Mund bekam.

Erst dann fiel es ihr ein, sie erschrak: »Sag mal, bist du nicht eigentlich mit Claire zusammen?« Er antwortete: »Nein.« Seine Stimme klang dabei vollkommen gelassen und sicher.

Das Abenteuer am Lac de Session war nur ein Anfang, und erst mal nichts Ungewöhnliches. Lou hatte dort schon mit verschiedenen Jungen geschlafen. Was sie innerhalb der nächsten Wochen in einen Zustand ›echter Liebe‹ versetzte, war etwas anderes, und eigentlich das Gegenteil von Romantik. Eine ständige Unberechenbarkeit und Verwirrung zeigte sich bald als die treibende, ihre Verbindung vertiefende Kraft, und Lou spürte schnell, dass ihre Liebe zu Philippe immer ein unerklärliches Geheimnis bleiben würde, eins, bei dem sich Schockzustände mit Phasen absoluten Vertrauens und vollkommener Verschmelzung abwechseln würden.

Unter diesen Bedingungen wurde Lou in kaum zwei Wochen eine andere, und es gefiel ihr zum ersten Mal in ihrem Leben, sich jemandem zu unterwerfen. Aber es war ja auch gar keine Unterwerfung. Oder? Weil er doch sie war und sie er.

Außenstehende machten es sich nicht so kompliziert. Sie sagten, Lou sei eben verknallt.

Nicht alle waren in dieser Zeit so überhitzt wie Lou. Alberts Mutter hatte eine längere Therapie hinter sich, denn sie hatte einen jungen Mann überfahren. »Getötet«, sagte sie immer. Und auch als sie sich wieder halbwegs im Griff hatte, war sie nicht mehr dieselbe. Sie geriet oft in nachdenkliche Zustände, und wenn sich dann jemand im gleichen Raum befand, konnte es vorkommen, dass sie plötzlich mit enormer Präzision davon berichtete, wie ihre Schwester, »wir hatten uns doch schon verabschiedet!«, plötzlich noch schnell in den Keller gelaufen war, um ihr zwei Gläser Marmelade mitzugeben. Danach blieb sie dann still.

Auch für die Gendarmerie Courcelles hatte der Tote hinter der Leitplanke etwas sehr Zähes. Es gelang nämlich nicht, ihn zu identifizieren. Unidentifizierbarkeit bedeutet letztlich einen Verlust an Kontrolle. Unidentifizierbarkeit ist eine Vorstufe zur Gefahr. Zudem stattete Gendarm Conrey aus Fleurville der Gendarmerie Courcelles immer mal wieder einen Besuch ab und erkundigte sich. Ohayon spürte, dass sein Kollege von irgendetwas besessen war. Und so können diese Besuche Conreys durchaus als eine Art Initialzündung gewertet werden, denn Gendarm Ohayon begriff in dieser Zeit, dass Polizeiarbeit mehr sein kann als Arbeit.

Plötzliche Reizung

Die Polizei bemüht sich, und doch kann sie nie jeden einzelnen vor sich selbst retten. So verwandelte sich bei Philippe sechs Monate nach der Liebesnacht am Lac de Session etwas Gutes in etwas anderes.

Fünf Wochen vor dem Abitur kam er zu Julien, hatte einen Plan dabei. Aufgerollt in einer Pappröhre.

»Ich wollte erst mal mit dir reden, bei Lou bin ich mir nicht ganz sicher.« Philippe hatte den Plan vorsichtig aus der Röhre gezogen und auf dem Tisch ausgerollt.

»Hast du das gezeichnet?«, fragte Julien um sicherzugehen.

»Ja. Das ist die Bank in Avondville. Das hier ist die Tür. Dahinter kommt ein kleiner Vorraum, in dem zwei Geldautomaten stehen. Dieser Raum wird von einer Kamera überwacht, die hängt hier oben ...«

»Du spinnst, oder?«

»Keine Angst, ich will die Bank nicht überfallen. Aber ich hatte die Idee, dass wir daraus ein Spiel machen. Dass wir das so realistisch proben, wie wir nur können, mit Vorplanung, Aktion, Flucht und allem, sodass wir am Ende wissen, wie sich das anfühlt.«

»Wie sich was anfühlt?«

»Ein Verbrechen zu begehen.«

»Das soll so was wie ein Gedankenspiel sein?«

»Wir bilden uns aus. Beim Militär machen sie es genauso. Ich möchte, dass wir dieses ›was wäre, was könnte, was sollte‹

überwinden. Die Dinge können nicht so bleiben, wie sie sind. Ich glaube, da waren wir uns mal einig.«

»Du spinnst doch, Philippe. Du wirst in fünf Wochen das beste Abitur machen, das je an unserer Schule gemacht wurde. Aber nein! Wieder fängst du mit solchen Sachen an. Man könnte fast glauben, es sei dir ernst.«

»Und wenn?«

»Du bist doch kein Krimineller. Und aus der Zeit der Indianerspiele sind wir ein bisschen raus, oder?«

»Genau. Wir werden erwachsen. Weißt du schon, was du später machen willst?«

»Ich werde Jura studieren und Strafverteidiger werden.«

»Wie dein Vater.«

»Na und?«

»Umso besser. Da wirst du es nämlich mit Menschen zu tun bekommen, die so was wie das hier wirklich gemacht haben. Wäre es da nicht interessant zu wissen, wie es sich anfühlt, auf der anderen Seite zu stehen? Wäre es nicht überhaupt interessant, die Welt, die du kennst, mal für eine gewisse Zeit zu verlassen? Konsequent. Nicht indem du Alkohol trinkst, ein paar Pillen einwirfst oder irgendeine Lou vögelst...«

Es war zu schnell gegangen. Scheiß auf Konstellationen, scheiß auf Kontrolle. Julien hatte seinem besten Freund die Faust ins Gesicht gerammt. Und zwar mit einer Kraft, die er noch nie gehabt hatte. Philippe war zu Boden gegangen, und Julien hatte es im letzten, aber auch wirklich im allerletzten Moment geschafft, gegen die Wirkung des Adrenalins anzukommen. Da war eine so brutale Gewalt in ihm gewesen, das hätte er sich niemals vorgestellt. Und doch hatte er sie bezwungen und Philippe nicht getreten, als der am Boden lag.

Philippe blutete aus der Nase und heulte. Aber nicht wegen der Schmerzen.

»Ich dachte, wir sind Freunde...« Ein paarmal sagte er das. Julien hatte Philippe noch nie heulen sehen.

Schweine

Das Ereignis war ein Schlag, was das weitere Leben von Lou, Anna, Julien und Philippe anging.

Ein Viehtransporter der Spedition Larousse hatte die Autobahnabfahrt Courcelles zu schnell genommen, und so wurde das Fahrzeug von den Fliehkräften mit einer so unerbittlichen Macht zur Seite gedrückt, dass selbst Flüche nichts mehr ausrichten konnten. Leere und volle Bierdosen kippten um, und der Laster rutschte seitlich in einen flachen Graben. Das schwere Fahrzeug schien regelrecht wieder aus dem Graben herausspringen zu wollen, was ihm aber nicht gelang, sodass es zuletzt einfach nur auf die Seite kippte.

Für die Schweine eine Katastrophe. Viele von ihnen brachen sich die Beine, einige starben am Schock. Bei dem Unfall waren zudem die hinteren Ladetüren aufgesprungen, und so entwichen aus der Masse der schreienden Tiere etwa vierzig ins Freie. Fünfzehn von ihnen blieben nach ein paar Metern einfach stehen und warteten, was nun geschehen würde. Andere liefen in Panik davon, Richtung Wald.

Nun war es Sache von Philippes Vater in seiner Funktion als Förster, die Flüchtlinge zur Strecke zu bringen, damit sie nicht den Wildbestand infizierten. Und so hörte man den ganzen Nachmittag über immer mal wieder Schüsse.

Philippe machte aus dem Zwischenfall eine Fabel, die von der Banalität des Todes handelte und von den Rechten überlegener Arten und Rassen. Thesen, die seine Freunde mehr schockierten als alles, was er je zuvor gesagt hatte. Philippe hatte sich bis jetzt immer als einer ausgegeben, der linken Gedanken anhing, und jetzt kam er plötzlich mit so was.

›Er hält Menschen für Tiere und umgekehrt, für ihn geht das alles ineinander ...‹

Lou hatte sich an diesem Nachmittag kurz überlegt, ob es nicht besser wäre, sich von ihm zu trennen, aber irgendetwas an Philippes Kraft hielt sie. Ja, sie war beinahe süchtig nach seiner Art, seinem Mut, unerhörte Dinge nicht nur zu denken, sondern zu sagen.

›Und er wirkt dabei immer so heiter...‹

So schrieb Lou auch diese Äußerungen Philippes überbordender Lust an der Provokation und der Zerstörung feststehender Meinungen zu. Auch, dass er nun keine linken, sondern – jedenfalls laut Definition von Monsieur Theron – rassistische Thesen vertrat, passte für sie in dieses Bild.

Zum Abschluss erklärte Philippe dann auch gleich noch die Spedition Larousse zu einer Ausbeuterorganisation, die man abfackeln müsse.

Es stimmte zwar, dass dort nicht alle Mitarbeiter nach Tarif bezahlt wurden, aber dass Philippe das mit den Sklaven noch ein paarmal wiederholte, kam nicht gut an, da die Eltern von vielen seiner Freunde dort arbeiteten.

Selbst das wäre vermutlich bald in Vergessenheit geraten, wenn nicht Anna plötzlich das Wort ergriffen und eine Rede gehalten hätte, die alle verblüffte. Anna war in der Klasse nie mit großen Statements in Erscheinung getreten, was sie jetzt von sich gab, klang wie das Schlussplädoyer in einem Mordprozess. Sie fällte ein Urteil über Philippe, das selbst denen, die gegen ihn waren, überzogen vorkam. Es klang nach blankem Hass, verpackt in juristische Begriffe. Nach seinem Rausch kam also nun ihrer.

Lou fand es grauenhaft, wie ihre beste Freundin über Philippe herzog. Genauso schlimm fand sie sein Gelächter.

Und wer siegte in diesem Duell? Anna wurde am Ende ausgelacht, und Philippe wurde vielen unheimlich. Lou wurde schwindelig, sie stand kurz davor loszuheulen. Sie hätte vermitteln und ausgleichen wollen, kriegte aber den Mund nicht auf. Und sie schaffte es nicht, sich von Philippe loszusagen, meinte sogar, es sei ihre Aufgabe, ihn vor Anna zu beschützen. So war sie auch jetzt noch bereit, ihm zu folgen.

Zeigte sich hier so etwas wie ein neuer Charakter? Einer, der Lous starkem Willen, der sie selbst steilste Berge mit dem Fahrrad hatte hochfahren lassen, der sie anderen rotzig über den Mund hatte fahren lassen, eindeutig widerspricht? Deutlich stärker schien nun der Wunsch, sich an jemanden dranzuhängen, der wagte, was sie sich niemals getraut hätte. Es kann natürlich auch sein, dass sie einfach vorsichtiger war in ihrem Urteil und noch immer sehr verliebt.

Es war, als ob der Sommer 1987 plötzlich den Teufel im Leib hätte. Erst im August gelang es den Gendarmen Ohayon und Conrey zu zeigen, dass einiges eben doch kein Zufall war.

Brand und Beruhigung

Die Flammen zeigten sich in maximalem Kontrast vor dem Schwarz des Himmels. So wirkte das Feuer viel größer und gewaltvoller, als es in Wirklichkeit war. Der Schein der Flammen wurde von dem flachen, geteerten Giebeldach schemenhaft reflektiert.

Vor dem Bild eine Region der Unschärfe. Ein Sprühnebel aus feinsten Tröpfchen und Dampf. Überhaupt triefte alles vor Nässe, denn sechs Löschfahrzeuge pumpten massenhaft Wasser auf das Gebäude. Überall auf dem inzwischen stark aufgeweichten Boden hatten sich in den alten Spuren der schweren LKWs längliche Seen gebildet, die den Brand vielfach spiegelten.

Was hier in Flammen stand, war das letzte Lagerhaus der Spedition Larousse, das noch aus Holz bestand, es war über hundert Jahre alt. Und es war nicht der erste Brand dieser Art, denn gegen die Spedition wurde schon zweimal wegen möglicher Brandstiftung und Versicherungsbetrugs ermittelt.

Die beiden Alten – manche behaupteten, sie seien weit über

achtzig – waren selbst vor Ort, sie standen wie Figuren auf der Ladefläche eines LKWs, ihre Gesichter wirkten im Schein der Flammen rot, hölzern, zum Äußersten entschlossen. Gleichzeitig aber auch verbraucht und alles andere als sympathisch. Allein ihre Nasen waren riesig und sahen aus, als seien auch sie aus Holz und jemand hätte die Spitze abgeschlagen. Wer es vorher noch nicht wusste, sah spätestens jetzt, dass die alten Larousses eineiige Zwillinge waren. Viele Einwohner von Courcelles hatten sie noch nie gesehen. Und das obwohl sie die wichtigsten Arbeitgeber der Stadt waren. Stets hatten sie sich von allem ferngehalten, alle Einladungen zu Feierlichkeiten der Stadt ignoriert. Nun, da sie sich zeigten, wirkten sie wie aus einer längst vergangenen Welt. Ihr Großvater hatte diese Halle erbaut, in einer Zeit, als die Lastkähne den Canal de Songe noch von Pferden hinaufgetreidelt wurden. Hier hatte man schon vor hundert Jahren Waren umgeladen und gelagert. Die Zeit bis zum Ersten Weltkrieg war ein erstes goldenes Zeitalter für Courcelles gewesen, und mit dieser Halle, das lernte hier jedes Kind, hatte der Aufstieg des Ortes begonnen und natürlich auch der Aufstieg der Familie Larousse.

So hatten nicht wenige der etwa hundert Schaulustigen zunächst mehr Interesse an den beiden menschlichen Statuen als an dem Brand selbst. Richtung Feuer blickten sie erst, nachdem sie sich an den Alten sattgesehen hatten. Auch Lou war unter den Gaffern, auch sie glotzte die beiden eine Weile an. Was sie sah, bestätigte, so sehr sie sich auch dagegen sträubte, einen der Lieblingssätze ihrer Mutter.

»Es gibt Solche und Solche.«

›Idiot!‹ Lou glaubte ganz fest, dass Philippe für all das verantwortlich war, denn dass man diesen Ausbeuterbetrieb abfackeln müsse, hatte er ja erst vor ein paar Tagen laut verkündet. Und so schwankte sie erneut zwischen Gefühlen. Zum einen befürchtete sie, dass Philippe nun tatsächlich kriminell geworden war, zum anderen sah es aber auch so aus, als sei er dabei, das zu vernichten, was auch sie behinderte. Den Fluch der Familien. Das Unverrückbare.

Doch es gab in dieser Nacht keinen Untergang des Alten.

Zum Glück hatte man in der Halle nur sechs Tonnen Briketts und viel Teerpappe gelagert. So gelang es den Feuerwehren aus Avondville und Fleurville, den Brand unter Kontrolle zu bringen, ehe der Dachstuhl und die Wände der altehrwürdigen Halle gefressen wurden. Am Ende ergab sich nur ein Loch von etwa drei Metern Durchmesser genau in der Mitte des Dachs.

Trotz der guten Arbeit der Feuerwehr konnten die Brandermittler am nächsten Tag nicht eindeutig feststellen, was die eigentliche Ursache des Brands war. Er hatte an einem Stapel Teerpappe begonnen. Ob da nun aber gezündelt wurde oder ob es einen Kurzschluss in der uralten elektrischen Anlage gegeben hatte, ließ sich nicht mehr eindeutig feststellen.

Philippe wurde vernommen, nachdem drei aus seiner Klasse auf der Gendarmerie ausgesagt hatten, er habe gefordert, man müsse dort Feuer legen.

»Das würde ich beschwören, dass er das gesagt hat.«

»Ich auch.«

Man ließ ihn gehen, nachdem Lou erklärt hatte: »Er war bei mir, er kann es nicht gewesen sein.«

Diesmal kam Gendarm Conrey mit einem konkreten Verdacht nach Courcelles. Er hielt es für möglich, dass in dem alten Lagerhaus illegale Arbeiter übernachtet hatten.

Nur fanden weder die Brandermittler noch die Fachleute von der Spurensicherung auch nur den kleinsten Hinweis auf solche Übernachtungen. Die Staatsanwältin von Fleurville ließ sich daher nicht überzeugen, einen Durchsuchungsbefehl für die Büros der Spedition zu unterschreiben.

Als die *Gazette de Courcelles* von Conreys Verdacht erfuhr, berichtete sie trotzdem. Bei dieser Gelegenheit kam auch heraus, dass es bis jetzt nicht gelungen war, den Toten hinter der

Leitplanke zu identifizieren. Nun wurde erneut geredet und spekuliert. Der Brand, das gestohlene Obst, der überfahrene Fremde, das Zelt im Wald, ja sogar der Junge, der sich am Steinbruch erhängt hatte, wurden in Beziehung gesetzt und als Indizien einer sich im Stillen steigernden Gefahr gewertet.

Doch wie der Teufel es will, ausgerechnet ab dem Moment, da alle die Augen aufhielten, da alle geradezu auf ein Verbrechen warteten, geschah nichts mehr. Nirgends brannte es, nirgends wurde eingebrochen, keine verdächtigen Gegenstände wurden gefunden, keine fremden Menschen liefen im Wald herum. Die Tage waren zwar weiterhin überdurchschnittlich warm, und das Holz im Wald war knochentrocken, doch das Feuer aus Gerüchten und Verdächtigungen bekam keine neue Nahrung und erlosch.

Für Philippe und Lou, ja für die ganze Abiturklasse des Gymnasiums hatte der Brand der alten Lagerhalle trotzdem gravierende Folgen. Unter den Schülern wurden immer mehr Stimmen laut, die sicher zu wissen meinten, dass Philippe der Brandstifter war und Lou ihn mit ihrer Falschaussage gedeckt hatte.

»Die macht alles für ihn, die ist ihm hörig.«

»Red keinen Scheiß, du kennst Lou doch gar nicht.«

Die Klasse war zuletzt tief gespalten, es kam zu zwei Schlägereien. Bei der zweiten dieser Prügelaktionen zeigte sich, dass ein bis jetzt eher unauffälliger Junge namens Henri ein ganz anderer war, als man bis dahin dachte. Der Angriff auf seinen Kontrahenten war so zielgerichtet gewesen, die Verletzungen des Opfers so gravierend, dass er der Schule verwiesen wurde und die Staatsanwaltschaft Anklage wegen versuchten Totschlags erhob.

Nach diesem Schock – Henri galt als einer von denen, die ihm stets das Schlimmste unterstellt hatten – war Philippes Ruf als Denker des Unerhörten unter seinen Anhängern wieder gestärkt.

Man urteilte nun nachsichtiger über seine menschenverachtenden Thesen im Zusammenhang mit der Schweinelastergeschichte. Monsieur Theron trug ebenfalls seinen Teil dazu bei, dass man wieder besser über seinen Lieblingsschüler sprach. Zwei volle Stunden verwendete er darauf zu erläutern, wie aus Gerüchten Verdacht und zuletzt eine Art von Verrat wird.

So wurden Philippes vorher noch als menschenverachtend eingestuften Aussagen zu etwas Strahlendem, ähnlich einer Fackel der Freiheit, die, so Theron, »hinter die falsche Maske bürgerlicher Feigheit leuchtet«.

Ob es nun dem einen glaubhaft erscheint und dem anderen nicht, spielt keine Rolle. Es ist festzustellen, dass nach den beiden Prügeleien und dem Schulverweis des brutalen Schlägers wieder Ruhe einkehrte und Lous Klasse sich, als sei nie etwas geschehen, auf die anstehenden Prüfungen vorbereitete. Dank dieser äußerlichen Entspannung zeigte sich zwischen den Stunden ein Bild, dem man den Titel ›Lachende Schüler auf einem Provinzschulhof‹ geben könnte, ohne damit etwas zu beschönigen.

Doch nicht alle schlossen sich dieser Beruhigung an. Anna war schon immer gegen Philippe gewesen, nun wendete sich auch Julien endgültig von ihm ab. Dass er das tat, lag nicht zuletzt an Lou.

Vorrat

Ein riesiger roter Hund war auf eine weiße Hündin gestiegen, die das geduldig mit sich machen ließ. Sie hatte den Rücken so weit durchgebogen, wie sie nur konnte, sie würde trotzdem an dieser Kopulation sterben.

Julien hatte verzweifelt versucht, die weiße Hündin zu retten, indem er den großen Roten anging. Allerdings auf eine Art, die eindeutig sexuell und ziemlich peinlich war.

So und nicht anders hatte Julien geträumt.

Es gab weder eine Szenerie drumherum, noch so etwas wie Handlung, und beim Aufwachen hatte er eine schmerzende Erektion.

Später am Tag war ihm dann eine bedrückende, gleichzeitig unscharfe Vermutung gekommen, was das Bild mit den beiden Hunden anging: ›Lou ist in Gefahr.‹

Sein Verdacht wurde schnell konkret.

›Vielleicht arbeitet Philippe noch für andere als Lous Vater.‹

Er hatte ihn ein paarmal im Paris gesehen, wo er mit zwei Männern am Tisch gesessen hatte, die viel älter waren als er, nämlich mit Robert Vauterin und Gilles Larousse. Robert Vauterin war Julien schon immer unheimlich gewesen. Sein hageres Gesicht in Form eines V passte perfekt zu seinem Nachnamen. Und so wurde er auch manchmal genannt: ›V war da.‹ Oder: ›Kommt V noch?‹ Als würde er mehr an Namen nicht verdienen.

Überhaupt machte Robert Vauterin einen erbärmlichen Eindruck, der bei vielen zunächst Mitleid erregte. Diesen Eindruck verstand er für seine Zwecke zu nutzen. Er war auch längst nicht so hilflos, wie er in seiner stets viel zu weiten Kleidung wirkte. Robert Vauterin hatte Kraft, genau wie Gilles Larousse und Lous Vater war er lange beim Militär gewesen, es hieß, er könne mit bloßen Händen töten.

Julien gruselte es bei dem Gedanken, dass Philippe sich mit den beiden eingelassen hatte. Vor Gilles Larousse, Robert Vauterin und deren Mitarbeitern hatten sie letztes Jahr noch Angst gehabt, denn der Steinbruch, in dem sie geschossen hatten, lag nur 300 Meter hinter den Ruinen der Kurkliniken, die von den beiden und ihrem Wachschutzunternehmen geschützt wurden.

Offenbar hatte Philippe das mit den Waffen und seiner merkwürdigen Vorstellung, dass man auch ›das Andere‹ mal kennenlernen sollte, ernster gemeint, als Julien immer geglaubt hatte. Jedenfalls saß Philippe jetzt manchmal mit denen am selben Tisch und redete sehr intensiv. Einmal war auch Lou dabei gewesen. Das hatte Julien am meisten schockiert.

Dass es nun endgültig zum Bruch zwischen ihm und Philippe kam, lag so gesehen letztlich an Lou. Von richtiger Liebe oder Begehren spürte er nichts, da war Julien sich sicher. Nein, es ging ihm darum, Lou, die noch immer so sklavisch an Philippe hing, davor zu bewahren, dass sie am Ende in irgendetwas Kriminelles reingezogen wurde. Philippe musste weg, das stand jetzt fest.

Trotzdem zögerte Julien noch zwei Tage. Schließlich hatte er sich immer vorgenommen, mal so zu werden wie sein Vater, also offen zu bleiben, keine vorschnellen Urteile zuzulassen. Dann aber hatte er sich mit Anna getroffen, um mit ihr über seinen Verdacht zu sprechen.

Er und Anna waren vor einem halben Jahr kurz zusammen gewesen. Er fand, dass sie gut aussah, und klug war sie auch.

Sie hätten gut zueinander gepasst. Aber als er ihren Körper zum ersten Mal richtig berührt hatte, war es ihm vorgekommen, als würde er ein Stück Fleisch mit zu glatter und irgendwie falscher Haut streicheln. Er konnte es gar nicht beschreiben. Da stimmte irgendetwas nicht, mit der Festigkeit, der Temperatur oder dem Grad an Feuchtigkeit. Seine Hände jedenfalls mochten ihre Haut überhaupt nicht. Beim Küssen war das auch schon komisch gewesen. Nicht ganz so schlimm, und er hatte das ja auch ignoriert. Aber der Widerwille seines Körpers gegen ihren war ganz eindeutig gewesen.

Letztlich hatte sie ihn dann aber doch verführt, wobei auch einiges an Alkohol im Spiel gewesen war. Und so hatte Julien zuletzt einfach die Augen geschlossen und an Claire gedacht.

Nachdem sie ein paarmal miteinander geschlafen hatten, sagte Anna zum Glück, dass sie das nicht mehr wollte. So musste er es nicht sagen.

Trotz dieser beschissenen Erfahrung waren er und Anna

Freunde geblieben und hatten sich gegenseitig versprochen, den jeweils anderen nicht schlechtzumachen. So war Anna ausgerechnet durch das Peinliche zu der Frau geworden, mit der Julien über alles sprechen konnte, und er meinte, ihr ginge es genauso.

»Es geht um Lou und Philippe. Ich glaube, dass er einen gefährlichen Einfluss auf sie hat.«

»Bist du in Lou verknallt?«

»Nein! Ich mache mir einfach Sorgen, weil sie nicht immer alles durchschaut. Es fing damit an, dass Philippe meinte, bei Larousse sei viel Geld zu holen.«

»Hat er das so gesagt? Das sind Sprüche, Julien, er macht sich wichtig.«

»Meinst du? Man weiß bei Philippe doch nie genau, wie er was meint. Jedenfalls: Vor zwei Monaten ist er zu mir gekommen, mit einer Papprolle ...«

»Ballert ihr eigentlich immer noch in der Kiesgrube rum?«

»Nein. Ich glaube, Philippe hat jetzt andere Freunde. Ältere Freunde. Und genau darum geht es. Er trifft sich mit diesem Sohn von den alten Larousses. Gilles. Dem sind wir damals ein paarmal oben an den alten Kurkliniken begegnet, weil er da mit seiner Wachschutzfirma arbeitet. Ist das nicht krank? Gilles ist vierzig oder fünfzig und Philippe siebzehn. Einer von den anderen Wachschutztypen war auch noch dabei, Vauterin heißt der, er hat so einen komisch geformten Kopf.«

»Ich glaube, ich weiß ...«

»Der ist auch schon Mitte vierzig. Vielleicht arbeitet Philippe jetzt für die, er mag ja Pistolen, und die tragen Waffen bei der Arbeit.«

»Okay, Philippe arbeitet vielleicht für eine Wachschutzfirma. Wo ist das Problem?«

Julien hatte kurz gezögert.

»Philippe hat ganz eindeutig davon gesprochen, man müsse die Spedition Larousse abfackeln, drei Tage später hat es dort gebrannt. Er wurde vernommen und ist nur freigekommen, weil Lou ihm ein Alibi gegeben hat. Vorher wollte er mit mir über einen Banküberfall nachdenken. Was passiert, wenn er den beiden mit so was kommt und auch noch Lou mit reinzieht?«

Anna hatte ihn zunächst beruhigt und gemeint, Philippe sei viel zu intelligent, um sich auf irgendetwas Kriminelles einzulassen. Es hatte Julien imponiert, dass sie sich so für Philippe einsetzte. Und so führten sie ein merkwürdiges Gespräch, bei dem er die Rolle des Anklägers übernahm und sie die der Verteidigerin. Das gab den Ausschlag, denn Anna stachelte ihn mit ihrer Verteidigung immer mehr gegen seinen Freund auf.

Schließlich gewann er die Oberhand, und Anna war bereit, sich vorzustellen, dass Philippe vieles wohl doch nicht nur so dahingesagt hatte. Dann hatte Anna ganz plötzlich die Seiten gewechselt. »Was ich jetzt sage, bleibt unter uns. Wir haben uns immer an unsere Versprechen gehalten.«

Da war es wieder, das Peinliche. Und wie immer hatte es eine unglaubliche Kraft.

»Okay. Philippe hat etwas, das wir vielleicht nie begreifen werden. Gar nicht begreifen können. Ich glaube, A: dass er sehr intelligent ist.«

»Weiß ich, Anna. Weiter.«

»Ich glaube aber auch, B: dass er so doll an das glaubt, was er sich ausdenkt, dass er nicht mehr zwischen Realität und Vorstellung unterscheiden kann. Er ist naiv, was das angeht. Und gefährlich. Mein Vater hat sich mal länger mit ihm unterhalten.«

»Ich wusste gar nicht, dass du mit Philippe zusammen warst.«

»Ich war nie mit ihm zusammen, er steht auf Frauen wie Claire und Lou, Frauen, die ihm glauben. Philippe und ich waren nur eine Weile befreundet. Deshalb hat sich mein Vater ja auch mit ihm unterhalten. Nach diesem Gespräch hat er mir gesagt, dass ich bei Philippe aufpassen soll. Er hielt ihn für manipulativ. Und zwar nicht nur gegen andere, sondern auch gegen sich selbst. Sprich mal mit Lou, vielleicht hört sie auf dich. Ich finde es jedenfalls tödlich, dass sie noch immer mit Philippe zusammen ist. Aber sag ihr nicht, dass ich das gesagt habe.«

Also hatte Julien sich schließlich getraut und war zu Lou gefahren. Er erklärte ihr, dass sie ihm viel bedeute, dass ihre Freundschaft für ihn das Wichtigste sei. Überhaupt sprach er in einer Weise, dass andere Mädchen vielleicht gemeint hätten, das Ganze sei eine Liebeserklärung. Dann war er auf Philippe gekommen, und als er endlich sagte, was er befürchtete, war sie explodiert.

»Banküberfall? Du spinnst doch! Das hat Philippe so nie gesagt und schon gar nicht gemeint!«

Sie hatte Julien beschimpft, Arschloch und Verräter war noch das Harmloseste gewesen. Es war alles viel schlimmer gekommen, als er sich das für den schlimmsten aller Fälle vorgestellt hatte.

Die große Idiotie

Nachdem Julien weg war, brauchte Lou eine ganze Weile, bis sie wieder zu Atem kam. Die Enttäuschung war sagenhaft. Niemals hätte sie sich vorgestellt, dass ausgerechnet Julien so hinterhältig und gemein, so spießig und kleinlich sein würde. Philippe war jemand, der das Leben nahm, es an sich riss. Einer, der eben anders war als der Durchschnitt. Und dann kam dieser verklemmte Sohn irgendeines unbedeutenden Strafverteidigers und bildete sich ein, er dürfe so reden. Lou war derart wütend, dass sie beinahe angefangen hätte, laut zu sprechen. Aber laut kam nur ein paarmal das Wort Arschloch. Oder hatte sie doch mehr gesagt? Irgendwann war ihre Mutter gekommen und hatte gefragt, ob alles in Ordnung sei.

»Ja, lass mich in Ruhe!«

Nachdem sich die Tür wieder geschlossen hatte, spürte Lou, wie entkräftet sie war. Und da fing sie plötzlich an, anders zu denken. Hatte sie schon länger gezweifelt, oder kam das einfach so?

Es ist schwer zu sagen, warum jemand sich plötzlich ganz grundlegend verändert, zum Beispiel eine Partei wählt, die etwas vertritt, was er vorher für falsch hielt, oder sich andere Freunde sucht, oder...

Lou jedenfalls hätte nie gedacht, dass ausgerechnet Julien sich solche Sorgen um sie machte. Und er hatte offenbar viel Vertrauen zu ihr. Schließlich besaß Philippe eine Pistole.

Lou wurde erst jetzt klar, wie viel Mut es Julien vermutlich gekostet hatte, ihr das alles zu sagen und sich gegen seinen besten Freund zu stellen. Sie begann, anders von Julien zu denken, auch ein bisschen anders von Philippe, und...

Von sich selbst.

›Philippe und Julien sind beide etwas Besonderes, nur eben auf ganz verschiedene Art.‹

Sie selbst stand offenbar dazwischen, und das sagte ihr, dass sie wichtig war.

Lou legte sich flach auf ihr Bett, schloss die Augen.

›Was bin ich?‹

Auf einmal meinte sie, ein Muster zu erkennen. Den dicken Fabien hatte sie ausgenutzt, sogar in Gefahr gebracht. ›Und das nur, weil er ein Fahrrad mit Fünfgangschaltung hatte.‹ Mit Claire war sie gefahren, weil sie die Beliebteste in der Klasse war und gleichzeitig ›so naiv‹.

Und ihre Freundschaft mit Anna? Da war es doch vor allem darum gegangen, dass deren Eltern Geld hatten und Anna dank ihres Vaters über Dinge Bescheid wusste...

Lou kam noch auf einige Stationen, einige Freundschaften. Das Ganze wurde zu einem langen, völlig logischen Band. Und so fragte sie sich zum Schluss, ob sie nicht einfach eine falsche

Schlange sei. ›Ein Fähnchen im Wind, ja, das bin ich, das ist mein Charakter.‹ Das Bild mit dem Fähnchen, das wild hin und her flatternd in einem kleinen Sandhügel am Strand steckte, gefiel ihr, sie sah es ganz deutlich vor sich. Das Fähnchen, der Sandhügel, das Meer ... Und so kam sie von der Frage ab, wer sie war, und schlief ein. Sie hatte sich nicht mal ausgezogen.

Zwei Tage später traf Lou in einem idiotischen Moment eine Entscheidung, die nicht das Geringste mit Julien, Philippe, Claire oder Anna zu tun hatte, und man kann ohne Übertreibung sagen, dass in diesem Moment ein erster roter Glanz über die Tankstelle von Courcelles ging.

Einige Tage später fragte Lou sich, ob sie auch so gehandelt hätte, wenn Theron nicht zufällig ihr Lehrer geworden wäre oder wenn Philippe in der Kiesgrube nicht so viel von Freiheit und den Rechten des Einzelnen geredet hätte.

Das mit ihrer Idiotie war vermutlich genauso passiert wie bei ihrem Großvater Emile. Bei dem hatte ja auch niemand gewusst, ob er immer Herr seiner selbst gewesen war. Lous Entscheidung war einfach so gefallen. Weil Menschen eben nicht immer alles bis ins Kleinste durchdenken.

Eigentlich hatte bis zu diesem idiotischen Moment alles auf eine neue aufregende Zukunft gedeutet. Lous Stiefvater hatte ihnen das Auto besorgt, auf das sie, Julien und Anna gespart hatten. Ein Peugeot 206 Cabrio. Gebraucht natürlich, und jeder hatte ein Drittel bezahlt. Der Wagen war noch gut in Schuss. Außer, dass die Kopfstütze auf der Beifahrerseite fehlte.

Sie und Julien waren abwechselnd gefahren, Anna hatte hinten gesessen, weil sie erst 17 war und noch keinen Führerschein hatte. So sehr sie sich auch in letzter Zeit gestritten hatten, mit diesem Auto würden sie, Anna und Julien nach dem Abitur nach Paris fahren, sich an den Universitäten Vorlesungen anhören, um sich dann endgültig zu entscheiden. Das hatte absolut festgestanden. Für Julien stand jedenfalls fest, dass Lou mitfahren würde.

Aber da täuschte er sich, denn Lou war wirklich ein Fähnchen im Wind. Sie würde Courcelles nicht verlassen. Philippe hatte ja auch immer gesagt, dass er in keinem Fall nach Paris gehen würde. Ihn konnte und wollte sie nicht aufgeben. Außerdem hatte sie die Idiotie ja bereits begangen. Alle hatten immer davon geredet, dass Philippe mal kriminell werden würde. Jetzt war sie es gewesen. Lou verfluchte sich, sie verfluchte Philippe, sie wünschte, sie hätte auf Julien gehört.

Die Tankstelle von Courcelles

›Idiotin! Du bist eine Idiotin!‹

Eigentlich hätte Lou gar nicht dort arbeiten dürfen.

Nicht um die Uhrzeit.

Und sicher nicht allein.

›Nicht nachgedacht, nur wow! gedacht.‹

Und an Philippe.

›Idiot!‹

Sie hatte zuerst Angst gehabt, dass etwas passiert, dass ihre Idiotie Folgen haben könnte, aber ihr ›wow!‹ und ihre Idiotie waren jetzt schon drei Tage her, und nichts war geschehen. Da musste sie jetzt eben durch, und für den äußersten Notfall gab es ja immer noch die Pistole ihres Vaters.

Die Waffe lag friedlich und schwer in der Schublade mit den Quittungs- und Abrechnungsblöcken unter der Kasse. Diese Schublade zog Lou neuerdings auf, wenn ihre Schicht anfing.

Nur ein Blick.

Sechs, vielleicht acht Sekunden.

Sie registrierte die Form, abstrahierte die Funktionalität, als wollte sie die Waffe von sich entfremden.

Dann wieder zu.

›Idiotin!‹

Doch was nützte alles Fluchen, hier stand es schwarz auf weiß: »Jugendlicher Irrsinn oder Bandenkrieg? Toter an Tankstelle in Metz.«

Die Zeitung mit dem Bild lag vor ihr, direkt neben der Kasse. Lou las den Artikel.

»Gestern wurde eine Tankstelle am Ortsausgang von Metz überfallen. Es gab einen Toten, der noch vor Eintreffen der Rettungskräfte an seiner Schussverletzung starb. Zwei junge Männer waren gegen 21.30 Uhr mit einem blauen VW Golf auf das Gelände der Tankstelle gefahren und hatten ihren Wagen vor einer Zapfsäule ...«

Sie las schneller, wollte die Details gar nicht wissen.

»... um ein Fahrzeug handelt, das am 9. Juni in Nancy gestohlen ... der Tote hatte keine Papiere bei sich und konnte bis jetzt noch nicht identifiziert ... von einigen Zeugen ein weiterer Täter beobachtet ... noch flüchtig ... laut Mitteilung der Police Nationale etwa siebzehn Jahre alt, etwa eins achtzig groß, mit hellbraunem, fast blondem Haar ...«

Lou warf die Zeitung zurück. Sie kannte die Tankstelle, denn die lag, genau wie ihre, an der Rue Fleurville.

›Idiot!‹

Eigentlich hatte sie das dringende Bedürfnis, mit Philippe zu sprechen. Gleichzeitig fragte sie sich, wie gut sie ihn überhaupt kannte, wie gut man jemanden überhaupt kennen kann. Lou glaubte noch immer nicht, dass Philippe wirklich kriminell war ... ›Eine Dummheit, einer seiner verrückten Gedanken ...‹ aber dann fiel ihr ein, dass sie ihn beim Brand der Lagerhalle auch schon in Verdacht gehabt, seinetwegen sogar eine Falschaussage gemacht hatte. Vielleicht sollte sie sich mit Julien beraten. ›Der hat immerhin versucht, mich zu warnen, nur ... Julien würde Philippe sofort der Polizei melden.‹

Lou dachte so lange im Kreis, bis sie total erschöpft war.

Nervös war sie außerdem, beobachtete die Kunden genauer als früher, blickte öfter auf ihre Uhr.

21.30 Uhr, in einer halben Stunde würde sie die rahmenlosen Glastüren zum Verkaufsraum verriegeln. Von da an lief der Waren- und Geldverkehr über die große Schublade. Die Kunden kamen dann nicht mehr rein, wollten aber immer noch kaufen. Was bedeutete, dass sie mehr laufen musste.

Störte sie nicht.

Im Gegenteil, wenn sie lief, dachte sie an etwas anderes als Gefahr, dann schaffte sie es sogar sich einzubilden, alles sei noch so wie vor ein paar Tagen.

Problematisch wurde es, wenn sie sich langweilte. Zum Glück gab es ein Telefon. Zum Glück wurde sie manchmal angerufen.

»Hi, Julien. – Nein, ich bin nicht mehr böse. – Na, was wohl? Ich stehe hinter der Kasse. – Ja, morgen hab ich frei. – Ja, gute Idee.« Sie lachte, und das geschah nicht mehr oft. »Ja, Julien, ich möchte auch mal wieder Billard spielen, ich komme gerne ins Paris. Wie? – Nein, mit Philippe habe ich nicht gesprochen, schon seit ein paar Tagen nicht. – Ja, hab ich gelesen. – Nein, ich glaube nicht, dass Philippe was damit zu tun hat. Ganz bestimmt nicht, glaub mir.«

Das Paris war die einzige Kneipe in Courcelles, in der sich Leute ihres Alters treffen konnten und Alkohol bekamen, ohne immer kleinlich nach einem Ausweis gefragt zu werden. Einer der Barmänner spielte Musik, die uralt war, Musik, die Lou gefiel.

21.50 Uhr.

Sie hatte gerade die Waren in den Regalen geordnet, als ein junger Mann mit einer teuren Wildlederjacke hereinkam. Er sah sich um, als wollte er die Tankstelle kaufen. ›Ätzend…‹ Vom Aussehen her und auch vom Verhalten. Er kam mit Milch und Toastbrot zur Kasse, zeigte, ohne sie auch nur eines Blickes zu würdigen auf das Regal mit den Zigaretten. Als er endlich raus war, schloss sie ab. Das Licht zwischen den Zapfsäulen kam ihr grünlich vor.

Lou schaltete das Radio ein, denn sie wusste, wann welche Sendungen liefen. Politik interessierte sie. Dank Monsieur Theron, und wohl auch ein bisschen dank Philippe.

»Idiot!« Sie hatte dieses Wort schon ein paarmal laut gesagt. Mal meinte sie Philippe, mal sich selbst und ... Der mit der Wildlederjacke war echt arrogant gewesen. Sie dachte noch zweimal kurz an ihn, während sie zuhörte, was im Radio gesagt wurde.

Zeit verging ohne Belang. François Mitterrand und die Journalistin redeten jetzt schon seit zwanzig Minuten, und Lou wurde ein bisschen warm unter ihrer Strickmütze. In Politik hatten sie drei Doppelstunden lang über Mitterrand gesprochen, Monsieur Theron hatte gefragt: »Also, was meint ihr? Warum unterstützt der Sozialist Mitterrand den Front National?«

Lou fand, dass Theron ziemlich extremen, aber guten Unterricht machte, weil er das allgemein Politische immer mit dem verband, was gerade passierte. Ohne ihn hätte sie sich im Traum nicht für Mitterrand interessiert.

›Arschloch!‹

Dem Mann mit der Wildlederjacke musste eine Packung Heringe in Rote-Bete-Soße runtergefallen sein, und er hatte sie nicht aufgehoben. Manche Kunden meinten, es sei scheißegal, weil es sie einen Scheiß interessierte.

›Arschloch!‹

Vieles, über das sie nachdachte, war im Moment so: ›Arschloch!‹ Wenn alles nach Vorschrift liefe, müsste sie die roten Heringe natürlich entsorgen. Schließlich war die Kühlkette unterbrochen. ›Genau wie bei Mitterrand...‹ Ihr Stiefvater hatte ihr, was das anging, eindeutige Anweisungen gegeben.

»Leg die Sachen einfach dahin zurück, wo sie hingehören.«

Er hatte nicht gesagt, es wäre scheißegal. Solche Ausdrücke

hatte er sich vor drei Jahren abgewöhnt. Vier Monate auf Bewährung. Wegen Körperverletzung. Dabei hatte er gar nichts gemacht.

»Da reicht es, du schiebst einen aus dem Laden und der fällt hin!«

Im Moment war Lous Stiefvater nicht da. Er stand, wie sie, im Verkaufsraum einer Tankstelle. Gilles Larousse hatte ihm wieder auf die Beine geholfen, nachdem er zweimal einen aus dem Verkaufsraum seiner Tankstelle geschoben hatte, und dabei zweimal einer hingefallen war. Lou kennt Gilles Larousse, seit sie denken kann. Er und ihr Stiefvater hatten sich während ihrer Zeit beim Militär kennengelernt. Sie hatten in Algerien gekämpft, und da hatte ihr Stiefvater Gilles angeblich mal das Leben gerettet.

Plötzlich, die Bewegung war etwas abrupt, sah Lou zu den Zapfsäulen rüber. Nichts. Doch sofort war der Gedanke wieder da. Er stand in ihrem Kopf wie in Flammen gedruckt. ›Du bist eine Idiotin, das war Diebstahl, nur viel schlimmer, du kannst nur hoffen, dass niemand auf dich kommt ...‹

Sie hätte die Nachtschichten nicht übernehmen müssen, aber sie brauchte das Geld. Wofür? Für ihre Flucht mit Philippe? Vielleicht könnte sie Julien und Anna davon überzeugen, dass sie das Auto dringender brauchte als irgendwer sonst. Einige aus ihrer Klasse hatten schon einen Wagen. ›Von denen musste aber niemand dafür arbeiten, und auch nicht klauen, weil ihre Familien ...‹ Als Lou da angekommen war, mit ihren Gedanken, wurde sie bitter und zerbrach den Plastiklöffel, den sie seit fünf Minuten in ihrer rechten Hand drehte.

Und dachte an Geld.

Aber nicht so, dass sie Münzen oder Scheine vor sich gesehen hätte. Bei Geld dachte Lou immer an ihr Auto und ans Fahren. In letzter Zeit taten ihr viele Gedanken weh, weil sie ihr alle Auswege versperrten.

›Philippe ist echt ... du musst weg von dem.‹

Aber wenn sie so schlecht von ihm dachte, warum stellte sie sich dann immer vor, dass er neben ihr sitzen würde, auf dieser Fahrt in die Freiheit?

Lou schob ihre Mütze hoch, und damit verschwand auch dieser Gedanke. Mit ihrer hässlichen Strickmütze sah sie wirklich äußerst unattraktiv aus. Absicht. Schließlich arbeitete sie hier allein, und nachts kamen ... ›Jede Menge Arschlöcher und Araber‹.

Wieder drehte sie den Kopf nach links, weil ... seit drei Tagen hatte sie ein überfeines Gespür, was Bewegungen draußen anging. Nach 22.00 Uhr tankten hier für gewöhnlich nur noch wenige. Es würde erst morgen früh um halb sechs wieder losgehen. Wenn die LKWs sich auf den Weg nach Osten machten.

Diesmal hatte sie sich nicht getäuscht. Da kam einer von den ganz Großen. Sie erkannte, wie weit die Scheinwerfer auseinanderstanden, schätzte, dass er wenigstens 180 Liter tanken würde. Vielleicht sogar 240.

›Falls er aus Marseilles kommt...‹

Der Sattelschlepper bog auf die Tankstelle ein, die Kabine nickte wie zur Begrüßung, als er die steile Stelle runterfuhr. Zuletzt zischende Geräusche, ein charakteristisches Rucken.

Zwei junge Männer stiegen aus, gingen ein paar Schritte, steif in den Knien, und trafen sich vor dem hoch aufragenden Kühler.

›Araber? Algerier...?‹

Für sie waren Araber und Algerier im Grunde das Gleiche. Ihr Stiefvater hatte da Sätze gesagt! Und sein Kumpel Gilles Larousse war ein Rassist. Ein echter, nicht so ein Pseudo wie Philippe. Jedenfalls wenn man seine Sprüche ernstnahm und den Anspruch so hochschraubte wie Monsieur Theron. Seit einiger Zeit kamen immer öfter solche hier durch. Die mit Containern, meist aus Marseilles. Es gab aber auch welche aus Belgien.

Die beiden vor dem Laster kamen ihr ein bisschen unheimlich vor, denn es war ja nicht so, dass die Sprüche, die sie so hörte, völlig an ihr abgeprallt wären.

Was solche wie die schon so alles zu ihr gesagt hatten. Trotz der hässlichen Mütze. Nein, ihr Vater und sein Kumpel Gilles lagen sicher nicht ganz falsch, und Monsieur Theron, der war ja auch nur ein Theoretiker. ›Einer, der an das Gute glaubt, weil er Tankstellen und solche wie diese beiden eben nicht kennt.‹ Trotzdem war auch Theron in ihren Augen ein Extremist. Sie selbst würde jedenfalls nicht sagen, dass Mitterrand gefährlich ist, nur weil er sich für die demokratisch verbrieften Rechte des Front National eingesetzt hatte, also für mehr Sendezeit beim Fernsehen. Darüber sprach die Journalistin im Radio noch immer mit ihm. Dabei wusste doch jeder, was los war. Mitterrand unterstützte den Front National in Sachen Sendezeit, damit der seinem Kontrahenten Chirac ein, zwei Prozent Stimmen abjagen konnte. Das würde schon reichen, damit Mitterrand weitermachen könnte. Das war reine Taktik und hatte nicht das Geringste damit zu tun, dass er mit denen sympathisierte.

»Arschlöcher!«

Die beiden jungen Männer standen noch immer vor ihrem LKW. Sie waren ihr inzwischen richtig unheimlich. ›Die tun doch nur so, als würden sie miteinander reden. Warum sollten sie? Die sitzen doch sicher seit Stunden nebeneinander. Checken die ab, ob wer in der Nähe ist?‹

Jetzt schien alles klar zu sein. Der eine ging zur Zapfsäule und begann zu tanken. Den anderen sah sie nicht mehr.

Die Tür war zu, die Scheiben waren dick, und im Grunde hatte sie doch nichts gegen Algerier oder Araber. Schließlich hatte Monsieur Theron ihnen genau erklärt, warum die hier waren.

Trotzdem zog sie die Schublade auf.

Fast zwanzig Sekunden starrte Lou auf die Pistole.

Seit sie im alten Steinbruch geschossen hatten, wusste sie alles Wichtige über Waffen. Zum Beispiel, dass die kalt sind, wenn sie gelegen haben, zum Beispiel, dass man mit dem Rückstoß aufpassen muss, vor allem aber wusste sie, dass eine gesicherte Waffe einem nicht das Geringste nützt.

Sie griff in die Schublade. Nach einigen Sekunden kam ihre Hand wieder raus. Ohne Waffe. Aber sie sah immer noch runter. Dann rüber, zu dem Mann, der seinen LKW betankte, dann wieder runter.

Schließlich schob sie die Schublade ein Stück weit zu.

Ihre Mutter hatte vor einigen Jahren mal etwas sehr Schönes gesagt. Über ihren leiblichen Vater. Sie hatte nur dieses eine Mal über ihn gesprochen. Das war in der Zeit gewesen, als Lou immer besser in der Schule wurde. Ihre Mutter hatte ihr erzählt, dass er wohl Arzt oder so was war. Jedenfalls hatte er das so gesagt. Lous Mutter hatte damals im Paris gearbeitet. Hinter dem Tresen gestanden und dafür gesorgt, dass die Stimmung gut war. Kaum vorzustellen, so, wie sie sich heute aufführte mit ihrer ewigen Heulerei.

»Leider waren dein Vater und ich nur sehr kurz zusammen, eigentlich nur zwei Tage ...«

Ihre Mutter hatte damals für ein paar Wochen so hoffnungsvoll und positiv geklungen. Leider war sie dann wieder in das Verhängnis der Familie zurückgefallen. Über Armut sprach sie ja sowieso gerne und über Schicksal.

›Da ist etwas in mir‹, das fühlte Lou. Vielleicht etwas, das sie von ihrem leiblichen Vater geerbt hatte. Denn manchmal spürte sie eine Kraft, die über alles, was sie im Moment war, hinausging und ihr unglaublich Mut machte. Eine Kraft, die nur noch nicht richtig wusste, wo sie hin sollte. Aber das würde sich schon zeigen, da war Lou sich ganz sicher.

Der junge Mann draußen tankte noch immer, der andere stand jetzt neben ihm. Sie wirkten eigentlich ganz normal. Also konzentrierte sich Lou, während sie die beiden ein bisschen im Auge behielt, wieder auf das, was François Mitterrand zu seiner Verteidigung zu sagen hatte.

›Irgendetwas wird noch passieren in meinem Leben...‹

Als Lou das entschieden hatte, sah sie wieder das Bild der Straße, auf der sie bald fahren würde. Philippe saß neben ihr, und es war Nacht in ihrem Traumbild. Sie hatte das Fernlicht eingeschaltet, die Fahrbahn wurde weithin ausgeleuchtet, die Mittelstreifen zogen unter ihnen weg. So stellte sie sich das immer vor. Ihre gemeinsame Fahrt in ein neues Leben. Trotz allem, trotz ihrer Idiotie.

Mitterrand war noch immer nicht fertig.

Die beiden Männer näherten sich dem Verkaufsraum.

Der eine hielt den Kopf gesenkt, der andere blickte schräg hinter sich, Richtung Straße.

II

Grünes Papier

Die steile Perspektive des Blicks wäre, wenigstens für Ortsansässige, durchaus nachvollziehbar, denn gegenüber der Tankstelle befindet sich das einzige Gebäude in Courcelles, das fünf Stockwerke hat. MOTEL steht oben dran, in großen blauen Buchstaben, die an Gerüsten befestigt sind und nachts leuchten.

Von da aus muss das Foto damals gemacht worden sein.

Auf den ersten Blick meint man, die Aufnahme der Tankstelle sei schwarz-weiß, aber das stimmt nicht. Es gibt eine feine, gelblich-grüne Grundtönung. Dass keine deutlicheren Farben zu sehen sind, liegt daran, dass es Nacht ist und Lampen der Spurensicherung Teile der Abbildung so stark überstrahlen, dass sie nicht mehr als weiße, leicht ausgefranste Flecken darstellen. Das Bild wirkt, als habe jemand eine Bleichauslassung vorgenommen, eine Technik, bei welcher der Vorgang des Bleichens während der Filmentwicklung früh unterbrochen wird. Dadurch wird ein Anteil des schwarzen Silbers nicht in Silberbromid umgewandelt und verbleibt zusammen mit den Farbstoffen auf dem Film. Das Ergebnis ist ein schwaches Farbbild, das von einem kontrastreichen Schwarz-Weiß-Bild überlagert wird.

Obwohl ein großes, nur als Schatten erkenntliches Dach die Hälfte abdeckt, erkennt man zwei Reihen Zapfsäulen sowie das flache Gebäude, in dem man bezahlt und etwas für die Reise oder den abendlichen Bedarf einkaufen kann. Doch das Auge wird sich nicht lange mit diesem Gebäude aufhalten, denn neben einer der Zapfsäulen steht ein Kleinwagen, bei dem die Beifahrertür geöffnet ist, und sechs Meter neben dem Auto liegt ein Mensch auf dem Rücken. Wenn man beschreiben sollte, wie er liegt, so müsste es ausreichen, das Wort Seestern zu sagen.

Am linken Bildrand zwei Krankenwagen sowie drei Fahrzeuge der Gendarmerie. Sie stehen so, dass man sofort erkennt: Sie sind schnell gekommen, es gab keine Zeit, ordentlich einzuparken.

Neben dem Kleinwagen zwei Gestalten in weißen Anzügen. Ein Dritter untersucht das Wageninnere. Auf halber Strecke zwischen Ambulanz und Kleinwagen zwei Krankentragen. Verlassen. Niemand liegt darauf. Vorne, neben dem Krankenwagen, sechs Männer, die rauchen.

Erst ganz zuletzt erkennt man einen weiteren Mann im Schatten. Er steht am Heck des Krankenwagens und hat die Hände in die Taschen gesteckt. Sollten weitere Personen anwesend gewesen sein, so verdeckte sie das Dach der Tankstelle, als das Foto gemacht wurde.

›Es ist ein Tatort in unserer Stadt, warum dürfen wir nicht...‹

Der kleine Mann am Heck des Krankenwagens trippelte mit den Füßen, wie ein nervöses Pferd in der Startbox. Dabei trampelte er auf einer Zeitung herum, auf der Aufnahme eines Politikers, der hinter einem Rednerpult mit mehreren Mikrofonen stand.

Dann hörte er auf mit Trippeln, dafür stellte er mal das linke, mal das rechte Bein vor. Dabei geriet er ins Licht.

Fast ein Jahr ist es her, seit Gendarm Ohayon das letzte Mal in Erscheinung trat. Er trug seine Haare nicht anders und er bekleidete noch immer einen unbedeutenden Posten auf der Gendarmerie Courcelles. Mehr als den hatte er sich bis jetzt auch noch nicht verdient. Obwohl es durchaus ein paar kleine Erfolge gab.

Seinem Chef, Commissaire Bagrange, war schnell klar gewesen, worin die wohl größte Stärke seines Neuzugangs lag.

»Ich muss bei dir immer an eine Verkäuferin auf dem Wochenmarkt denken. Die kommen auch aus dem Reden und Fragen nicht raus. Aber gut, warum nicht, wir sind hier in einer Kleinstadt und man muss jedes Talent fördern.«

Commissaire Bagrange ließ Ohayon meist allein ermitteln, und zwar vor allem bei kleinen, eher privaten oder häuslichen Vorfällen: »Rede mit den Leuten. Lass dir Zeit und rede mit allen über alles und jedes, denn das kannst du. Aber du musst die Kleidung der Zeugen in deinen Berichten nicht so genau beschreiben, es reicht völlig, wenn da steht, dass jemand Gärtner, Fernfahrer oder Lehrer ist. Ich kann mir dann schon vorstellen, wie er ungefähr aussieht. Und zappele nicht immer so rum.«

Der Methodik des ausgiebigen Gesprächs folgend hatte Bagranges Schüler bereits drei Fälle von häuslicher Gewalt zur Anzeige gebracht, und eine wirklich schlimme Sache mit einem Kind. Er hatte sogar einen Vorgang der Staatsanwaltschaft übergeben können, bei dem das Opfer das anfangs gar nicht gewollt hatte, weil es meinte, es sei nicht so schlimm, es sei schließlich schon immer so gewesen.

Ohayons größter Erfolg aber war die Ermittlung der Identität des Toten hinter der Leitplanke gewesen. Er war der Spur des gelben Fiesta gefolgt, der nach Aussage mehrerer Zeugen zwei Wochen auf dem Waldparkplatz neben dem Forsthaus gestanden hatte. Die Ermittlungen führten ihn zu einem Elektriker namens Farid Gacem, der in Luxemburg eine Firma für Innenausbau betrieb.

»Ich habe den Wagen meinem Bruder Nadim geliehen, der sich da unten bei euch Arbeit suchen wollte.«

Farid Gacem hatte Ohayon ein Foto des Wagens gezeigt, und der musste zugeben, dass es wirklich ein besonderes Gelb war, eins, das man so schnell nicht vergisst.

»Das ist ein bisschen ungewöhnlich, finden Sie nicht?«

»Was?«

»Sie leihen Ihrem Bruder einen Wagen, es gibt monatelang keinen Kontakt und Sie melden ihn nicht als vermisst?«

»Warum? Es ist sein Leben.«

Dafür, warum sein Bruder nachts vor ein Auto gelaufen war, hatte Farid keine Erklärung, und wo der Fiesta nach der letzten

Sichtung auf dem Waldparkplatz verblieben war, ließ sich nicht ermitteln. Ohayon ging davon aus, dass das Fahrzeug gestohlen worden war, nachdem es einige Zeit dort gestanden hatte. Auch die weiteren Ermittlungen machten viel Arbeit, da Ohayon alle potenziellen Arbeitgeber kontaktiert und großenteils auch aufgesucht hatte. Bei keinem hatte sich Nadim Gacem um Arbeit bemüht.

Einen Toten identifiziert. Gut. Trotzdem wollte natürlich auch jemand wie Ohayon mal bei etwas Großem dabei sein. Und eine Schießerei, das hatten sie in Courcelles noch nie gehabt.

»Hach ...!«

Ohayon hielt es nicht mehr aus, das Trippeln und Beinvorstellen war ihm zu wenig. Also ging er – man hatte die Mitarbeiter der Gendarmerie ausdrücklich angewiesen, genau das nicht zu tun – in Richtung des Kleinwagens. Schon auf halbem Weg hörte er den, der den Wagen untersuchte, sagen: »Zweimal daneben, einmal in die Schulter, einmal in den Hals.«

Ohayon war so aufgeregt, dass er jeglichen Respekt, jegliche Anweisung vergaß. In dieser überspannten Haltung ging er ein paar Schritte, zögerte einen Moment, umrundete den Toten am Boden mit einigem Abstand. Dabei sah er: ›Einmal in den Oberschenkel, einmal in die Hüfte, einmal genau ins Gesicht.‹

»Zwei unsichere oder nervöse Schützen, hier wurde wirklich viel rumgeballert«, erklärte einer von den Weißen, die neben dem Wagen standen. Ohayon hörte am Klang seiner Stimme, dass er viel rauchte, und das seit Jahrzehnten.

Ein kurzes Zögern noch, dann überwand Ohayon die letzten Meter, nahm dabei die Hände aus den Taschen. Zuletzt beugte er sich ein wenig herab und blickte durch die heruntergekurbelte Scheibe ins Wageninnere.

Der Tote saß auf dem Fahrersitz, sein Kopf ruhte auf dem Lenkrad, er trug eine mit Blut vollgesogene Weste, ein Jackett, einen Schlips.

›Hat nicht mal versucht auszusteigen, der andere schon …‹

Ohayon nahm seine Taschenlampe, zwängte den Kopf durch die Scheibe und leuchtete zuerst die Hände, dann die Schuhe des Mannes an. Er registrierte, dass die Hose des Toten zum Jackett passte und dass der Anzug sicher nicht billig gewesen war.

Er richtete sich wieder auf, drehte sich um, betrachtete die Kleidung, vor allem die Schuhe des Toten auf dem Beton.

›Ganz anders …‹

Als Nächstes ging er zum Heck des Wagens, las. Mitsubishi Mirage. Er reimte sich dies und das zusammen, wobei die Haare sowie die Farbe der Haut der beiden Toten eine Rolle spielte, und meinte schließlich, sie könnten vielleicht Algerier sein oder von solchen abstammen. Zuletzt fragte Ohayon die Männer von der Spurensicherung, ob Papiere gefunden wurden.

»Nichts«, fiel es dem Mann aus dem Mund. Dann, nach einem genaueren Blick: »Wer sind Sie?«

»Gendarm Ohayon. Hier aus Courcelles.«

»Verlassen Sie bitte den Tatort.«

»Natürlich.«

Ohayon ging aber nur ein paar Schritte. Blickte dem Toten noch einmal ins Gesicht. Aber es gab kein Gesicht mehr, nur noch gekräuselte Haare und eine charakteristische Farbe der Haut. In der Nähe des Toten entdeckte Ohayon eine Pistole, Patronenhülsen und einige Zähne. Sie lagen da, als hätte jemand mit ihnen gewürfelt. Er ging in die Hocke, sah sich die Hände auch dieses Toten genau an. Einige Fliegen drehten derweil ihre Kreise, suchten nach einer guten Stelle, um ihre Eier zu legen.

Vor dem Verkaufsraum standen ein paar Jugendliche. Zwei Beamte der Police Nationale begannen gerade damit, sie zu vernehmen.

Gendarm Ohayon hatte sofort akzeptiert, dass die Police Nationale zuständig war, schließlich hatte es ja bereits eine Schießerei in Metz gegeben, und möglicherweise organisierte

Straftaten wurden immer zunächst von denen bearbeitet. Immerhin hatte man ihnen gestattet, den Tatort weiträumig abzusperren, was Ohayons Kollegen mit Eifer taten.

Er selbst hatte sich nicht an diesen Tätigkeiten beteiligt. Ohayon war einem Gefühl gefolgt – der Einfluss seiner Mutter –, und dieses Gefühl hatte ihm geraten, sich ans Heck des Krankenwagens zu stellen und alles, was er sah, genau zu betrachten. So waren ihm die vielen Blätter grünlichen Fließpapiers aufgefallen, die der Wind auf der Tankstelle herumwehte. Es war dieses saugfähige Papier, das man benutzt, um sich die Hände zu säubern, nachdem man den Ölstand geprüft oder Kühlwasser nachgefüllt hat. Papier, das von manchen lieblos und verschwenderisch aus den Spendern gerissen wird.

»Verlassen Sie bitte den Tatort. Ich glaube, das hatte ich Ihnen eben schon gesagt.«

Ohayon nickte. Der Mann von der Spurensicherung hatte wütend geklungen, was Ohayon vollkommen verstand. Schließlich hatte man ihn ja eben schon aufgefordert, sich zu entfernen. Er ging also ein Stück weit ins Dunkle und traf dort seine Entscheidung. Er würde einen größeren Bogen machen und außerhalb des Lichts bleiben, denn er wollte nicht, dass man sah, wo er hinging.

Gendarm Ohayon war jetzt zweiundzwanzig Jahre alt, seine Haare gingen ihm bis leicht über die Schultern. Sie wirkten etwas fettig und strähnig. Er war sehr klein und sehr dünn, trug an diesem Abend als Einziger aus seiner Einheit keine Uniform, sondern eine Hose aus braunem Stoff. Dazu einen grünen, knackengen, militärisch wirkenden Blouson. Das ist erklärlich, denn er hatte sich gerade sehr angeregt, ja sogar lachend, mit der Wirtin des Paris unterhalten, als er die Wagen der Kollegen mit Sirene und allem vorbeifahren sah.

Der Wind trieb noch immer Fließpapier über Beton. Ehe es endgültig im Dunkel verschwand, hob Ohayon zwei Blatt auf, betrachtete die Ränder, ließ mehrere Sekunden vergehen, faltete die Blätter zusammen und schob sie in die Tasche seines Blousons. Dann machte er sich auf den Weg, wobei er darauf achtete, im Dunkeln zu bleiben.

Vor einem der Krankenwagen standen noch immer die Fahrer und Notärzte. Männer, die schon viel gesehen hatten. Sie wandten den Toten und den Fachleuten von der Police Nationale den Rücken zu. Die beiden Ärzte und einer der Fahrer rauchten, hin und wieder wurde gelacht. Daraus zu schließen, dass sie der gewaltsame Tod von zwei Menschen kaltließ, wäre voreilig. Man hatte sie gerufen, um Leben zu retten. Hier war nichts mehr zu retten. So gesehen standen sie dort ohne Funktion.

Ohayon hatte die Tankstelle in weitem Bogen umrundet, erschien nun von rechts. So stand er schließlich neben den jugendlichen Zeugen. Links von sich hörte er hin und wieder ein Klicken, das Schlagen eines Spiegels, das helle Summen eines Winders, denn ein Fotograf der *Gazette de Courcelles* machte Aufnahmen. Niemand hinderte ihn daran.

Den letzten Aussagen, die er gerade noch mitbekam, entnahm Ohayon, dass die Jugendlichen nichts gesehen hatten, sondern erst ein paar Minuten nach der Schießerei angekommen waren. Die meisten von ihnen hatte man offenbar bereits vernommen, sie waren unschlüssig, was sie tun sollten.

»Warten wir noch auf Lou und Benoît?«

»Ich weiß nicht. Meine Eltern werden sich Sorgen machen, ihr kennt ja meine Mutter«, antwortete Fabien.

»Klar warten wir, wir lassen die doch nicht mit denen allein!«

»Mann o Mann!«

»Was?«

»Wenn wir fünf Minuten früher hier gewesen wären ...«

»Das war reines Schicksal.«

»Oder Glück.«

»Ja, das war Glück, reines Glück.«

Sie sprachen weiter über sich und die Zufälle des Schicksals, während sie darauf warteten, dass auch die beiden letzten Zeugen entlassen würden. Niemand achtete auf sie. Bis auf Ohayon. Eben hatte er sich eine Strähne aus dem Gesicht gestrichen und gedacht: ›Man trennt die Zeugen nicht? Was ist das für eine unprofessionelle Vernehmung?‹

Noch immer das Lehrbuch der Ausbildung im Kopf? Nun, so sind sie eben, die Anfänger. Ohayon war jedenfalls entsetzt, er verstand nicht, was hier geschah. Warum zum Beispiel der Vernehmungsbeamte so unter Druck stand, eine so unangenehme Stimme hatte und so hastig und fordernd sprach. Sein Chef hatte Ohayon immer darin bestärkt, Vernehmungen eher den Charakter eines Gesprächs zu geben. Commissaire Bagrange hätte den Zeugen auch sicher nicht gestattet zuzuhören, was die anderen aussagen. Aber vielleicht waren die Methoden der Police Nationale eben doch ganz andere als die der Gendarmerie einer Kleinstadt.

Plötzlich fing einer der jungen Zeugen an zu winken.

»Julien! Julien! Hier!«

Ohayon drehte den Kopf ein Stück nach links. Ein junger Mann auf einem Moped fuhr vorbei. Offenbar war die Maschine zu laut. Jedenfalls reagierte er nicht auf die Rufe und das aufgeregte Winken. Er leuchtete ein wenig im schwachen Schein all der installierten Lichter. Gelb, denn er trug eine gelbe Jacke.

Die Vernehmung war beinahe abgeschlossen. Der Mann von der Police Nationale musste nur noch den letzten beiden Zeugen seine Fragen stellen. Er schien es eilig zu haben und hatte eben schon versucht, mit der wichtigsten Zeugin zu sprechen. Aber das Mädchen mit der hässlichen Strickmütze – Ohayon schätzte sie auf sechzehn oder siebzehn – war nach einigen Sätzen zusammengebrochen. Einer der Notärzte hatte ihr daraufhin etwas zur Beruhigung gegeben. Gerade als Benoît vernommen werden sollte, schien sie sich erholt zu haben. Nun also der zweite Versuch.

»Sie heißen Louise Batelier.«

»Ja, aber alle nennen mich Lou.«

»Also gut. Lou.« Der Mann, der sie vernahm, war dunkel gekleidet, was sie schon zu beunruhigen schien, so jedenfalls kam es Ohayon vor, denn sie musterte ihn von Kopf bis Fuß, betrachtete vor allem seine Stiefel.

»Du hast an der Kasse gestanden?«

»Ja.«

»Gibt es ein Überwachungssystem?«

»Sie meinen Kameras? Nein.«

»Du hast vorhin von zwei Männern gesprochen, die mit einem LKW kamen. Wie haben die bezahlt?«

»In bar.«

»Weißt du noch, was für Scheine das waren?«

»Die sind noch in der Kasse. Es müssten welche von den obersten sein, denn danach habe ich nur noch einmal kassiert. Ihn da.«

Sie zeigte in Richtung des Toten im Wagen.

Ohayon sah, dass das Mädchen zu zittern begann.

»Jetzt bitte noch mal den ganzen Ablauf.«

»Ich hatte meine ... Ich hatte um kurz vor neun angefangen, und es war nicht viel los. Vielleicht zehn oder zwölf Laster und vier PKWs.«

»Die haben alle getankt?«

»Ja. Dann kam ein LKW mit zwei Männern, der hat vollgemacht. Das waren 190 Liter.«

»Woher kam der LKW?«

»Aus Marseille, es stand vorne dran. Die dann bezahlt haben, hatten gewelltes Haar und einen dunklen Teint. Sie trugen schwarze Lederjacken und der, der das Geld durchgeschoben hat, hatte darunter ein blaues Hemd an. Er war dünn, vielleicht Mitte zwanzig. Sportlich. Sind die ja oft.«

»Die?«

»Araber. Sie hatten aber keinen Akzent.«

Ihr Zittern ließ nach. Ohayon hatte schon überlegt, ob er eingreifen soll.

»Julien! Hier!«

Wieder wurde gerufen und gewunken, denn auf der Straße fuhr erneut das Moped vorbei, mit dem in der gelben Jacke. Der Fahrer sah auch diesmal nicht zu ihnen rüber, obwohl doch das Licht der Spurensicherung und die vielen Einsatzwagen auch ihm auffallen mussten.

»Dann ist der Laster weitergefahren. Zehn Minuten später kamen die beiden mit ihrem Mitsubishi Mirage.«

»Du wusstest, dass es ein Mitsubishi Mirage ist? Kanntest du den Wagen?«

»Nein, aber ich arbeite an einer Tankstelle!«

»Verstehe.«

»Dann kam ein Motorradfahrer. Der wollte aber nur Luft nachfüllen, er ist da hinten an die Station gefahren, und er hat den Helm aufbehalten, falls Sie wissen wollen, wie er aussah. Da bin ich dann nach hinten ins Lager gegangen, und als ich da war, hörte ich die Schüsse. Sehr viele Schüsse. Als es wieder still war, habe ich noch eine Weile gewartet, dann bin ich nach vorne in den Verkaufsraum geschlichen. Ich hatte zwar Angst, aber ich wollte auch wissen, was los war, weil ich auf einmal dachte, dass das vielleicht gar keine Schüsse waren, sondern das Motorrad.«

In diesem Moment begann Lou zu schwanken. Rufe. Hände wurden gehoben. Die Kamera des Fotografen neben Ohayon trat in Aktion. Männer, die bisher neben einem Krankenwagen standen und rauchten, eilten mit langen Schritten herbei, wobei sie so plötzlich ins Licht eintauchten, dass ihre Gesichter, ihre Körper so heftig überstrahlt wurden, dass die Ränder im Bild ausfransten.

Nun überschlugen sich die Ereignisse. Der Mann, der Lou vernommen hatte, fasste sie mit Kraft an ihren Oberarmen, versuchte sie wieder aufzurichten, fragte: »Wie viele Schüsse?«

Die Jugendlichen wendeten ihre Köpfe. Langsam, noch unentschlossen.

Klick. Gleich mehrfach kurz hintereinander. Der Mann neben Ohayon schoss Fotos ohne Ende.

»Wie viele Schüsse!«

Ohayon reichte es: »Die Zeugin muss sich setzen.«

Der Kopf des Vernehmungsbeamten schnellte herum.

Klick, Klick, Klick.

»Wer sind Sie?«

»Die Zeugin muss sich setzen.«

Der Vernehmungsbeamte schien überfordert. Es war sicher kein böser Wille, aber er hielt Lou so fest an den Oberarmen, dass sie begann sich zu winden. Die Jugendlichen protestierten.

Klick.

»Sie tun ihr weh!«, sagte einer der Jungen.

»Lassen Sie Lou los«, forderte ein Mädchen.

In diesem Moment kam ein Junge aus Richtung der Straße herangestürmt, ein Gendarm verfolgte ihn, schaffte es aber nicht mehr, ihn festzuhalten. »Lasst sie in Ruhe!«, schrie der Junge und versuchte, sich auf den Vernehmungsbeamten zu werfen.

Lou knickten die Beine weg.

Fotos, Fotos, Fotos ...

Es kam zu einem Gerangel.

In diesem Moment fuhren vier weitere Einsatzwagen auf die Tankstelle. Diese Fahrzeuge waren schwarz. Die Männer, die ausstiegen, bewegten sich zügig. Sie sahen den Aufruhr, versuchten die Zeugen, von denen drei sich mit Händen und Füßen wehrten, von den Kollegen zu trennen. Dabei biss ein Mädchen einen der Männer so entschlossen in den Unterarm ... auch davon drei Aufnahmen, zwei davon unscharf ... so entschlossen in den Unterarm, dass er schrie, was seine Kollegen falsch interpretierten.

Die Jugendlichen wurden zu den Fahrzeugen gebracht. Vor

den Lampen der Spurensicherung sehr viele Insekten, auch größere Exemplare. Es war noch immer warm. Es roch nach Benzin. Gendarm Ohayon ging ins Innere des Verkaufsraums, schob einen Mann von der Spurensicherung aus dem Weg und telefonierte mit seiner Dienststelle.

Eine kluge Frau

Ruhe, gedämpftes Licht, ein charakteristischer Geruch.

Nachdem Ohayon das Krankenhaus Zur heiligen Mutter in Fleurville betreten hatte, musste er sich nicht lange durchfragen, denn die Ankunft der Jugendlichen, die Tatsache, dass sie von der Police Nationale gebracht worden waren, war dem Pförtner bekannt. »Die sind bei der Psychologin, dritter Stock links den Gang runter, fragen Sie in Zimmer 329.«

Dort hatte Ohayon kein Glück, denn die diensthabende Schwester handelte auf Anweisung. »Sie können nicht mit den Patienten sprechen. Die werden psychologisch betreut.«

»Was heißt das?«

»Es finden Gespräche statt. Die Patienten stehen unter Schock, denn wenn junge Menschen Zeugen einer Gewalttat ...«

»Soweit ich informiert bin, waren sie nicht unmittelbar Zeugen.«

»Die haben Tote gesehen und Beamte der Police Nationale angegriffen. Da wollen Sie mir doch nicht erzählen, dass alles normal ist.«

»Sind die Eltern informiert?«

»Selbstverständlich.«

Ohayon verließ den Raum und setzte sich im Gang auf eine Holzbank. Er blieb dort nicht lange allein. Ein Ehepaar erschien, verschwand im Raum der diensthabenden Schwester. Nach drei Minuten kamen sie wieder raus. Der Mann erzürnt, seine Frau versuchte ihn zu beruhigen. Auch sie setzten sich auf die Holzbank. Nach einer Weile fragte die Frau Ohayon: »Sind Sie auch ein Vater?«

»Nein, ich bin von der Gendarmerie Courcelles.«

Die Wut des Mannes hatte nun endlich ein Ziel. »Dann gehören Sie zu den Männern, die unseren Sohn angegriffen haben? Das wird Folgen haben, das sage ich Ihnen schon jetzt.«

»Beruhig dich, Jacques, wir wissen doch noch gar nicht, was passiert ist. Wissen Sie vielleicht ...?«

Ihr Mann wartete Ohayons Antwort nicht ab, er betrat erneut die Station. Kurz darauf kehrte er zurück, zusammen mit seinem Sohn. Die Frau sprang auf, nahm ihn in den Arm: »Benoît, Gott sei Dank!« Der Vater erklärte Ohayon, was nun geschehen würde. »Ich rufe jetzt unseren Anwalt an. Das Ganze hier ist ein unerhörter Vorgang und ein jämmerliches Bild unprofessionellen Vorgehens. Statt die Täter zu suchen, verhaftet man die Zeugen, eine Clique von Jugendlichen, die in acht Tagen ihr Abitur machen sollen!«

Der Mann ließ sich auch durch die Bitten seiner Frau nicht davon abhalten, weitere unschöne Dinge zu sagen. Nachdem die Eltern mit ihrem Sohn gegangen waren, setzte sich Ohayon wieder hin und wartete.

Es dauerte eine volle Stunde, und Ohayon lernte in dieser Zeit noch einige Eltern kennen, ehe er endlich mit der Psychologin sprechen konnte. Er hatte noch nie mit so einer zu tun gehabt, wusste aber von Kollegen, dass die oft selbst einen Knall haben. Frau Dr. Pejan war Mitte fünfzig und machte auf ihn äußerlich erst mal einen ganz vernünftigen Eindruck.

»Von der Gendarmerie Courcelles, sagen Sie? Dann setzen Sie sich doch bitte.«

»Ich fürchte, Sie haben uns keinen guten Dienst erwiesen.«

»Sie sind wütend?«

»Oh, das passiert mir selten, dass ich wütend werde.«

»Ah ja? Aber Sie finden es nicht gut, dass ich mit den Zeugen gesprochen habe.«

»Und dann auch noch in der Gruppe! So was macht man nicht. Niemals in der Gruppe. Die ersten Aussagen sind immer die wichtigsten. Das Nebensächliche, das Unscharfe und Ungefilterte ... Jetzt fangen die an zu begreifen, und so was ist eine Katastrophe, da kann man die Aussagen kaum noch gebrauchen.«

»Weil Sie das Ungefilterte interessiert.«

Die Psychologin nickte sanft, nachdem sie das gesagt hatte, legte dann einen Kugelschreiber in ein längliches Schälchen, lehnte sich zurück und faltete die Hände auf ihrem Schoß. »Mir ist schon klar, was Sie meinen, aber für mich steht das Wohl dieser jungen Menschen im Vordergrund. Ich hoffe, Sie verstehen das.«

»Hm.«

»Und ehe Sie fragen: Ich darf Ihnen leider nichts von dem sagen, was mir berichtet wurde. Erst recht nichts von dem, was meine Patienten persönlich betrifft.«

Sie sah auf ihre Uhr. Dann passierte nichts mehr, denn Ohayon fragte nichts, er wartete. Irgendwann dauerte ihr das zu lange.

»Im Grunde haben meine Patienten von der Schießerei gar nichts mitbekommen, die muss kurz vor ihrer Ankunft stattgefunden haben. Als sie ankamen, sahen sie als Erstes den Toten am Boden liegen, und der schien schlimm getroffen zu sein. Mitten ins Gesicht.« Ein kurzes Zögern, eine rasche Bewegung der Augen. »Stimmt das? Ihm wurde mitten ins Gesicht geschossen? Sie, als Profi, haben so was sicher schon öfter gesehen, aber der Gedanke ...« Sie brach ab.

»Die Zeugen waren aufgeregt und haben Dinge gesagt, die Sie eher dieser Aufregung zuschreiben würden als einer tatsächlichen Beobachtung.«

»Ja. Und wie gesagt, ich bin an Regeln gebunden.«

Wieder hörte sie auf zu sprechen, wieder bewegten sich ihre Augen in einer Weise, als wüssten sie nicht, wo sie hingucken wollen. Ohayon war dieser Blick vertraut, er wusste, was er bedeutet, denn Commissaire Bagrange hatte ihm einige grundlegende Tipps mit auf den Weg gegeben. ›Nicht insistieren, sondern zuhören, notfalls einfach warten. Meistens reden sie, wenn man ihnen genügend Zeit gibt, früher oder später ganz von selbst.‹

Was für eine Verwandlung. An der Tankstelle hatte Ohayon so ruhelos gewirkt und hatte unbedingt etwas Bedeutendes beitragen wollen. Da hätte man ihn beschrieben als jemanden, der noch jung und unerfahren ist, jemand, der nicht weiß wohin mit seinem Tatendrang. Jetzt, da Ohayon nach der Methode Bagrange vorging, war er plötzlich ein anderer. Wirkte ruhig und sicher, stellte seine Fragen in angenehm dunklem Tonfall. »Wie machen Sie das, dass Sie sich so gut einfühlen können in die Ängste Ihrer Patienten? Haben Sie denn schon mal einen Toten gesehen?«

»Nur meinen Vater.«

Ohayon schätzte ihr Alter.

»Aber der ist vermutlich auf natürliche Art gestorben. Sie konnten sich verabschieden.«

Sie antwortete nicht sofort, sondern nahm den Kugelschreiber wieder aus dem Schälchen, überlegte es sich und legte ihn zurück. »Mein Vater war lange krank, es war schwierig. Aber sein Tod hatte nichts mit einer Gewalttat zu tun.«

»Lange krank, das tut mir leid. Haben Sie ihn gepflegt?«

»Ich war noch sehr jung, meine Mutter hat ihn gepflegt. Aber kehren wir doch bitte zurück zur Tankstelle, es geht hier nicht um mich.«

»Natürlich.«

»Die vier wollten eine Schulkameradin besuchen, die dort arbeitet. Die fanden sie auch. Sie hatte sich im Kassenraum hinter einem Regal versteckt. Dann kam die Polizei. Kurz vorher, als sie vom Stadtzentrum her auf die Tankstelle zufuhren, kam ihnen offenbar ein Motorrad mit hoher Geschwindigkeit entgegen. Ob das eine große oder eine kleinere Maschine war, darüber herrschte Uneinigkeit. Sie fingen sofort an, sich heftig darüber zu streiten.«

Sie saß jetzt so gerade, dass jeder Orthopäde seine Freude gehabt hätte. Der Kugelschreiber wurde noch mal kurz berührt, der Schale aber nicht wieder entnommen. Ohayon lehnte sich zurück, schlug die Beine übereinander und faltete die Hände auf seinem Schoß.

»Dieser Streit ...«

Sie presste ihre Lippen zusammen.

»Verstehe. Darüber dürfen Sie nicht sprechen.«

»Sie sollten noch mal mit den Zeugen reden und ihnen aus Ihrer polizeilichen Sicht erklären, dass sie nicht in Gefahr sind. Einige dieser jungen Menschen ... Ich weiß nicht, wie ich es sagen soll. Es gibt Menschen, die mit einem traumatischen ... oder anders: Es gibt Menschen, die mit einem schockierenden Erlebnis gut fertig werden und es gibt solche, die sind ...«

»... weniger resilient. Das ist mir bekannt.«

»Sie sind vertraut mit klinischen Begriffen?«

»Die Ausbildung.«

»Ah. Einige der Zeugen scheinen jedenfalls zu glauben, dass sie in Gefahr sind.«

»Verstehe. Dabei haben sie gar nichts gesehen.«

»Ja, das ist nicht rational.«

»Man müsste sie kennen, müsste wissen, wer sie sind.«

»Die Täter? Sind es mehrere?«

Ohayon klärte das kleine Missverständnis sofort auf. »Ich meinte die Jugendlichen, mit denen Sie gerade gesprochen haben. Die Dynamik, die sich entfaltet, wenn jemand so einen Schock erlebt ... Wussten Sie, dass es nach einer schweren Straftat oft zu Folgestraftaten kommt? Wussten Sie, dass das einer der Gründe ist, warum die ersten Vernehmungen so wichtig sind, warum die Aufklärung schnell gelingen muss? Abgesehen natürlich von der Angst, die sicher den einen oder anderen quälen wird.«

»Sie machen mir auch gerade Angst.«

»Das wollte ich nicht. Ich habe nur laut nachgedacht, weil ich mich frage, worum es bei diesem Streit ging, den Sie eben erwähnten. Es hatte etwas mit einem Motorrad zu tun, nicht wahr?«

»Ein Mädchen behauptete, sie würde den Fahrer kennen, die anderen wurden laut und sagten, sie wolle nur jemanden schlechtmachen. Aber wie gesagt, ich darf über diese Dinge nicht sprechen.«

»Das ist mir vollkommen klar. Und wie hieß der Fahrer, den das Mädchen ... schlechtgemacht hat?«

»Das hat sie nicht gesagt.«

»Ah ja?«

»Ich vermute, die Schießerei hängt mit diesem versuchten Überfall auf die Tankstelle in Metz zusammen, da gibt es ja offenbar Hinweise darauf, dass es möglicherweise um eine Auseinandersetzung zwischen zwei Banden geht. Stand jedenfalls so in der Zeitung. Oder gibt es in Courcelles ein Drogenproblem? Wird da an der Tankstelle vielleicht gedealt?«

»Davon ist mir nichts bekannt.«

»Wie gesagt, mehr darf ich Ihnen ...«

»Ich finde es gut, dass Sie zu Ihren Patienten stehen.«

»Und ich finde es gut, dass Sie nicht insistieren.«

Die Psychologin stand auf und reichte Ohayon die Hand. »Viel Erfolg.«

Schläge

Schilf mit Libellen und ein Licht, wie es charakteristisch ist für die Zeit kurz vor Sonnenuntergang. Über dem Wasser schweben kleine und kleinste Insekten in der noch immer sehr warmen Luft, tupfen dabei ganz zart aufs Wasser.

Lou, Claire, Philippe, Julien, Benoît, Francesca und Albert

waren da. Und als sie alle an der steil abfallenden Einfassung des Canal de Songe saßen, griff Philippe den Unfall des Schweinelasters plötzlich noch einmal auf.

»Ihr nennt es schrecklich. Ihr sagt: Die armen Tiere. Ich sage, hier gilt etwas ganz anderes ...«

Wieder sprach er eine Weile von den Rechten der Starken und über Rassen. In diese Fabel bezog er nun auch die beiden Toten von der Tankstelle mit ein. Dabei beschrieb er die Schießerei so lebhaft, als sei er dabei gewesen, als habe er das Recht des Starken tatsächlich in Anspruch genommen.

»Araber, in jedem Fall Leute, die hier fremd sind ...«

Dann konstruierte Philippe eine raffinierte gedankliche Überleitung, die von den Tieren und den Erschossenen zum Positiven führte. So kam er zu Gedanken der Güte und der Vermittlung, baute eine Gegenwelt auf, ehe er dann zu einer ersten Schlussfolgerung kam. »Die Aufgabe des bewussten Menschen besteht darin, Herr dieser Gegensätze zu bleiben.«

Für Lou wob sich Philippes Rede in ihre eigenen Schuldgefühle. Sie sah Bilder, in denen sie selbst als Täterin vorkam. Die Bilder und Szenen wiederholten sich dabei sehr verlangsamt.

Die Abläufe – sie nannte es in ihren Gedanken noch immer ›Idiotie‹ –, die sich dabei vor ihrem inneren Auge abspielten, nahmen sie so gefangen, dass sie einen Teil von Philippes Ansprache verpasste. Doch sie wachte noch rechtzeitig aus ihren Träumereien auf, um mitzubekommen, wie Philippe am Ende seiner Ansprache einen scharfen Haken schlug, der alles, was er bis dahin erklärt hatte, als eine noch zu verwirklichende Ideologie ausgab, deren Ziel es war, die einfachen Menschen, vor allem die, die arbeiten, zu schützen und ihnen und ihren Kindern eine Chance, eine Zukunft zu geben. Er zitierte dabei zweimal ihren Lehrer Monsieur Theron und machte ihn so zum Zeugen, ja fast schon zum Urheber seiner Überlegungen. Philippe schloss seine Ansprache mit folgender Aussage: »Der Tod ist die größte Macht von allen, und die letzte Zuflucht für jene, die enttäuscht sind oder denen die Kraft fehlt, richtig zu leben.«

Für die anderen war seine Rede so verwirrend, dass sich zuletzt niemand mehr auskannte. Also sagte Albert, nachdem Philippe endgültig verstummt war und anfing, Steine in den Kanal zu werfen, einfach nur: »Wow.«

Es gab fragende Blicke, denn es war keinem klar, ob Philippe sich mit dieser Ansprache noch mehr ins Aus geschossen oder ob er seine Anhänger wieder stärker an sich gebunden, sie sozusagen über die Klippe der Erkenntnis gezogen hatte. Aber Monsieur Theron war in dieser Gruppe sehr beliebt, ja sogar ein Vorbild, was weitreichende Gedanken und gute Fragen anging. Philippe hatte sich des richtigen Verbündeten bedient. Das jedenfalls ließ sich aus dem schließen, was Albert schließlich sagte.

»Vielleicht hast du Recht, und man muss endlich das aussprechen, was sich niemand zu sagen traut. Man hat uns jahrelang Sand ins Gesicht geblasen, damit wir ruhig bleiben.«

»Es ist verdammt schwer, das Falsche im Vertrauten zu erkennen«, gab nun auch Julien vorsichtig zu, wobei er sich einen Streifen Kaugummi in den Mund schob.

Es blieb dann lange still. Schließlich holte Benoît in seiner Rolle als stets vermittelnder und ausgleichender Klassenclown Bier und teilte an jeden eine Flasche aus. Sie stießen an, wobei sich alle zu Philippe bewegen mussten, der wie ein Buddha am Rand des Kanals saß.

»Du bist eben anders als wir Durchschnittlichen«, sagte Benoît, als seine und Philippes Flaschen sich berührten. Danach sah er Philippe lange von oben her an. Warum blieb er dort stehen? Warum setzte er sich nicht zu den anderen ins Gras?

Der Kampf mit den Mücken hatte bereits begonnen, es muss also zehn oder fünfzehn Minuten später gewesen sein, als der gleiche Benoît ganz ruhig feststellte:

»Für mich bist du ein Rassist und Menschenhasser ganz sauberer und reiner Art. Man könnte auch sagen, ein Verführer. Es macht dir jedenfalls Spaß, unsere Freundschaft zu missbrauchen und uns in die Irre zu führen. Aber wir werden dich nicht auf deinem Marsch in den Tod begleiten. Wir werden Abitur machen, studieren und leben.«

Philippe zuckte nicht mal mit den Schultern. Die anderen sahen erst erschrocken auf und dann feige nach unten. Benoît ging, jetzt, da er gesagt hatte, was ihm offenbar schon länger auf dem Herzen lag, ein paar Meter weg von Philippe und legte sich ins Gras. Bei Lou dauerte es eine Weile. Dann stand sie auf, ging zu ihm.

»Steh auf, Benoît.«

»Warum?«

»Weil ich keinen schlage, der sitzt.«

Benoît lachte und kam etwas mühsam hoch. »Okay, und jetzt?«

Da fing er sich eine. Der Schlag warf ihn zurück ins Gras. Lou setzte sich auf ihn drauf, drückte mit ihren Knien seine Oberarme auf den Boden und gab ihm zwei weitere Ohrfeigen. Dann fing sie an, sein Ohr umzudrehen. Während er schrie, forderte sie ihn auf, sich zu entschuldigen.

Als Albert versuchte, sie von ihm wegzuziehen, bekam auch er was ab. Dann ging es wieder an Benoîts Ohr. Schließlich war der Punkt erreicht, wo es Albert und Benoît egal war, dass Lou ein Mädchen war. Erst ab dem Punkt fingen sie sich richtig was ein. Die drei hörten am Ende nicht auf, weil jemand besiegt war, sondern weil es eben irgendwann reicht. Philippe reagierte nicht mit der kleinsten Zuckung auf das, was hinter seinem Rücken geschah, und Julien war so schockiert, dass er völlig erstarrte. Auch Francesca presste die Lippen während des Kampfes fest aufeinander, Claire schrie immer wieder: »Hört auf!«

Als Lou aufbrach, ging Claire mit und gab ihr ein Taschentuch, da sie am Hals und aus der Nase blutete. Benoît ließ sein Ohr von Francesca untersuchen, Albert sein Auge von Julien.

Am nächsten Tag in der Pause holte Claire Benoît, Lou und Albert zusammen und sie kamen überein, dass sie alle drei ziemlich unter Druck gestanden hatten und dass der Druck nun raus sei. In dieser gelockerten Stimmung schaffte es Lou, die anderen davon zu überzeugen, dass Philippe kein Menschenhasser sei, sondern jemand, der im Gegenteil das Gespräch suchen würde. Nur, dass er dabei gerne provozierte. So nämlich hatte sie selbst sich Philippes Thesen erklärt. Lou hielt eine regelrechte Ansprache, in der es darum ging, was sie alles über das Leben gelernt hatte, seit sie mit Philippe zusammen war. Ihre Rede war gut, aber dass sich zuletzt alle beruhigten, sich Mühe gaben sie zu verstehen, lag vor allem daran, dass sie sich lange kannten und befreundet waren. Weil man sie mochte und ihr zu glauben schien, meinte Lou, Philippe sei nun rehabilitiert. Sie schätzte vor allem Benoît völlig falsch ein.

Der Neue

Die Hähne hatten längst aufgehört zu krähen und saßen mit ausgebreiteten Flügeln in staubigen Mulden, Autos fuhren mit gemäßigter Geschwindigkeit über den heißen Asphalt, sieben Menschen bildeten auf dem Trottoir eine kleine Traube und sprachen miteinander, wobei einer immer wieder in einen Birnbaum zeigte, in dem sich ein Bienenschwarm niedergelassen hatte. Das alles bei 38 Grad im Schatten.

Auch im Inneren der Gendarmerie Courcelles herrschte große Aufregung. Man hatte ihnen bis jetzt untersagt, in dem Fall zu ermitteln. Commissaire Bagrange machte das seinen Männern gleich am Morgen nach der Schießerei deutlich: »Ich lese euch den wichtigsten Satz vor, damit für jeden ganz klar ist, wie man über uns denkt: ›... um die Untersuchungen der Police Nationale nicht zu gefährden ...‹«

Murren und Gemurmel. Dass man sie ausschloss, kränkte sie.

Schließlich war das Verbrechen in Courcelles begangen worden, sie fühlten sich zuständig.

»Heute wird sich das ändern«, hatte Bagrange am Morgen versprochen. »Jetzt kommen wir wieder ins Spiel.«

Wie, das wusste noch keiner. Bagrange hatte bis jetzt nur verraten, dass sie einen neuen Kollegen bekommen würden.

Der Raum war gut gefüllt. Brigadiers und Lieutenants aus Belleville, Avondville und Fleurville waren anwesend, dazu ein Journalist von der *Gazette de Courcelles*, zwei aus Nancy und einer aus Metz. Ein mediales Ereignis dieser Größenordnung hatte es in Courcelles noch nie gegeben.

»Die beiden Opfer passen überhaupt nicht zusammen«, hatte Ohayon seinem Chef, Commissaire Bagrange, eben zu erklären versucht und dann von Schuhen, Händen, sowie mehreren Blättern Fließpapier gesprochen, die er gesichert habe. Bagrange hatte nicht weiter nachgefragt, denn die Überlegungen seines kleinen Gendarmen waren, das wusste er, manchmal etwas abwegig.

Zum Glück sagte Ohayon nun etwas, das Bagrange verstand: »Dieser Reporter aus Metz soll ein ganz Wichtiger sein. Normalerweise berichtet er wohl über Politik. Warum ist der da? Wegen einer Schießerei? Steckt da was Größeres dahinter? Und wer ist dieser Mann, auf den wir warten?«

»Wie ich dir schon sagte, euer neuer Kollege. Er hat bis jetzt für die Gendarmerie in Metz gearbeitet. Vom Dienstgrad her ist er zwar nur Brigadier, hat aber eine abgeschlossene juristische Ausbildung.«

»Ein Brigadier mit einer juristischen Ausbildung, das ist ja ...!«

»Unser Neuer hat wenig Erfahrung, was Polizeiarbeit angeht. Das möchte er nun bei uns nachholen. Als ich gestern mit ihm sprach ... Wo bleibt er denn?«

»Als Sie mit ihm sprachen?«

»Musste ich an dich denken. Weil ihr sozusagen die eine und die andere Seite einer sehr besonderen Münze seid. Heißt, ihr seid das genaue Gegenteil voneinander.«

»Und wie meinen Sie das?«

»Unser Neuzugang ist sehr organisiert und mit Sicherheit hochintelligent.«

Es hatte sich eingebürgert, dass Ohayon seinen Chef mit »Sie« ansprach, während der ihn duzte. Hinter diesem scheinbaren Machtgefälle, oder wie man es nennen möchte, steckte nicht mehr als Ohayons Gefühl, dass Bagrange so etwas wie sein Lehrer sei. Nicht im Sinne eines Vaters, das wäre zu viel des Guten. Bagrange jedenfalls hatte Ohayon während der ersten Wochen mehrfach ermutigt, ihn zu duzen. Es gehörte nun aber zu Ohayons Wesen, dass er von bestimmten Angewohnheiten partout nicht abzubringen war.

»Unser Neuzugang ist ein guter Mann, glaub mir, Ohayon. Nur hat er sich in Metz ein bisschen vergaloppiert. Aber er ist noch jung, und er spricht ganz offen über seine Fehler. Der wird sich hier gut einfügen, du wirst sehen.«

»Und wieso haben die in Metz einen Brigadier zum Pressesprecher gemacht?«

»Er ist kein Pressesprecher, sondern jemand aus der Verwaltung. Und er weiß mit Sicherheit mehr als wir über diese Tankstellengeschichte, da die Police Nationale mit den Kollegen in Metz sehr viel enger zusammengearbeitet hat als mit uns. Dieses Wissen bringt er gewissermaßen mit. Ah, da ist er ja.«

Tatsächlich betrat gerade ein schlanker und zudem ungewöhnlich großer Mann den Raum. Commissaire Bagrange ging ihm entgegen, und sie sprachen kurz miteinander. Ohayon wunderte sich, wie ehrerbietig sich Bagrange dabei zeigte.

Der Neuzugang, fand Ohayon, hatte so gar nichts Polizeiliches, auf ihn wirkte er eher wie eine Mischung aus Dressman und Verwaltungstier.

Als der Dressman mit Bagrange fertig war, ging er nach

vorne zum Mikrofon. Man hatte sogar ein kleines Podest für ihn aufgebaut.

»Ich beginne ohne Vorrede. Zwei Schießereien. Eine in Metz, eine hier in Courcelles. Beide haben an Tankstellen stattgefunden, beide Tatorte liegen am Stadtrand, in unmittelbarer Nähe zur Autobahn. Da lag zunächst der Verdacht nahe, und so stand es ja auch in den Zeitungen, dass wir es mit dem Beginn einer Serie, das heißt einem größeren Zusammenhang zu tun haben könnten. Daher hatte ja auch, dem juristischen Prozedere folgend, die Police Nationale den Fall übernommen.«

Ohayon musste zugeben, dass der Brigadier aus Metz ordentlich reden konnte. Seine Stimme hatte zudem eine gewisse Straffheit, ohne einem dabei auf die Nerven zu gehen.

»Inzwischen geht die Police Nationale davon aus, dass zwischen den beiden Vorgängen keine Verbindung besteht. Das Opfer in Metz wurde vermutlich vom Pächter der Tankstelle erschossen. Ein missglückter Raubüberfall. Der Pächter wird zur Zeit noch vernommen, aber er ist eingetragener Besitzer der Waffe, aus der das Projektil stammt, mit dem der Angreifer getötet wurde. Der war mehrfach vorbestraft und hatte sich auf Tankstellen spezialisiert. Hier in Courcelles dagegen war offenbar niemand auf Geld aus, die Verkaufsstelle blieb unangetastet. Es wurden insgesamt 16 Patronenhülsen gefunden, während in Metz nur ein einziger Schuss abgegeben wurde. Der Vorfall hier wirkt eher wie ein ungeplantes Zusammentreffen verfeindeter Personen mit anschließendem Rumgeballere, wenn ich es mal so nennen darf. Der flüchtige Täter war zudem recht weit von den Opfern entfernt, sagen die Ballistiker. Auch das ist ein Hinweis darauf, dass das Ganze eher spontan geschah. Die Toten waren vermutlich algerischer Abstammung, aber es gibt bis jetzt keinerlei Hinweis auf die Vorbereitung terroristischer Aktivitäten, wie in einigen Zeitungen zu lesen war. Die Police Nationale wird den Vorgang daher nicht weiter verfolgen, das ist jetzt Sache der Gendarmerien. Also Ihre Sache, Commissaire

Bagrange. Und ich denke, der Vorgang ist bei Ihnen in guten Händen.«

Kopfwendung einiger. Commissaire Bagrange stand da, mit leicht gerötetem Kopf und einiger Zufriedenheit im Gesicht. Leider wurde dieser schöne Moment von dem Journalisten aus Metz unterbrochen.

»Monsieur Colbert, eine Frage ...«

»Ah, Monsieur Doute. Hat man Sie extra aus Metz hergeschickt?«

»Ja, und Sie auch, Monsieur Colbert. Dabei geht es doch hier weder um Politik noch um Fragen einer Neugestaltung der Verwaltung.«

Die beiden Journalisten aus Nancy lächelten.

»Ich war, wie Sie wissen, Mitarbeiter der Gendarmerie Metz und bin gekommen, um meine neue Dienststelle über den Stand der Ermittlungen zu informieren.«

»Auch das wundert mich, Monsieur Colbert. Ich meine, dass Sie offenbar den Wunsch haben, weiterhin bei den Polizeikräften tätig zu sein ...«

Die beiden Journalisten aus Nancy lachten jetzt offen, einer stand kurz davor zu applaudieren.

»... ich hätte Sie eher in der Politik erwartet. Als Staatssekretär, als Lobbyist oder in der Rolle eines eloquenten Technokraten, der es versteht, große Geldsummen so umzuleiten, dass sie der Verwaltung sowie der datentechnischen Ausstattung unserer Polizeikräfte zugute kommen ...«

Jetzt war Ohayon einiges klar. Er hatte sich schon gefragt, ob das hier eine Pressekonferenz war. Aber die drei Journalisten waren nicht wegen der Schießerei hier, sondern weil sie offenbar an diesem Brigadier Colbert interessiert waren. Und der ließ sich nicht aus der Ruhe bringen.

»Ich weiß, dass Ihnen meine Art aufstößt, Monsieur Doute, ich weiß, dass Ihnen jede Art von Innovation zuwider ist, ich weiß auch, dass Sie glauben, ich hätte vor, Massen an Daten zu sammeln, um die Bevölkerung zu kontrollieren. Aber Sie tragen wie immer zu dick auf, und wir sind auch nicht hier, um über die dringend notwendige Neuordnung der Stadtverwaltung von Metz zu debattieren.«

»Nun, eins kann man immerhin sagen, Monsieur Colbert: Mit Ihnen hat die Gendarmerie Courcelles einen großen Fang gemacht, da kann man Commissaire Bagrange nur beglückwünschen. Wir werden in Zukunft sicher öfter von dieser Gendarmerie hören, denn hier werden sicher schon bald bemerkenswerte Dinge geschehen.«

»Ihr Zynismus ist wie immer entzückend, Monsieur Doute, nur bringt er uns in der Sache wie so oft keinen Millimeter weiter …«

Eine junge Gendarmin berührte Ohayon am Arm.

»In deinem Büro wartet einer der Zeugen, die an der Tankstelle waren. Seine Mutter ist auch da.«

»Okay.« Ohayon drückte sich vom Türrahmen ab und folgte ihr.

Das Motorrad

Die Mutter stand auf, als Ohayon den Raum betrat, der Junge blieb sitzen.

»Wer hat dich denn so verprügelt? Du siehst schlimm aus«, fragte Ohayon, als er sah, was er sah.

»Ich hatte Streit.«

»Mit einem Mädchen!«, erklärte die Mutter sofort. »Lou Batelier heißt die, und sie schlägt mit Fäusten. Lou ist nicht die Erste aus der Familie, die Schwierigkeiten mit dem Gesetz hat.«

»Wie heißt du?«

»Benoît.«

»Und du möchtest das Mädchen jetzt anzeigen?«

»Nein, das war ja meine eigene Schuld. Ich habe ihren Freund beleidigt, und da ist Lou eben wütend geworden. Außerdem hat sie sich schon bei mir entschuldigt und bei Albert auch. Der hat zwei ziemliche Dinger von ihr abbekommen.«

»Sie hat sich nacheinander mit zwei Jungen geprügelt?«

»Gleichzeitig. Albert wollte mir zu Hilfe gekommen.«

»Verstehe.«

»Was ist das für ein Mädchen?«, rief seine Mutter und brachte ihre Hände in eine Position, als wollte sie einen Ball fangen.

»Hör auf, Mama, ich hab dir schon tausendmal gesagt, dass Lou in Ordnung ist. Sagt Albert auch. Es war meine Schuld.«

»Hat diese Lou sich schon öfter geschlagen?«

»Nein. Wie ich sagte, ich habe ihren Freund beleidigt, und da ist sie ...«

»Was hast du zu ihm gesagt?«

»Dass er ein Rassist ist und ein Arschloch.«

»Ist er ein Rassist?«

»Das weiß bei dem niemand genau. Ich glaube nicht. Ich hatte einfach zu viel getrunken.«

»Wer ist denn ihr Freund?«

Benoît schwieg.

»Wenn er ein Rassist ist ...«

»Ist er nicht. Dieses Wort benutzt man sowieso viel zu oft, wenn Sie mich fragen. Ich ärgere mich inzwischen darüber, dass ich ihn so genannt habe. Philippe ist einfach so, der sagt oft Sachen, die mich auf die Palme bringen. Unser Lehrer meint, er sei unterfordert.«

»Verstehe. Und was willst du mir jetzt erzählen?«

Benoît kam nicht dazu auszusagen, denn seine Mutter musste zunächst etwas loswerden. »Er hat es uns erst heute gesagt. Er hat gefragt, ›warum kommen die denn nicht?‹ Niemand hat ihn zu der Schießerei an der Tankstelle befragt, man lässt so ein Kind völlig allein mit seinen Gedanken. Das ist unmöglich!«

»Soweit ich mich erinnere, nahm Ihr Sohn in Fleurville gerade an einem Gespräch mit einer Psychologin teil, als Ihr Mann ihn da rausgeholt hat.«

»Ach, mein Mann, hören Sie doch damit auf, jetzt geht es um Benoît und nicht darum.«

»Setzen Sie sich doch bitte. Darf ich Ihnen etwas bringen? Vielleicht Kaffee?«

»Nein. Er soll erst mal erzählen, was er gesehen hat. Also, jetzt sag, Benoît, sag.«

»Der vor dem Auto stand, also der, der erschossen wurde, hat angefangen. Ich hörte zuerst, dass gestritten wurde und dann hat der beim Auto eine Pistole rausgeholt und geschossen. Dann der andere. Ich war voll geschockt und bin einfach mit meinem Fahrrad auf der Straße stehen geblieben.«

Ohayon wollte wissen, wo genau Benoît gestanden hatte.

»Na da, wo man von der Straße abzweigen muss, wenn man auf die Tankstelle will. Da, wo es ein Stück runtergeht. Die Tankstelle liegt ja etwas tiefer als die Straße. Aber ich stand noch oben am Rand der Straße. Wissen Sie jetzt?«

»Ja.«

Benoît hatte zwar alles aus recht großer Entfernung beobachtet, aber offenbar aus einer Perspektive, aus der er den Schützen aus dem Auto gut sehen konnte.

»Der hat zuerst geschossen. Hundertprozentig. Ich habe ja das Mündungsfeuer seiner Pistole gesehen oder jedenfalls, dass sie hochzuckte. Ich hätte mich natürlich sofort verstecken sollen, aber das fiel mir in dem Moment gar nicht ein. Ich hatte nicht mal Angst, weil das kam ja alles so unerwartet. Na, und irgendwann ist der beim Auto dann umgefallen. Da wusste ich noch gar nicht, dass im Auto noch einer war, der auch getroffen wurde, denn das Auto sah ich ja nur von hinten. Die haben mich zum Glück nicht entdeckt. Der mit dem Motorrad ist dann abgehauen, zum Glück zur anderen Seite raus, sodass er mich nicht gesehen hat, da hatte ich echt Glück. Sagen die anderen aus meiner Klasse auch. Dass ich Glück hatte. Dass wir alle Glück hatten, dass wir nicht früher da waren. Er hatte leider einen Helm auf und ich konnte ihn nicht erkennen. Aber das war ein Motorrad, keine Enduro, wie Anna behauptet. Hundertprozent ein Motorrad.«

»Was hat denn Anna behauptet?«

»Dass es Philippe gewesen sein könnte, aber der fährt eine Enduro, kein Motorrad, der war es nicht.«

»Kennst du Philippe und Anna gut?«

»Wir kennen uns alle. Also alle, die da an der Tankstelle waren. Wir gehen in dieselbe Klasse und wollten Lou besuchen, weil die da Nachtschichten macht und sich oft langweilt. Ich kam aber von der anderen Seite, weil wir außerhalb von Courcelles wohnen. Und ich war zuerst da. Mich hat aber bis jetzt keiner befragt.«

»Und der mit dem Motorrad ist wohin gefahren?«

»Zur anderen Seite raus, die Rue Fleurville runter, Richtung Bahnhof, also ins Zentrum rein. Deshalb ist er ja den anderen auch entgegengekommen. Als er weg war, musste ich pinkeln, wahrscheinlich weil die Angst hochkam. Also bin ich kurz in den Graben und hab gepinkelt.«

»Es ist gut, Benoît, das interessiert die Polizei sicher nicht.«

»Nein, aber da ist noch was. Ich habe gehört, wie Lou bei der Psychologin gesagt hat, dass sie sich drinnen versteckt hat. Das stimmt nicht, denn nachdem der weg war und ich gepinkelt hatte, bin ich da sofort rein, nachsehen ob sie in Ordnung ist. Ich hab mich schon gewundert, dass die Tür offen ist, die macht Lou sonst nachts immer zu. Drinnen war sie nicht. Also habe ich nach ihr gerufen, und da kam sie. Aber sie kam vorne rein, so wie ich. Sie sagte nichts, sondern schloss sofort ab und rief dann die Polizei. Wir haben uns zusammen hinter dem Mittelregal versteckt. Erst da kamen die anderen, also Anna, Albert, Francesca, Claire und Fabien. Und dann auch die Polizei, das ging sehr schnell. Gendarmerie und Police Nationale.

Na, Sie waren ja da und wissen...«

»Ihr habt einem Jungen zugewunken, der auf seinem Moped zweimal an der Tankstelle vorbeifuhr.«

»Das war Julien. Der hat sich nicht hingetraut. Wahrscheinlich weil Polizei da war.«

»Er hat Angst vor der Polizei?«

»Nicht Angst. Julien ist einer, der sich immer erst mal zurückhält, das wollte ich sagen.«

»Lou, ist das die, mit der du dich geprügelt hast?«

»Ja, aber wie ich schon sagte, das hatte nichts mit der Schießerei zu tun.«

»Und du bist sicher, dass der Mann aus dem Auto zuerst geschossen hat?«

Nun lieferte Benoît eine lange und wirklich sehr präzise Beschreibung aller Ereignisse. Und je länger sie dauerte, desto unklarer war, ob der Motorradfahrer wirklich geschossen hatte. Benoît hatte ihn eigentlich nur gesehen, als er gerade dabei war, seine Reifen mit Luft zu füllen. Und dann als er nach der Schießerei abfuhr.

»Mit voll aufgedrehtem Motor, der wollte da weg!«

»Auf welchen von den beiden hast du bei der Schießerei wirklich geachtet?«

»Na, auf den beim Auto, weil der ja zuerst geschossen hat. Ich hörte dann aber auch Schüsse, ohne dass bei ihm ein Mündungsfeuer zu sehen war. Da wusste ich, dass es noch einen geben musste, der schießt. Und dann ist der mit dem Motorrad ja auch weg wie einer auf der Flucht.«

»Aber, dass der Motorradfahrer wirklich da stand und geschossen hat...«

»Wer denn sonst?«

Jetzt reichte es der Mutter, sie nahm ihren Sohn in den Arm. »Und mit so was lässt man ein Kind tagelang allein! Das ist einfach unglaublich.«

Die Rue du Moulin

Nach der Verabschiedung von Benoît und seiner Mutter kam ihm ausgerechnet der Mann entgegen, dessen Pressekonferenz er vorzeitig verlassen hatte.

»Ist sie gut gelaufen, Ihre Pressekonferenz?«

»Das werden wir morgen wissen, wenn die Zeitungen raus sind. Und Sie?«

»Ich muss los.«

»Hat das etwas mit unserer Sache zu tun?«

»Unserer Sache?«

»Wir sind jetzt Kollegen, hat Ihnen Bagrange das nicht gesagt?«

»Schon, aber wir haben hier keine große Verwaltung. So wie ich das verstanden habe, sind Sie doch eher einer von denen und kein Ermittler.«

»Sie sehen aus, als wollten Sie mich möglichst schnell loswerden.« Ein Lächeln. Und das kann Monsieur Colbert wirklich gut. »Also, was ist Ihr Plan?«

»Plan? Ich will die Aussage einer Zeugin überprüfen.«

»Commissaire Bagrange sagte mir, ich solle mich an Sie halten. Er sagte mir auch, Sie seien sehr umgänglich.«

»Was wollen Sie auf einem Kuhdorf wie Courcelles?«

»Ich weiß es noch nicht. Ich weiß nur, dass ich es so will. Ich heiße übrigens Roland.«

»Ohayon.«

»Nur Ohayon?«

»Was sollte da noch kommen? Na gut, wenn Commissaire Bagrange sagt, wir wären Kollegen ... Aber ich stelle die Fragen.«

»Kein Problem.«

Als sie die Gendarmerie verließen, musste sich Ohayon noch

kurz gedulden, denn der aufdringliche Journalist aus Metz wartete auf dem Parkplatz. Roland Colbert ging zu ihm, und sie tauschten ein paar Sätze aus. Die Verabschiedung bestand aus einer festen Umarmung und ein paar angedeuteten Küssen auf die Wange.

»Wir gehen zu Fuß? Wir können gerne meinen Wagen nehmen.« Roland Colbert wies, während er sein Angebot machte, mit der Hand in Richtung eines schwarzen Citroën CX 2400.«

»Dein Dienstwagen aus Metz?«

»Ich soll ihn am Montag abgeben.«

»Nein, kein Auto, es ist nicht weit, die Zeugin wohnt mit ihren Eltern am Bahnhof.«

Der erste Eindruck, den Roland Colbert auf Ohayon machte, war durchaus positiv. Offenbar war der Neue ein Mensch, der sich auf andere einstellen konnte, jedenfalls machte er kleine Schritte.

»Sag mal, wie groß bist du eigentlich ... Roland?«

»Genau zwei Meter.«

»Musst dich bücken beim Küssen?«

»Schon, und du?«

»1,65. Jedenfalls morgens. Man sagt ja, dass wir abends alle kleiner sind.«

Sie folgten dem Verlauf der Rue Fleurville. Nachdem es in der Woche zuvor intensiv geregnet hatte, zeigte sich das Wetter jetzt wieder wic in den Wochen zuvor. Herrlich und heiß. Landschaft und Häuser waren gleichmäßig beleuchtet.

»Und was ist passiert in Metz? Das ist doch eine Strafversetzung, oder?«

»Ich wollte zu viel in zu kurzer Zeit erreichen. Ich muss ruhiger werden.«

»Ich will auch ruhiger werden. Bagrange sagt immer, ich sei zappelig.«

»Dann sind wir schon zwei.«

»Hier ist es. Das Beste wäre, du sagst gar nichts und setzt dich so, dass die Zeugin dich nicht sieht.«

»Hast du eine spezielle Ausbildung in Verhörtechnik?«

Ohayon drückte auf den Klingelknopf, kurz darauf ertönte der Summer.

Die Treppe war steil und knarrte. Lous Mutter erwartete sie bereits in der geöffneten Tür.

»Sind Sie von der Gendarmerie?«

»Richtig.«

»Kommen Sie rein.«

Die Wohnung machte auf Ohayon einen bürgerlichen Eindruck, wirkte allerdings etwas vollgestellt.

»Sie möchten mit meiner Tochter sprechen? Sicher wegen der Sache an der Tankstelle.«

»Richtig.«

»Sind Sie Gendarm Ohayon?«

»Ja.«

»Schon viel von Ihnen gehört. Die beste Freundin meiner Schwester ist die, die immer von ihrem Mann verprügelt wurde. Wer ist Ihr Kollege?«

»Brigadier Colbert.«

»Lou, kommst du mal! Nehmen Sie doch bitte Platz. Möchten Sie was trinken?«

Roland Colbert schüttelte den Kopf, was sie nicht weiter beachtete. Ohayon sah sie einfach nur an. Mehr war nicht nötig, denn offenbar verstand sie sich darauf, in Blicken zu lesen.

»Hatte man mir schon gesagt. Sie sind der typische Kaffeemensch.« Der Ausdruck in ihrem Gesicht veränderte sich sehr plötzlich. »Gut, dass Sie noch mal mit Lou sprechen, denn... wie ich gehört habe, verstehen Sie sich darauf. Mir gegenüber tut sie so, als sei das mit dem Überfall für sie kein Problem. Sie verstehen, als Mutter...«

»Ich verstehe vollkommen.«

Roland Colbert beobachtete alles ganz genau. Prägte sich ein, wie Ohayon vorging. Es war nämlich so, dass Ohayons Name in Metz bereits ein paarmal gefallen war. Die Meinungen über ihn gingen stark auseinander.

»Einen schönen Tisch haben Sie da. Aus der Familie?«

»Von meinen Großeltern.«

»Batelier ... Lebten die nicht früher auf dem Hof unten am Graben?«

»Ja. Den Hof haben wir nach dem Tod meiner Mutter leider verkaufen müssen.«

»Und den Tisch behalten. Er ist wirklich sehr schön. Meine Mutter hat auch so einen, die halten ewig.«

»Wundern Sie sich bitte nicht, wie meine Tochter aussieht. Sie hat sich mit zwei Jungen gestritten, weil die ihren Freund beleidigt haben. Na, wie Mädchen in dem Alter eben so sind. Ich kann Ihnen sagen, ich war auch nicht ... Sie wissen, wie ich das meine.«

Als Lou den Raum betrat, stand Ohayon auf und reichte ihr die Hand, was sie etwas irritierte. Roland Colbert nahm auf einem etwas wackeligen Stuhl Platz, der neben dem Durchgang zu einem Raum stand, der so etwas wie einen Salon darstellen sollte. Nur lebt ein Zimmer, das man Salon nennt, für gewöhnlich auch ein wenig von seiner Größe.

»Gut, dann ...« Lous Mutter ging, um den Kaffee zu holen.

»Wir haben uns geprügelt«, erklärte Lou sofort.

»Hab ich gehört, aber deshalb bin ich nicht hier. Sondern wegen der Schießerei an der Tankstelle. Du machst bald Abitur?«

»Ja.«

»Und? Wirst du durchkommen?«

»Ich denke schon.«

»Und danach?«

»Weiß ich noch nicht.«

»Paris?«

»Wie kommen Sie darauf?«

»Weiß nicht, vielleicht weil ich nach meinem Abitur nach Paris wollte.«

»Und warum haben Sie es nicht gemacht?«

»Weil meine Mutter nicht genug Geld hatte. Paris ist teuer.«

»Wer ist der hinter mir?«

»Ein Kollege. Er hört nur zu.«

»Muss ich jetzt echt alles noch mal erzählen?«

»Nicht alles, ich habe mir das Protokoll durchgelesen. Da kam ein Laster ...«

»Da kamen einige und dann der Laster.«

»Den Laster hast du bei deiner Vernehmung besonders erwähnt. Warum?«

»Weiß ich nicht, vielleicht weil er da war, kurz bevor der Mitsubishi kam.«

»Haben die beiden Männer aus dem Mitsubishi irgendwas gemacht, an das du dich noch erinnerst?«

»Was denn zum Beispiel?«

»Ich weiß nicht. Haben sie vielleicht Papier aus dem Kasten gezogen, um den Ölstand zu prüfen oder ihre Scheiben zu reinigen?«

Die Wirkung dieser Frage war enorm. Lou wurde rot und faltete ihre Hände wie zum Gebet.

»Hätte ich das nicht fragen sollen?«

Lous Mutter kehrte zurück und stellte ein Tablett vor Ohayon auf den Tisch. Auch sie bemerkte die Veränderung.

»Lou! Was haben Sie mit ihr gemacht?«

»Nichts. Ich glaube, Ihre Tochter hat sich nur ein wenig erschrocken, weil ihr gerade etwas eingefallen ist.«

»Stimmt das? Lou, was ist los?«

»Ja, ich hatte was vergessen.«

»Kein Wunder, nach dem, was da passiert ist. Du standst unter Schock, als du zum ersten Mal vernommen wurdest. Du bist sogar ohnmächtig geworden.«

»Da war einer mit einem Motorrad, der hat Luft nachgefüllt.

Dann kam der Mitsubishi …« Sie konzentrierte sich, man sah es weniger an ihren Augen als an ihrem Mund. »Zuerst ist nur einer von denen aus dem Mitsubishi ausgestiegen. Der Fahrer. Er hat getankt und bezahlt. Ich dachte, das war's. Aber als er wieder im Auto saß, ist plötzlich der andere raus. Er kam an den Schalter und wollte Bier. Aber er hat sich komisch bewegt. Ich dachte, er wäre betrunken. Und solchen darf ich nichts verkaufen, das hat mein Stiefvater so bestimmt. Er ist der Pächter der Tankstelle.« Die Augenbrauen. Ihr schien plötzlich etwas Wichtiges eingefallen zu sein. »Außerdem darf ich als Minderjährige ja sowieso keinen Alkohol verkaufen.«

»Komm, Lou, ich war auch mal jung und ich war auch schon an Tankstellen.«

»Jedenfalls habe ich ihm gesagt, dass er von mir kein Bier bekommt. Da ist er unverschämt geworden und hat mich beschimpft. Ich habe ihm trotzdem nichts verkauft. Da ist er dann zu dem Papierspender gegangen, der hinter der einen Säule hängt und hat angefangen, das Papier da rauszureißen und auf den Boden zu werfen. Immer mehr. Da bin ich dann nach hinten ins Lager gegangen. Das mache ich immer, wenn einer anfängt zu randalieren. Weil es am besten ist, wenn sie einen gar nicht mehr sehen. Erstens denken sie dann, dass ich die Polizei rufe, und zweitens beruhigen sie sich meistens. Bezahlt hatte der andere ja schon.«

»So was passiert öfter?«

»Ein-, zweimal die Woche. Es tut mir leid, dass ich das vergessen habe, als die anderen mich verhört haben.«

»Kein Problem. Aber etwas anderes musst du mir noch erklären. Du hast ausgesagt, dass du die Polizei angerufen und dann in der Tankstelle gewartet hättest. Und dann wäre einer aus deiner Klasse gekommen und ihr hättet zusammen gewartet.«

»Ja. Benoît.«

»Der sagt aber, als er in den Verkaufsraum kam, wäre da niemand gewesen.«

»Was?«

»Die Glastür soll auch nicht abgeschlossen gewesen sein. Das verstehe ich nicht, wo du doch solche Angst hattest.«

»Ach so. Ja, das stimmt. Ich hatte mich zuerst hinter der Tankstelle versteckt, weil ich dachte, der geschossen hat, kommt vielleicht noch mal wieder.«

»Du bist vorne rausgegangen?«

»Es gibt keinen Hinterausgang. Dann hörte ich Benoît rufen und bin wieder rein. Dann habe ich abgeschlossen, und kurze Zeit später war ja dann auch schon die Polizei da. Was hat Benoît denn sonst noch gesagt?«

»Nichts. Ich wollte nur wissen, wie das zu erklären ist.«

»Ist es jetzt erklärt?«

»Ja. Du standst unter Schock und hast ein paar Sachen vergessen.«

»Die Vernehmung, das war absolute Scheiße.«

»Es gab eine Rangelei.«

»Ich habe das gar nicht mehr richtig mitgekriegt, weil ich plötzlich weg war. Die haben uns nach Fleurville gebracht zur Untersuchung und dann zur Psychologin. Da haben sich alle gestritten, weil Anna meinte, der mit dem Motorrad, das könnte Philippe gewesen sein. Der fährt aber eine Enduro und kein Motorrad. Ich weiß auch nicht, warum Anna so einen Schwachsinn behauptet.«

»Arbeitest du noch an der Tankstelle?«

»Ich fange morgen wieder an.«

»Gut.«

»Glauben Sie, da passiert noch mal was?«

»Du meinst, dass jemand Zeugen beseitigen will?«

»Zum Beispiel.«

»Wer auch immer diese beiden Männer erschossen hat, kann sich ja denken, dass ihr eure Aussagen längst gemacht habt. In Gefahr wärst du nur, wenn du jemanden deckst, wenn du zum Beispiel weißt oder dir denken kannst, wer da geschossen hast.«

»Weiß ich nicht.«

»Ich schätze, dann droht dir keine Gefahr.«

»Mir fällt gerade noch was ein.«

»Ja?«

»Der Lastwagen, der vorher da war, der ist die Rue du Moulin hoch, Richtung Belgien. Die Kurve ist sehr eng, die Lastwagen rangieren da immer ganz langsam rum. Aber ich glaube, der hat kurz gehalten. So als wüsste er nicht, wo er hinmuss. Er stand da jedenfalls eine Weile.«

»Wie lange?«

»Eine Minute.«

»Dann fuhr er die Rue du Moulin hoch?«

»Ja.«

Monsieur Theron erklärt, wie es ist

»Danke, dass Sie sich so kurzfristig Zeit genommen haben.«

»Eine Viertelstunde. Meine Klasse macht in ein paar Tagen Abitur.«

Ohayon stand zusammen mit Theron vor der Schultafel, Roland Colbert hatte in der ersten Reihe Platz genommen.

»Kurz vor dem Abitur ... Eine aufregende Zeit, ich erinnere mich noch ganz gut«, erklärte Ohayon und atmete tief durch. Danach schob er sich seine strähnigen Haare aus dem Gesicht. Da sie lang genug waren, fanden sie hinter seinen Schultern Halt.

»Es geht um zwei Ihrer Schüler. Wie schätzen sie Louise Batelier ein?«

»Lou? Warum fragen Sie?«

»Weil sie sich vor ein paar Tagen offenbar mit zwei Jungen geprügelt hat und weil sie an der Tankstelle war, als dort geschossen wurde. Sie ist nicht ganz klar in ihren Aussagen.«

»Lou ist ein ganz normales und durchschnittliches Mädchen.

Dass sie gewalttätig ... Hatte diese Schlägerei was mit Philippe zu tun?«

»Offenbar meinen einige seiner Mitschüler, er sei ein Rassist.«

»Philippe? Ganz bestimmt nicht. Dieser Junge wird von seiner Intelligenz geplagt. Er ist unterfordert, es wird höchste Zeit, dass er an eine Universität kommt. Leider stehen die wirklich guten Institutionen in diesem Land einem wie ihm nicht offen. Sein Vater ist Förster.« Monsieur Theron merkte, dass er dabei war, sich ein wenig zu vergaloppieren. »Also noch mal ganz deutlich: kein Rassist. Aber es würde mich nicht wundern, wenn er irgendetwas gesagt hat, das danach klingt. Es würde mich auch nicht wundern, wenn er kurz vorher etwas gesagt hat, dass nach Sartre klingt oder nach Lenin. Philippe liebt die Provokation, er liebt es, seine Freunde und Mitschüler zu schockieren. Und Lou ist seine Freundin. Es wird mal wieder Streit gegeben haben deswegen, es wäre nicht das erste Mal.«

»Eine ziemliche Herausforderung für ein Mädchen, das Sie eben durchschnittlich und normal genannt haben. Was reizt Philippe an ihr, wenn er so besonders ist?«

»Ich habe nicht die blasseste Ahnung, was die beiden verbindet. Aber Lou ist ... Ich weiß nicht, wie ich es Ihnen verständlich machen soll.«

»Versuchen Sie es.«

»Lou hat etwas Stoisches und Zähes. Sie hört zu und merkt sich alles. Gleichzeitig wirkt sie so zierlich und klein, nicht wahr? Aber mein Kollege, der Sport unterrichtet, sagt, sie sei eine Kampfmaschine. Verzeihen Sie den Ausdruck, aber das waren seine Worte. Was also Philippe angeht, könnte es durchaus sein, dass ihn genau das anzieht. Ihre Stärke. Das Geheimnis, das man ihr nicht ansieht. Ich persönlich halte sie für recht intelligent, weit intelligenter jedenfalls, als ihr Notendurchschnitt vermuten lässt. Aber Lou trägt viel Ballast mit sich herum. Offenbar kommt sie aus einer Familie, in der man ihr wenig zutraut. Jedenfalls hat sie im Unterricht öfter mal Bemerkungen in diese Richtung gemacht. Für Lou wird es die größte Aufgabe sein, sich von diesem Umfeld zu befreien. Aber eins kann ich Ihnen versichern. Weder Philippe noch Lou sind für irgendwelche Straftaten prädestiniert. Dafür sind sie viel zu klug. Das war ja Ihre Frage, nicht wahr?«

In diesem Moment ertönte eine Glocke, die Ohayon an eher unangenehme Zeiten erinnerte, denn er war leider kein guter Schüler gewesen.

»Ich danke Ihnen, Monsieur Theron.«

»Gut, dann schicke ich Ihnen jetzt Philippe.«

Das Gespräch dauerte weit über eine Stunde, und als sie schließlich die Schule verließen, schüttelte Ohayon ein klein wenig den Kopf. Roland Colbert dagegen wirkte sehr still.

»Na, sag schon, Roland? Was ist dein Eindruck?«

»Ich weiß gar nicht, wo ich anfangen soll. Meiner Meinung nach müsste dieser Junge dauerhaft observiert werden. Noch zwei oder drei Jahre ...«

»Du meinst, er hat was mit der Schießerei an der Tankstelle zu tun?«

»Niemals. Der würde sich im Hintergrund halten und andere dazu bringen, das für ihn zu erledigen. Gott, was geht nur in diesem Kopf vor?«

»Also doch ein Rassist?«

»Auch. Auch Rassist, auch Sozialist, auch humorvoll, auch verbittert, alles gleichzeitig. Er will die konstante Zerstörung. Alles muss aufgelöst werden. Es gibt da nicht das leiseste Fünkchen von so was wie einem ... Glauben.«

»Meinst du das religiös?«

»Nein, aber man muss doch an irgendetwas glauben, muss irgendetwas unangetastet lassen. Der Mensch braucht so was wie einen Kern, oder ... Was denkst du denn?«

»Ich hätte mir gewünscht, wir hätten so einen damals in unserer Klasse gehabt. Dann hätte man mal über was Vernünftiges reden können. Na komm, Roland, reg dich nicht auf, er ist siebzehn, in zwei Jahren kann das in seinem Kopf schon alles ganz anders aussehen. Wir besuchen jetzt einen Freund von mir, der etwas bodenständiger ist.«

»Ich nehme an, wir gehen wieder zu Fuß?«

»Wir sind hier auf einem Dorf. Und ich mache sowieso am liebsten alles zu Fuß, weil ... beim Gehen kommen mir immer die besten Gedanken. Geht dir das auch so?«

»Du musst was mit deinen Haaren machen, du wirkst nicht seriös. Sagt Bagrange denn nie was dazu, dass deine Dienstkleidung – dass du das so frei handhabst?«

»Bis jetzt nicht. Ich glaube, für ihn bin ich so was wie ein Undercover-Agent. Er hält mich nicht gerade für den Hellsten, meint, dank dieser Eigenschaft würde ich die Dörfler besser erreichen als meine Kollegen. Und dazu passt eben auch, dass ich nicht wie ein Hundertprozentiger aussehe.«

»Verstehe. Und jetzt besuchen wir also jemanden, der bodenständig ist.«

»Wichtiger als das ist die Stelle, an der sein Haus steht.«

Eine erste Spur

»Hallo Louis.«

»Ohayon! Na, das ist ja mal eine Überraschung!«

Es roch ein bisschen nach Dung, die Decken waren sehr niedrig.

»Entschuldige, wenn wir dich unangemeldet stören.«

»Komm rein, Ohayon. Ein neuer Kollege?«

»Brigadier Colbert.«

»Bist du hier wegen unseres Bowlingabends, oder ist es dienstlich?«

Ohayon hatte das Nächstliegende für das Beste gehalten.

Also waren sie nach der Befragung von Philippe zu dem Haus gegangen, das am Abzweig der Rue du Moulin stand. Ohayon kannte den Besitzer, da sie zusammen mit einigen anderen regelmäßig bowlen gingen. Sie hatten sogar schon mal ein Armdrücken veranstaltet, bei dem man Ohayon einen Stapel Bierdeckel unter den Ellenbogen gestellt hatte. Der Gerechtigkeit halber. Und alle hatten sich sehr gewundert, als der kleine Gendarm am Ende gewann. Aus diesem Sieg und dem anschließenden Besäufnis war eine Freundschaft entstanden, die von gegenseitigem Respekt und einem beiläufigen Tonfall geprägt war.

»Also, was willst du wissen?«

»Ich habe gehört, dass hier regelmäßig LKWs in die Rue du Moulin abbiegen.«

»Richtig. Und sie tun sich schwer damit, weil die Kurve zu eng ist. Gut, dass du der Sache mal nachgehst, ich wache davon nämlich immer auf. Du weißt ja, seit meine Frau nicht mehr ist...«

»Hm.«

»Da kommt das manchmal hoch. Und dann wieder einzuschlafen...«

»Die biegen also hier ab, rangieren ein bisschen, damit sie die Kurve schaffen.«

»Richtig. Und in letzter Zeit sind einige echte Idioten dabei. Wahrscheinlich Araber. Sind ja billiger als unsere.«

»Und Araber rangieren schlecht?«

»Das auch, aber sie kommen nach einer halben Stunde wieder zurück. Haben sich verfahren und merken es erst, nachdem sie mich geweckt haben.«

»Nach einer halben Stunde, sagst du?«

»Ungefähr. Warum?«

»Weil ich mich frage, wo sie auf der Rue du Moulin überhaupt wenden können. Die müssten doch fast hoch bis Belgien, und das dauert hin und zurück länger als eine halbe Stunde.«

»Na, die werden oben am alten Forsthaus wenden. Auf dem Parkplatz.«

»Wenn sie das tun, brauchen sie aber keine halbe Stunde, bis sie wieder hier sind.«

»Ja, das musst du nun rausfinden, Ohayon. Ich kann dir nur sagen, wie es ist «

»Danke.«

»Sehen wir uns beim Bowlen?«

»Klar.«

»Bringst du deinen Neuen mit? Er ist ziemlich still.«

»Er lernt.«

»Und was jetzt?«, fragte Roland, als sie wieder auf der Straße standen.

»Jetzt gehen wir die Rue du Moulin hoch.«

»Zu Fuß.«

»Wie sonst?«

»Wir könnten zur Gendarmerie zurückgehen und uns mit den Kollegen beraten.«

»Weil ein paar LKWs sich verfahren haben? Komm, lass uns gehen, reden können wir später.«

Und so gingen sie.

»Du links, ich rechts«, ordnete Ohayon an. »Da, wo die Fahrdecke aufhört, auf Reifenspuren achten.«

Roland Colbert tat wie befohlen, und als sie gerade mal 300 Meter den Berg hoch waren, spürte er eine Veränderung. Es dauerte einen Moment, bis er begriff: Er war vollkommen ruhig. Und dann hatte er auch noch Erfolg.

»Hier! Ohayon! Hier!«

Natürlich. Man soll die Dinge so schildern, wie sie waren, nichts hinzufügen, schon gar nicht übertreiben. Aber Roland Colbert, dieser eloquente, stets gut gekleidete Mann, war in diesem Moment wie verwandelt. Darüber kann man nicht einfach hinweggehen.

Er hatte etwas erreicht, etwas von A bis Z richtig gemacht.

Das war nicht immer so gewesen. Der Journalist Monsieur Doute hatte ja auf der Versammlung darüber gesprochen. Roland hatte Gelder umgeleitet, versucht, die Verwaltung von Metz umzukrempeln, von Grund auf zu modernisieren. Und er war gescheitert. Wie sehr so ein Scheitern schmerzt, weiß jeder, der mal etwas gewagt hat, das am Ende misslungen ist. Hier in Courcelles, unter Ohayons Anleitung, schien wieder alles möglich. Auch unmittelbarer Erfolg. All das schwang mit in Rolands Stimme, als er rief: ›Hier! Ohayon! Hier!‹

Ohayon ging also zu Roland, senkte den Blick. Und tatsächlich, im Matsch am Rand der Straße zeichneten sich tiefe Spuren ab, die eindeutig von einem LKW stammten.

Ohayon bestätigte Roland mit einem kurzen Lächeln und zeigte dann auf die andere Seite der Straße. Dorthin, wo das alte Forsthaus stand. Ein halbverrottetes Baugerüst, versteinerter Zement in Säcken, zerrissene Plastikplanen. Offenbar hatte man vorgehabt es umzubauen, und die Arbeiten waren vor geraumer Zeit auf halbem Wege steckengeblieben.

Die Inspektion des Forsthauses ergab nichts, aber der Parkplatz sprach Bände. Dort fanden sich die inzwischen hart gewordenen Spuren von LKWs, die hier eindeutig gewendet hatten. Noch wichtiger als das waren die Abdrücke vieler Schuhe.

»Hier hat sich offenbar eine größere Anzahl von Menschen aufgehalten«, erklärte Roland, Ohayon stöhnte.

»Was ist?«

»Ja, hier sind eine Menge Leute gewesen, und ich fürchte, ich weiß auch, was das bedeutet. Wir werden früher oder später mit einem sehr unangenehmen Kollegen aus Fleurville zu tun bekommen. Einem Schlägertypen, der schön regelmäßig dafür sorgt, dass die Bevölkerung uns nicht mag.«

»Geht das etwas klarer?«

»Gendarm Conrey behauptet schon seit einiger Zeit, dass

durch diese Gegend illegale Arbeiter transportiert und nach Belgien eingeschleust werden. Für den sind diese Spuren ein gefundenes Fressen.«

»Dann sollten wir ihn informieren.«

»Jetzt bleib mal schön ruhig, Roland. Die Gendarmerie Courcelles ist durchaus in der Lage, Vorgänge selbst abzuklären. Ich habe jedenfalls keine Lust, mich lächerlich zu machen, nur weil hier einige Leute eine Pinkelpause eingelegt haben. Wenn wir bestätigen können, dass auf diesem Parkplatz illegale Arbeiter aus- oder umgeladen wurden, setzen wir uns mit Fleurville in Verbindung.«

»Könnte die Schießerei an der Tankstelle etwas damit zu tun haben?«

»Keine Ahnung. Und nicht immer so schnell bitte.«

Ohayon inspizierte die Spuren genauer.

»Die führen alle hier in den Wald.«

»Heißt?«

»Wenn man durch den Wald geht, kommt man zu den Ruinen der Kurkliniken.«

»Heißt?«

»Dass wir vermutlich sehr lange zusammen in einem Auto sitzen werden. Du wirst Rehe und Wildschweine zu sehen bekommen.«

Und sie verbrachten tatsächlich fünf Stunden in einem Auto. Aber Ohayon hatte sich geirrt. Es waren weder ein Reh noch ein Wildschwein zu sehen. Um kurz vor elf brachen sie die Observation ab.

Auf der Rückfahrt schlug Ohayon vor, noch auf ein Bier ins Paris zu gehen. Sie bestellten sich zu ihrem belgischen Bier zwei große Wurstteller mit gutem Graubrot.

Roland war anfangs ein bisschen unsicher. Er kannte den kleinen Gendarmen ja erst seit heute, worüber also würden sie reden? Vermutlich über den Fall. Oder darüber, wie sie das wurden, was sie jetzt sind, oder über den Chef oder ...

»Wusstest du«, fragte Ohayon, nachdem sie angestoßen hatten, »dass wir schon seit der frühesten Steinzeit nach oben gucken und versuchen, in diesem Gewimmel aus Sternen so was wie eine Ordnung oder eine Bedeutung zu erkennen?«

»Seit der frühesten Steinzeit!«

Von da ausgehend entwickelte sich ein Gespräch, das sich zunächst um Sternenkonstellationen drehte. Roland Colbert wunderte sich, wie viel sein neuer Kollege darüber wusste. Von den Sternen ausgehend machte Ohayon einen kleinen Schwenk zur griechischen Mythologie und kam von da auf Frauen und die Frage, was an ihnen gut und was schwierig ist. Ab hier stieg Roland Colbert richtig mit ein. Als die Wirtin ihnen erklärte, dass es halb eins sei und sie nun schließen wolle, kannten sie sich schon ein wenig besser.

Fünf Minuten später standen sie auf der Straße, und der frische Sauerstoff bewirkte, dass Roland schwankte. »Gott, wann habe ich das letzte Mal so viel getrunken!«

Ohayon brachte seinen neuen Freund noch zu dessen Hotel, wobei der Sauerstoff auch bei ihm einiges bewirkte und sie sich vorsichtshalber aneinander festhielten. Als sie an einem Haus vorbeikamen, übersahen sie etwas. Jemand hatte in riesigen Buchstaben das Wort ›Non!‹ an die Wand gesprüht, und als sie das Motel erreichten, hatte Roland noch eine Neuigkeit zu verkünden.

»Hätte ich fast vergessen. Ab nächster Woche habe ich eine richtige Wohnung.«

»Dann trinken wir also das nächste Mal dort.«

»Ich trinke nie wieder, das schwöre ich dir. Wie spät?«

»Gleich drei.«

»Und was wollte ich gerade sagen?«

»Wie?«

»Ich wollte gerade was sagen.«

Roland fiel nicht ein, was das war. Ohayon sah zu fünf blau leuchtenden Buchstaben hoch, zeigte dann an denen vorbei auf die Sterne und begann zu kichern. Roland bekam das nicht mit, denn er suchte seinen Schlüssel, was eine ganze Weile dauerte und beide sehr amüsierte.

Nachdem sie sich verabschiedet hatten, ging Ohayon in bester Laune nach Hause, legte sich ins Bett, schlief sofort ein und begann zu träumen. Da das Fenster offen stand, inspizierten einige große Nachtfalter das Zimmer. Doch sie hielten sich hier nur kurz auf, und flogen bald zurück in Richtung Wald.

Nächtliche Stimmungen und verwirrende Aussagen

Es ist halb zwei Uhr nachts, und obwohl der Mond scheint, sind die kräftigen Stämme der Buchen kaum mehr als Schatten. Zwei von ihnen grenzen den Blick ein. Zwischen diesen Stämmen hindurch erkennt man in einiger Entfernung einen Waldparkplatz. Da sich in diesem Bild nichts bewegt, nichts verändert, steigert sich die Leistung des Gehörs. Sobald es sich genügend verfeinert hat, vernimmt man hin und wieder ein feines Schwirren.

Dunst scheint über dem Parkplatz aufzusteigen, eine Art von Überstrahlung.

Der Parkplatz bleibt leer. Nicht mal ein Tier zeigt sich, obwohl die freie Fläche geradezu dazu einlädt. Was könnte sich hier zeigen, was könnte ein überreizter Verstand erzeugen?

Da nichts erscheint, haben Wald und Parkplatz nach einer Weile etwas Übersteigertes, ja geradezu Radikales. Zuletzt entsteht das Gefühl einer großen Verlockung, ein Eindruck, der die Sinne reizt und alarmiert.

So fühlt man sich schließlich veranlasst, den Rückzug anzutreten. Langsam. Und in einer Weise, dass der Parkplatz stets im Blick bleibt. Er entfernt sich also, wobei nach und nach die Stämme weiterer Bäume von rechts und links ins Bild treten.

Bis zum Schluss gibt es also ein Zentrum. Da sich in diesem

Zentrum nichts ereignet, nichts den Eindruck überlagert, erlangt das Ganze eine gewisse ästhetische Qualität, denn durch die Reduktion wird jenes Gefühl erzeugt, dem man zurecht den Titel ›Nächtliche Stimmung‹ geben darf.

Stimmungen dieser Art machen etwas mit fast jedem Menschen. In französischen Museen hängen nicht zufällig Tausende von Bildern, die versuchen, genau dieses Gefühl der Leere wiederzugeben. Ein Gefühl, das dazu verleitet, sich zu dem Bild etwas hinzuzudenken. Dieses Hinzudenken nennt man Projektion, und das Wort sagt genau, worum es geht: Es werden Bildern andere Bilder und weiterreichende Bedeutungen unterstellt.

Im Polizeijargon würde man von einer Falschaussage sprechen.

Die beiden Jungen erschienen um kurz vor neun auf der Gendarmerie, um eine wichtige Beobachtung zu melden, sie tragen Jeans.

»Ich bin Albert, er heißt Fabien.«

Ohayon betrachtete die beiden, besonders den einen. »Was ist mit deinem Auge passiert, Albert?«

»Eine Auseinandersetzung. Unwichtig.«

»Eine unwichtige Auseinandersetzung mit einem Mädchen?«

»Jemand hatte ihren Freund beleidigt, da ist sie wütend geworden.«

»Sie ist öfter aggressiv?«

»Ncin.«

»Okay. Weshalb seid ihr hier?«

»Fabien und ich waren gestern in Avondville. An dem kleinen Getränkemarkt neben der Post.«

»Ja?«

»Da fiel uns der mit dem Motorrad das erste Mal auf.«

»Ah!«

»Dann sind wir zur Eisdiele gegangen, weil Fabien unbedingt ein Eis essen wollte.«

»Verstehe.«

»Wir haben uns hingesetzt und gewartet, dass die Bedienung kommt. Und da war er wieder. Stand auf der anderen Seite der Straße. Er trug eine schwarze Montur und einen schwarzen Helm. Die Bedienung kam aber nicht gleich. Kein Wunder, denn bei der Hitze waren natürlich alle Tische besetzt. Wir mussten geschlagene zehn Minuten warten, bis wir bestellen konnten. Und dann noch mal zehn Minuten, bis sie unsere Eisbecher brachte.«

Albert wartete. Er wirkte enttäuscht, weil Ohayon nicht reagierte.

»Na, es war wirklich heiß, verstehen Sie? 38 Grad.«

Ohayon überlegte, kam aber nicht drauf, worauf das hinauslaufen sollte. Also erklärte Albert es selbst.

»Na, bei der Hitze würde doch jeder normale Mensch den Helm abnehmen. Er aber nicht. Der war unheimlich. Manchmal hat er den Kopf ein Stück gedreht und ... Wegen dem schwarzen Visier wusste man nicht mal, ob er einen anguckt. Die Hitze, die vielen Leute, die ihr Eis löffelten, und er, der uns die ganze Zeit dabei zusah, das alles war ganz ... grauenhaft.«

»Was sagst du dazu, Fabien?«, fragte Ohayon, da der einfach nur mit leicht geöffnetem Mund dastand.

»Bis jetzt alles richtig.«

»Dann sind wir zum Bahnhof, uns eine Monatskarte besorgen, und als wir rauskamen, war er wieder da.« Fabien ergänzte diesen Bericht, indem er erklärte, sie hätten mit den anderen gesprochen und Francesca habe auch das Gefühl, dass sie von einem Mann auf einem Motorrad verfolgt würde.

»Alles Leute, die Zeugen an der Tankstelle waren«, erklärte Fabien, wobei er die Schultern hochzog. »Wir meinen nur, Sie sollten das wissen, weil sich da eindeutig was zuspitzt, und... Ich weiß auch nicht.«

Ohayon unterbrach ihn. »Seid mir nicht böse, ich nehme das

alles durchaus ernst, aber müsstet ihr nicht in der Schule sein? Ihr habt doch in ein paar Tagen Prüfungen.«

In diesem Moment wurden sie unterbrochen, denn der Direktor des Gymnasiums Courcelles erschien, zusammen mit Monsieur Theron. Er verlangte, nachdem er Fabien und Albert zur Schule beordert hatte, dass jemand von der Gendarmerie mit der Abiturklasse sprechen solle.

»Die sind inzwischen so hysterisch wegen der Schießerei, dass an eine geregelte Abschlussprüfung kaum noch zu denken ist. Diese Klasse ist aber der letzte Jahrgang, der bei uns Abitur macht. Das Gymnasium wird nach Abschluss der Prüfungen geschlossen. Die müssen bei uns ihr Abitur machen und zwar jetzt, nicht später. Sonst müssen neunzehn Jugendliche ihre Nachprüfungen im September woanders ablegen.«

»Das mit den Rattrapage-Prüfungen wurde nicht organisiert?«, fragte Ohayon, der sich an seine Nachprüfung noch mit einigem Entsetzen erinnerte.

»Man weiß doch, wie das läuft. Manche werden ganz aufgeben.«

»Das Lycée einfach zu schließen!«, warf Theron ein. »Und das, obwohl Präsident Mitterrand Bildung in strukturschwachen Regionen angeblich zu seinem hohen Ziel erklärt hat.«

»Kurz: Die müssen bei uns ihren Abschluss machen und zwar jetzt, nicht später. Die Folgen wären unabsehbar.«

Nachdem er das gesagt hatte, verlor sich der Direktor ein wenig im Thema Schulpolitik, und der mitgebrachte Lehrer Theron sagte weitere Dinge über François Mitterrand, die absolut nicht zur Sache gehörten.

Zwei Stunden später hielt Roland Colbert aus dem Stegreif in der Aula der Schule eine Ansprache, die Ohayon sehr imponierte. Letztlich ging es darum, dass Zeugen, die bereits ausgesagt haben, Zeugen, die zudem niemanden erkannt haben und bei der eigentlichen Tat gar nicht anwesend waren, niemals von Verbrechern verfolgt oder beseitigt würden. Die Qualität der

Ansprache bestand in der Mischung aus höchster polizeilicher Exaktheit und echter Coolness. Der Erfolg war unübersehbar, denn als die Schüler die Aula verließen, kursierten bereits erste improvisierte Witze, in denen ein Motorradfahrer mit schwarzer Montur und schwarzem Helm eine überaus lächerliche Rolle spielte.

Drei Stunden später – es gab noch eine kurze Vernehmung – saßen sie im Paris. Ohayon hatte sich bereits zweimal positiv über Rolands improvisierte Ansprache geäußert, als er plötzlich einen gedanklichen Haken schlug und fragte: »Was ist eigentlich mit diesem Motorradfahrer?«

»Was soll mit dem sein?«

»Na, wenn du jemanden erschießen willst und beschließt, das gegen Mitternacht von einem Motorrad aus zu machen, dann wartest du irgendwo im Dunkeln, bis dein Opfer sich eine Blöße gibt, und zum Beispiel beim Tanken oder Bezahlen aus seinem Wagen steigt. Dann fährst du ganz schnell nah ran, schießt, und nichts wie ab.«

»Ja?«

»Nun, dieser Motorradfahrer hat es anders gemacht. Er hat sich die Wartezeit damit vertrieben, erst mal in aller Öffentlichkeit Luft nachzufüllen. Er scheint auch zu Fuß zur eigentlichen Schießerei gegangen zu sein, denn Benoît erinnert sich zwar daran, Schüsse gehört zu haben, aber kein Motorradgeräusch. Es fuhr offenbar kein Motorrad auf der Tankstelle herum. Ein Motorradgeräusch hörte er erst hinterher. Das hieße also vom Ablauf her: Unser Täter fährt hin. Füllt Luft nach. Geht dann in Richtung Wagen. Wird dort in eine Schießerei verwickelt. Geht zurück zu seinem Motorrad. Startet und fährt ab. Ziemlich kompliziert.«

»Bis jetzt ...«

»Könnte es nicht sein, dass der Motorradfahrer nur dort war, um Luft nachzufüllen? Dann wird geschossen und ... ich spinne jetzt mal ... er erstarrt vor Angst, bittet Gott und alle Geister, ihn unsichtbar zu machen. Als die Schießerei vorbei ist, sucht er das Weite. Was Benoît ja auch beobachtet hat. Er fuhr sehr schnell weg. Dieser unheimliche Mann in seiner Motorradkluft hat vielleicht einfach nur Luft aufgefüllt, und das Ganze ist eine, wie sagt man ...? Eine Luftnummer.«

»Und wer hat dann geschossen?«

»Das Mädchen, das an der Tankstelle Dienst hatte, sagte doch, dass kurz vor der Schießerei ein LKW dort getankt hat. Als er in die Rue du Moulin abbog, sei er eine Weile stehen geblieben.«

»Weil er rangieren musste.«

»Sie sagte nicht, er habe eine Weile rangiert, sie sagte, er sei dort eine Weile stehen geblieben. Vielleicht hat der Fahrer mit jemandem gesprochen, der dort gewartet hat. Oder es ist jemand ausgestiegen.«

»Und der ist dann zur Tankstelle gegangen und hat zwei Männer erschossen? Warum?«

»Wenn wir das wüssten ...«

»Verstehe. Aber wenn unser Motorradfahrer nur Zeuge der Schießerei war, warum meldet er sich dann nicht?«

»Wenn wir das wüssten ... Er scheint jedenfalls in den Köpfen dieser Jugendlichen eine große Rolle zu spielen. Ich kann nur hoffen, dass deine Ansprache gefruchtet hat und die nicht irgendwas Unsinniges machen oder ...« Ohayon betrachtete ein paar Sekunden lang seine Hände. »Dass uns einer dieser jungen Zeugen etwas verschweigt.«

»Aus was für einem Motiv heraus?«

»Weil hier jeder jeden kennt und jeder mit jedem verbandelt ist. Wir haben letztes Jahr im Wald ein verrottetes Zelt gefunden. Zwei Tage später stand eine Riesenstory in unserem Käseblatt, und noch mal zwei Tage später wurde der Wald durchkämmt. 250 Freiwillige! Wir mussten sehr deutlich werden, um die Leute davon abzuhalten, Waffen mitzubringen. Araber, hieß es damals, und jetzt wurden zwei Männer erschossen, und beide sahen aus wie Araber. Man hat hier so seine Ansichten.«

I Put a Spell on You

Ohayon und Roland verließen das Paris kurz nach Sonnenuntergang, um hoch zu den Kurkliniken zu fahren, die zu observieren Bagrange ihnen befohlen hatte. Zwischen 19 und 21 Uhr war es wie immer recht leer im Paris, denn um diese Zeit wurde in Courcelles zu Abend gegessen. Ab 22 Uhr herrschte dann eine ganz andere Stimmung.

Es roch nach Bier und Parfüm, wie es sehr junge Frauen benutzen. Die Musik kam aus vier Lautsprechern, die an Ketten hingen, die Bar mit der altertümlichen Schankanlage stammte noch aus den dreißiger Jahren, das Publikum um diese Uhrzeit sicherlich nicht.

I just died in your arms tonight.

Zehn Gäste, alle zwischen sechzehn und fünfundzwanzig, standen vor der Bar auf 120 Jahre alten ausgetretenen Brettern, fünfzehn saßen an etwas neueren Tischen, elf flottierten frei im Raum. Am Billardtisch stand zu diesem Zeitpunkt noch niemand.

Helles Lachen, übergehend in Grölen, aus einer Ecke links hinten im Raum, wo sechs junge Männer etwas zu feiern und viel zu bereden hatten. Sie waren vor einer halben Stunde aufgefallen, als viel Glas kaputtging, irgendwer machte Fotos.

Anna und Lou sitzen weiter vorne im Bild an einem großen, runden Tisch und schweigen. Fabien, Albert, Francesca und Benoît umstehen diesen Tisch, wobei Albert gerade seinen rechten Arm etwas angehoben hat. In der Hand hält er eine Zeitung. Benoît wiederum stützt sich mit beiden Händen in leicht nach vorne gelehnter Haltung auf dem Tisch ab. Sein Gesicht drückt Vorfreude aus.

»Also, Folgendes: Woran erkennt man einen netten Motorradfahrer? – Na?«

»Sag schon.«

»An den Insekten zwischen seinen Zähnen.«

»Und wenn er einen Helm trägt?«

»Dann ist er nicht nett.«

»Du warst schon mal besser, Benoît.«

»Steht heute alles noch mal groß in der *Gazette*«, vermeldete jetzt Albert. »Sogar ein Foto von uns haben sie gebracht.« Er knallte die Zeitung schwungvoll auf den Tisch und schob sie zu Lou rüber. »Das da links bist übrigens du, Fabien. Du siehst aus, als würde mit deinem Unterkiefer was nicht stimmen.«

Lou schob die Zeitung zurück. »Hab ich schon gelesen, danke.«

Dann kam Julien mit den Getränken. »Achtung, dritte Runde! Viel Cuba Libre!« Die Wirtin hatte mal wieder ein Auge zugedrückt.

In diesem Moment betraten Claire und Philippe das Lokal, er hatte seinen Arm um ihre Taille gelegt. Als er Lou sah, machte er sich schnell von ihr los und ging zum Billardtisch. Dort stand er eine Weile unschlüssig herum, als würde er auf jemanden – vielleicht Lou – warten. Da sie nicht hinging, kam er schließlich zum Tisch und fragte, ob sie Lust hätte, eine Runde Pool mit ihm zu spielen. Sie schüttelte den Kopf, ohne ihn dabei anzusehen.

»Dann eben wir«, sagte Albert und versuchte Philippe vom Tisch wegzuziehen. Als das misslang, ging er mit Fabien, Benoît und Julien Richtung Billardtisch, wo Claire schon wartete. Zuletzt folgten ihnen auch noch Albert und Francesca. Philippe zögerte, es sah aus, als wollte er Lou etwas sagen. Doch die glotzte stur auf die Tischplatte. Also drehte er sich abrupt um und folgte den anderen, wobei er sich mehrfach umdrehte. In diesem Moment hob Lou ihren Kopf und blickte ihm nach. Als Julien das sah, kehrte er zu Anna und Lou zurück.

Dabei kreuzte sein Weg den von Philippe, wobei sich ihre Schultern etwas grob berührten.

Es dauerte nicht lange, schnell waren am Billardtisch die Rollen verteilt. Man machte Scherze, und nach ein paar Augenblicken wurde hell gelacht. Offenbar hatte Benoît mal wieder was Komisches gesagt. Jedenfalls sahen ihn alle an und Benoît krähte: »Monsieur Mitterrand! Monsieur Mitterrand, wie raffiniert Sie doch sind!«

Julien verstand nicht, was daran komisch sein sollte, aber die am Billardtisch kriegten sich kaum noch ein. Irgendwann ebbte das ab, und Claire durfte anstoßen.

»Denk nicht zu schlecht von ihm«, bat Julien, verführt durch den quasi reflexartigen Drang zu vermitteln. Schon im nächsten Moment wollte er sich die Zunge abbeißen.

»Hör auf, dich zu verstellen«, fauchte Lou. »Wir wissen alle drei, was los ist.«

»Du musst mit ihm reden«, verlangte nun auch Anna. »Du musst Philippe sagen, dass es vorbei ist. Oder willst du ihm zum zehnten Mal eine Chance geben? Wie oft eigentlich noch? Mal drüber nachgedacht?«

Erneut Gelächter am Billardtisch. Claire hatte es tatsächlich geschafft, die weiße Kugel so zu schießen, dass sie keine einzige von den anderen traf. Philippe stellte sich hinter sie und half ihr, ein Gefühl für den Queue zu bekommen.

»Das macht sie mit Absicht«, sagte Lou, ohne weiter hinzusehen.

»Was?«

»Das. Ich glaube nicht, dass ihm groß auffällt, dass er jetzt Claire anfasst und nicht mich. Und soll ich euch noch was sagen? Ich glaube, dass Philippe in dieser Tankstellengeschichte mit drinsteckt. Mir ist nämlich was eingefallen. Kurz bevor geschossen wurde, hat Philippe mich angerufen und gefragt, ob ich allein an der Tankstelle bin.«

Anna stand auf und hängte sich ihre Handtasche um.

»Was hast du vor?«

»Ich gehe. Für meinen Geschmack seid ihr alle verrückt. Aber du, Lou, du bist…«

Der Tragriemen von Annas Handtasche war sehr lang und schmal. Eine Modeerscheinung. Zu anderen Zeiten sahen diese Riemen anders aus.

»Was bin ich?«

»Wir haben diese Tankstellengeschichte x-mal durchgekaut. Minute für Minute, wenn ich so sagen darf. Und kein einziges Mal hast du irgendwas davon gesagt, dass Philippe kurz vor der Schießerei angerufen hat. Hast du bei der Polizei auch gelogen?«

»Spinnst du?«

»Noch was: Philippe ist nicht in Ordnung, da sind wir uns einig, vielleicht ist er krank und braucht Hilfe. Aber was du hier gerade gemacht hast, Lou, ihn in dieser Art zu denunzieren, das ist Verrat der übelsten Sorte. Und Philippe ist nicht der Erste, den du verraten hast.«

»Hört auf, wir sind doch Freunde…« Julien wusste schon, während er das sagte, dass er sich lächerlich machte und dass es sowieso nichts brachte. Anna war entschlossen zu sagen was sie zu sagen hatte, und das tat sie dann auch.

»Erst hängst du an ihm wie die letzte Tussi, und dann schaffst du es nicht anders, dich von ihm zu trennen, als durch so was. Vielleicht denkst du mal drüber nach. Eine Denunziantin, genau das bist du.«

Als Anna das Paris verließ, blieb ihre Handtasche am Türgriff hängen, und der Riemen riss.

Es dauerte ein paar Sekunden, er war nicht immer der Schnellste, aber dann stand Julien auf.

»Was hast du vor?«

»Anna zurückholen.«

»Lass, das bringt nichts.«

»Woher willst du das wissen?«

»Weil ich sie kenne.«

Und wieder wurde am Billardtisch gelacht.

»Er fasst sie ständig an.«

»Ich glaube, Anna hat Recht. Irgendwann ist es genug mit den Chancen, die man jemandem gibt.«

Manche Sätze bedeuten etwas anderes, als sie sagen. Julien jedenfalls hätte sie jetzt gerne geküsst. Er tat es nicht.

Lous Augenbrauen kamen ein Stück hoch. »Na? Fragst du dich was?«

»Was denn?«

»Feigling.«

Sie betrachtete ihre Fingernägel, die waren schwarz lackiert. »Lass mich in Ruhe, Julien, hau ab.«

»Ich hab doch gar nichts gemacht.«

»Eben. Hast du eigentlich schon mal ein Mädchen geküsst?«

»Natürlich ...«

»Geküsst, oder hast du dich küssen lassen? Anna hat mir mal erzählt, du wärst ganz wild.«

»Wobei?«

»Das frage ich mich auch.«

Lou stand auf und ging zu den anderen. Julien blickte ihr nach, sah, wie sie Claire wegdrängte und Philippe küsste. Und wie sie das machte. Das war schon ziemlich brutal. Er vermutete, dass sie das nur tat, damit er, Julien, eifersüchtig wurde. Denn offenbar wollte sie ja eben von ihm geküsst werden. Es war also so weit. Philippe hatte bei ihr endgültig verkackt. Das und nichts anderes bewies die Art, wie Lou ihn gerade küsste, da war sich Julien ganz sicher.

Also sah er sie sich noch mal richtig an. Lou war nicht unbedingt eine Schönheit, jedenfalls nicht so wie Claire oder Anna. Aber sie hatte etwas, das ihn viel mehr reizte, und das schon seit einiger Zeit. Selbst Anna wurde quasi unsichtbar, wenn Lou sich richtig aufspielte und dominant wurde. Auch neulich, als sie Benoît umgehauen hatte. Julien gab sich eine

Weile der Vorstellung hin, vielleicht bald mit einer zusammen zu sein, die stark ist.

Um seine Träumereien weiter am Laufen zu halten, ging er zur Bar, holte sich zwei Cuba Libre, trank schnell.

Ablösung, die Besitzerin ging. Kurz darauf andere Musik. Lauter. Dazu gelbes und rotes Licht. Plus lila. Der Barmann war fünfundvierzig, liebte Musik von vorgestern und hatte seinen ganz persönlichen Geschmack.

I put a spell on you. Die Stimme von John Fogerty sägte sich in Juliens Ohren, die Welt begann sich ein wenig zu drehen.

Also gleich noch ein paar Schluck. Es war gerade cool, so was zu trinken. Jedenfalls in Courcelles. Sie nannten das hier auch einfach nur Cuba, ausgesprochen wie Kuhbar.

I put a spell on you!

Drüben am Billardtisch ging es jetzt nur noch ums Anfassen, Juliens Welt und auch die Zeit begannen zu zerfließen.

...you better stop the things that you do...!

Julien hasste es zu sehen, wie Philippe Lou und Claire in eine Ecke drückte. Noch mehr hasste er es, dass beide mitmachten, als wär alles ein Spiel. Philippe muss weg, dachte er.

Gitarrensolo.

Zwei Mädchen fielen Julien direkt vor die Füße und lachten am Boden.

...I put a spell on you...!

Noch ein Mädchen fiel, Philippe küsste erst Claire, dann Lou, dann wieder Claire. Er bewegte sich dabei, als würde er sie da in der Ecke gerade ficken. Und beiden schien das unglaublich Spaß zu machen.

›Scheiße.‹ Musste das für immer so sein, dass ein Arschloch wie Philippe sogar ein Mädchen küssen konnte, das ihn doch hasste? Warum konnte er nicht auch so sein? Warum war er immer so sanft und vernünftig? Warum brachte er es nicht mal übers Herz, ein Eichhörnchen von seinem Leid zu erlösen?

›Scheiße.‹

Er verließ das Paris.

Draußen viele Sterne. Julien war nicht ganz klar, wie viel er noch mitbekam von der Welt, er wusste vor allem nicht, wie schnell oder langsam die Dinge um ihn herum geschahen.

Ein Mädchen kniete vor einem bepflanzten Kasten zwischen Fahrrädern und Mopeds. Es sah aus, als würde sie beten.

›Oder sie heult...‹

Es war drückend warm und roch stark nach Schwein. In diesem Dunst empfand Julien plötzlich etwas, das er so noch nicht kannte. Eine sonderbare Form von Hass, die voller Hoffnung und Entschluss war, wobei seine Ohren noch immer klingelten. Und das obwohl er schon sein zweites Kaugummi drin hatte.

...I put a spell on you...

Auf der anderen Straßenseite fiel ihm ein Motorrad auf, eine Yamaha, Philippe fuhr ja auch eine. Diese Maschine allerdings wog mindestens das Doppelte. Auf dem Motorrad saß ein Mann. Er trug einen weißen Helm. Als Julien zu ihm rübersah, startete der Mann sein Motorrad und fuhr weg.

Julien ging ein paar Schritte weiter, eine Frage schob sich nach vorne: ›Wie viel hab ich getrunken? Drei? Vier? Oder fünf? Nein, fünf bestimmt nicht. Oder doch?‹

Dann fiel ihm wieder Lou ein. ›Weiß die überhaupt, was sie will? Ist das vielleicht eine, die gezwungen werden muss? Offenbar steht sie ja auf Gewalt...‹ Von seinen Überlegungen alarmiert ging er zurück, schloss sein Moped vom Ständer, bugsierte es an dem Mädchen vorbei, das tatsächlich betete, und machte sich auf den Heimweg.

Unterwegs geriet er in einen neuen Konflikt. Hatte Lou ihn nicht mehr oder weniger deutlich aufgefordert, sie zu küssen? ›Vielleicht aber auch nur, um Philippe eifersüchtig zu machen, Arschloch...‹ Er konnte sich nicht entscheiden. Er würde sich auch nicht entscheiden, denn in diesem Moment nahm er einen Knall wahr, meinte, dieser Knall würde seinen gesamten Körper einhüllen. Das Letzte, was Julien spürte, war ein stechender Schmerz.

Lou hatte an diesem Abend vier Cuba Libre getrunken. Oder fünf? Also ging sie doch mit zu Philippe. Sein Zimmer war wie immer total unaufgeräumt, überall auf dem Boden lagen Comichefte herum. Brutale Storys mit viel Ballerei, Blut, Blitzen und Schlitzen. In den guten Zeiten hatte er ihr erklärt, dass es in diesen Heften eine eigene Farbästhetik gebe und stets ganz grundlegende Fragen des menschlichen Daseins behandelt würden. Sie hatte das alles gefressen.

Lou schlief mit ihm, spürte nichts außer einem penetranten Geruckel und merkte irgendwann, dass sie weinte. Es war ein Weinen ohne Empfindung. Gut so. Das war ganz wichtig, dass sie sich das noch antat, denn man will Schmerz in bestimmten Situationen ja nicht nur denken, man will ihn empfinden, will ganz sichergehen. Irgendwann schlief sie ein.

Als sie aufwachte, war Philippe weg. Sie registrierte das mit Genugtuung. Später in der Nacht musste sie aufs Klo. Dort bekam sie einen Heulkrampf, und das Drehen fing wieder an.

Also trank sie viel Wasser direkt aus dem Hahn, wobei sie ihr T-Shirt total nass machte. Das mit dem Schwindelgefühl wurde etwas besser. Also versuchte sie, es mit Klopapier trockenzureiben, was idiotisch war, da hinter ihr Handtücher hingen. Erst in diesem Moment verstand Lou, dass ihr Heulen gar nichts mit Philippe zu tun hatte, sondern damit, dass sie schuld war am Tod zweier Männer. Da sie aus diesem Gedanken nicht mehr rauskam, wurde das Drehen wieder schlimmer. So schlief sie schließlich vor der Kloschüssel ein.

Drüben im Zimmer, neben dem Bett, in dem Lou vor ein paar Stunden unter Schmerzen Abschied von Philippe genommen hatte, stand ein Radiowecker mit Digitalanzeige.

Geräte dieser Art machen es dem Benutzer leicht, indem sie direkt die Zahlen anzeigen, welche die Stunden und Minuten bedeuten. Sie stehen paarweise rot auf schwarzem Grund, getrennt durch einen pulsierenden Doppelpunkt. Das Bild brennt sich ein, es ist allgemeingültig wie die Zeit selbst.

»Spät.« Ohayon zeigte auf die Zahlen, als könne er damit etwas beweisen. »Jetzt sitzen wir hier schon fünf Stunden, ich frage mich allmählich, ob wir am richtigen Ort sind.«

Roland schwieg.

»Vielleicht ist auch irgendetwas an unseren Überlegungen falsch. Was haben wir schon? Spuren in getrocknetem Lehm«, ergänzte Ohayon, und erweiterte dann seine Frage gen Süden. »Wusstest du, dass sie in Afrika Fußspuren von Menschen gefunden haben, die 50.000 Jahre alt sind?« Ohayons Fragen dienten letztlich auch einer Überprüfung. Er wollte checken, ob der Mann neben ihm eingeschlafen war. Denn sehen konnten Roland und Ohayon sich nur als Schatten. Es war stockdunkel im Wagen. Abgesehen von den schwach leuchtenden Ziffern der Uhr im Armaturenbrett gab es keine Lichtquelle. Draußen war es etwas heller, denn Sterne und Mond senden auch nachts ihre Strahlen.

Die Befragung der Männer der Wachschutzfirma hatte am Nachmittag stattgefunden. Diesmal war es Roland Colbert gewesen, der die Fragen stellte. Zwei Männer antworteten ihm. Alle hatten ruhig und sachlich gesprochen, alle saßen auf Stühlen in einem Raum ohne Fenster. Eine Lampe über einem Tisch, eine Tür mit einem Belag aus Gummi, mehr war da nicht. Der Raum hatte die akustische Qualität eines Tonstudios, er dämpfte die Stimmen der Männer, die sich hier zu erklären hatten.

»Ja, natürlich bewachen wir die alten Kurkliniken, das ist unser Job.«

»Aber wir tun das nicht ununterbrochen. Nicht für das, was man uns zahlt. Aufgefallen ist uns da nie etwas. Ehrlich.«

»Hat Ihre Firma Zugang zu den Gebäuden? Wissen Sie, was im Inneren geschieht?«

»Nein, das Innere geht uns nichts an. Wir fahren hoch, zeigen uns eine Weile, fahren wieder weg. Punkt.«

»Und Ihnen ist dort nie etwas Ungewöhnliches aufgefallen? Zum Beispiel Fußspuren oder Müllsäcke? Irgendein Hinweis darauf, dass sich dort Leute aufhalten?«

»Das hätten wir sofort gemeldet.«

»Genau. Es geht unserem Auftraggeber nur darum, Jugendliche davon abzuhalten, dort Feuer zu legen oder Scheiben einzuwerfen. Letztlich ist das Ganze sowieso sinnlos, denn irgendwann werden die Gebäude ja bestimmt abgerissen.«

Die Befragung hatte nichts Brauchbares ergeben. Deshalb saßen Ohayon und Roland Colbert im Dunkel eines Wagens. Observieren. Als sie gerade Schluss machen wollten, wurden sie über Funk zu einem Einsatz gerufen.

Es war kurz nach halb fünf, als sie ein modern eingerichtetes Wohnzimmer betraten. Das Licht wirkte auf sie stark gelblich gefärbt und blendete etwas, nach der langen Zeit in der Dunkelheit.

Die Frau, die sie empfing, war aufgeregt. Sehr sogar. Ihr Sohn stand schräg vor ihr. Sie führte ihn vor wie ein Beweisstück.

»Julien kam total verdreckt hier an, und ... Hier! Sehen Sie sich seine Knie an!«

Juliens Mutter war so außer sich, dass sie nicht mehr schaffte, als immer wieder das Gleiche zu sagen.

»Und seine Hose! Und hier! Seine Jacke.«

Es war eine gelbe Jacke. Julien sagte aus, er sei auf der Rückfahrt vom Paris möglicherweise von jemandem von der Straße abgedrängt worden.

»Das war wie ein Knall, oder ein starker Luftdruck um mich herum oder ein fremder Wille, und dann ...«

An den Unfall selbst erinnerte er sich nicht mehr, er meinte nur, dass er auf einmal zur Seite gefahren sei.

»Als ob mich etwas rübergedrückt hätte, als ob da ein mächtiger Wille gewesen wäre oder eine Gewalt.«

Ohayon verstand. »Verstehe.«

»Ich hatte gerade noch gedacht, wie schön die Sterne leuchten, und mich gefragt, welcher wohl der Nordstern ist, als ich plötzlich nach rechts rüber kam.«

»Der Nordstern.«

»Ja.«

»Dann zur Seite gefahren.«

»Ja.«

»Ein mächtiger Wille.«

»Genau.«

»Hauch mich mal an.«

Julien tat es ungerne.

»Wie viel hast du im Paris getrunken?«

»Weiß nicht. Vier oder fünf Cuba Libre. Vielleicht auch sechs.«

Sterben ist möglich

Drei Tage lang hatte Lou Schwierigkeiten aufzustehen.

Die endgültige Trennung von Philippe war schrecklich gewesen, denn er hatte sie angefleht, ihm noch eine letzte Chance zu geben, und es war ihr unendlich schwergefallen, hart zu bleiben. ›Philippe ist...‹ Da war sie sich absolut sicher, er war die große Liebe ihres Lebens. Und das nicht nur, weil er so anders war. Fast wäre sie bereit gewesen, sich komplett aufzugeben, weil ihr das doch bestätigt hätte, dass ihr Gefühl echt war und er wirklich etwas Besonderes. Trotzdem hatte sie ihn weggeschickt, so viel er ihr auch erklärte und versprach.

Möglicherweise war doch wieder etwas von ihrer früheren Stärke zurückgekehrt. Natürlich kann man das Bewältigen eines steilen Berges mit einem Fahrrad nicht mit der Kraft vergleichen, die nötig ist, sich von jemandem zu trennen, den man sehr liebt. Aber es gehört schon eine gewisse Haltung dazu.

Zum Berg und zur Liebe. Nur warum war Lous Haltung ausgerechnet im Moment der größten Liebe, des größten Hasses und des größten Schmerzes zurückgekehrt? Wäre da nicht Schwäche oder Verwirrung zu erwarten gewesen?

Ein Zittern am ganzen Körper, das immerhin war ihr passiert, nachdem sie die Tür geschlossen und Philippe damit aus ihrem Leben verbannt hatte. Tränen? Ja, aber nicht viele.

Und doch waren die beiden Nachmittage, die auf die Trennung folgten, ziemlich hart. Allein schon der Anblick dieser Siebzehnjährigen, die bäuchlings auf ihrem Bett lag, das Gesicht in eine Wolldecke gedrückt, müsste das ausreichend bestätigen. Auch die Tatsache, dass Lou sich während dieser Selbsterstickungsattacken lange Zeit nicht bewegte, weicht vom Normalen ab. Wozu allerdings gesagt werden muss, dass sie durch die Wolldecke noch ganz gut atmen konnte.

Lou hatte also die wirkenden Kräfte eher nach innen hin bewältigt. Dabei stellte sie sich Situationen vor, in denen Philippe vorkam, sah nun alles kritisch. Zuletzt vernichtete sie ihn und sein ganzes Gebaren vollständig, versenkte ihn gewissermaßen am Boden einer Schlucht ohne Licht, Liebe, Wasser und Brot.

Aber aus dieser Schlucht stieg dann der Schmerz nur umso schlimmer auf. Lou meinte, die Zellen ihres Körpers würden verrücktspielen und stünden aufgrund einer Schwingung im Bereich der Eigenresonanz kurz davor zu platzen.

Da es ihrem Körper nicht gelang, den Punkt einer spontanen Selbstentflammung zu erreichen, war sie schließlich auf Selbstmord gekommen. Als Möglichkeit. In jedem Fall hatte sie die Befugnis erhalten, an der Welt zu leiden. Daraus entwickelte sie, das Gesicht noch immer in die stark nach Waschmittel duftende Wolldecke gedrückt, den Gedanken, dass der Tod nichts anderes war als eine große Befreiung, ein unendliches Glück. Sie wunderte sich darüber, dass sie dieses Gefühl einer unmittelbar wirkenden Erleichterung vorher noch nie so deutlich gespürt hatte.

So entdeckte sie schließlich die Freude am eigenen Tod, was sie so sehr faszinierte, dass sie völlig vergaß, an Philippe zu denken. Stattdessen entwickelte Lou Selbstmordszenarien an verschiedenen Orten. Auch das, was man nach ihrem Tod über sie und ihr Leid sagen würde, spielte bei ihren Überlegungen eine Rolle. Sie sah Tränen fließen, hörte Menschen, die sich Vorwürfe machen, ergötzte sich an ihrer Rehabilitierung.

Das ging so bis zu dem Moment, da sich ihr Stiefvater ans Bett setzte und sie aus dem Zustand herausholte. Er besaß die Fähigkeit, in wichtigen Momenten das Richtige zu sagen – eine Begabung, die darauf basierte zuzuhören. Dass Lous Stiefvater die richtigen Worte fand, hing auch damit zusammen, dass er sich in Lous Gefühle hineinversetzen konnte, da er seine eigenen kannte. So zog er sie wieder an die Oberfläche des Alltäglichen, und das, obwohl sie ihm die Hälfte verschwieg und ihn teilweise belog. Über das Verhalten ihrer Mutter in dieser Phase soll nichts gesagt werden.

Gerettet hat Lou der zuletzt gefestigte Gedanke, dass Philippe kriminell war, dass sie sich trennen musste. Denn sie wusste ja, was an der Tankstelle gelaufen war. Wie gut wäre es gewesen, mit Anna über all das zu sprechen, aber erstens hätte sie dann auch zugeben müssen, was sie selbst getan hatte, und zweitens ging das nicht mehr. Schließlich war auch die Freundschaft mit Anna vorbei. Also die echte Freundschaft, nicht die gespielte. Anna hatte ihre Anschuldigung, dass Lou eine Denunziantin und Verräterin sei, zwar inzwischen ein wenig abgemildert, aber der Stachel saß viel zu tief, als dass ihn irgendwer da noch rausbekommen hätte.

Am vierten Tag berichtete ihr Julien, dass er Philippe in inniger Umarmung mit Claire gesehen habe. Obwohl Lous Entscheidung, nicht zurückzukehren, unumstößlich war, tat ihr das noch einmal sehr weh. Und so lag sie nach dem Abendessen erneut für zwei Stunden in ihrer Leidensstellung auf dem Bett.

Gegen 22 Uhr hatte Lou genug in ihre Wolldecke geatmet, also ging sie noch einmal weg.

Die Sonne war bereits untergegangen, aber die Luft leuchtete noch satt orange. Sommerlich warm war es auch. Überall schien etwas zu schweben, und so hatte die Luft in Lous Augen etwas von Glas.

Sie meinte, dass es ihr bereits deutlich besser ging. Also beschloss sie, auf den Wall zu steigen und dabei die Wege zu gehen, die sie als Kind mit ihrem Fahrrad genommen hatte. Doch bereits an der Knüppelkurve machte sie halt. Dort ging es, wie damals, als sie mit Fabien gefahren war, fünf Meter senkrecht nach unten. Der Unterschied bestand darin, dass sie in den Tagen zuvor so viel an den Tod gedacht hatte. So hatte der Abbruch auf einmal eine ganz neue Bedeutung. Es kam ihr vor, als ginge von der vertrauten Knüppelkurve etwas Verlockendes und gleichzeitig sehr Intimes aus. Etwas, das hier schon immer gewartet hatte, sie zu beschützen und aufzunehmen.

Am Ende stand sie ganz vorne an der Kante und blickte senkrecht hinab in die Wolfsschlucht. Dort lagen Felsen mit Farnen dazwischen. Ein optischer Effekt trat ein, denn Lou meinte, ihr würde schwindelig. Aber nicht in Form eines Drehens, sondern indem der Boden auf sie zukam und sich dabei verbreiterte und zu den Rändern hin wegfloss. Ein Effekt, wie man ihn beobachten kann, wenn man bei einem Zoomobjektiv sehr schnell die Brennweite verändert. Als sie dann tatsächlich zu schwanken begann, trat sie erschrocken vom Abgrund zurück. Mit dem Tod war es, das musste sie nun erkennen, doch nicht so leicht, wie sie gemeint hatte. Lou erreichte also an diesem Abend zum ersten Mal nicht die Kuppe des Walls, sondern kehrte um und lief hangab, so schnell sie nur konnte. Und noch schneller!

Denn der Wald kam ihr auf einmal sehr eng, dunkel und gefährlich vor. Noch während sie rannte, fasste sie den Entschluss, ihren Lehrer Monsieur Theron zu besuchen. Das kam ihr zwar ein bisschen kindisch vor, aber sie musste mit irgendwem reden, ehe ihr Denken noch mehr in dieses tiefe Loch sonderbarer Wünsche und Sehnsüchte hineingesogen wurde.

So einladend das Haus unter den hohen Bäumen, und wie vertraulich die Fenster leuchteten.

Und er, der Lehrer? Wie freundlich und kultiviert sein Gesicht auf sie wirkte.

»Lou!«

»Störe ich?«

»Nein.«

»Ich muss mit jemandem reden.«

»Dann komm rein, meine Frau ist heute Abend nicht da. Wir sind also ganz für uns. Gib mir deine Jacke.«

Theron wohnte ganz anders, als sie sich vorgestellt hatte, und es stellte sich schnell heraus, dass seine Eltern reich waren. Lou bewunderte die Bibliothek.

»Ein Glas Wein?«

»Gerne.«

Zunächst erzählte Lou ihm, dass sie noch immer Angst hatte.

»Ich glaube der Polizei nicht, dass niemand in Gefahr ist ...«

Doch als Theron sich gerade zu ihren Sorgen äußern wollte, wechselte sie abrupt das Thema und verriet ihm, dass sie Philippe verlassen hatte. Sie fragte Theron, wie er die merkwürdigen Aussagen und Sprüche von Philippe interpretieren würde und ob ihre Entscheidung richtig gewesen sei.

»Wie wir Entscheidungen treffen, wissen wir doch im Grunde genommen gar nicht«, erklärte Theron. »Kennst du die Anekdote von Rousseau und der Wahl der richtigen Frau?«

»Sie meinen den Philosophen?«

»Ja. Der wurde mal von einem jungen Mann, der sich nicht

zwischen zwei Frauen entscheiden konnte, um Rat gefragt. Rousseau gab ihm den Tipp, sich ein Blatt Papier zu nehmen und die Vor- und Nachteile der einen wie der anderen aufzuschreiben. Danach sollte er einfach zusammenzählen und die Gewinnerin dieses Vergleichs nehmen. Der junge Mann machte es genau so, und als die Siegerin eindeutig feststand, war ihm endlich alles klar: Er wollte die andere. Die hat er dann auch geheiratet.«

»Und? Wie ist die Ehe gelaufen?«

»Das ist leider nicht überliefert.«

Was macht sie da? Lou weiß doch, dass man über so was wie Liebe oder Gefühle nicht mit einem Lehrer redet. Ihr muss doch klar sein, wie peinlich so was ist, wie lächerlich. Sie ist doch nicht mehr zehn! Aber so was kann vorkommen. Dass man etwas macht, das lächerlich ist, dass man sich eine Blöße gibt, weil es ... sein muss.

»Schön, so hat es der Freund von Rousseau gemacht, aber ich will nicht heiraten, und ich weiß ja auch, dass ich Philippe liebe.«

»Von dem du dich jetzt aber getrennt hast.«

»Und ich frage mich die ganze Zeit, ob ich einen Riesenfehler gemacht habe, nur weil ich plötzlich das Gefühl hatte, er würde mich die ganze Zeit verarschen. Wie kann das sein? Wenn man mit jemandem zusammen ist, merkt man doch, wie er tickt. Philippe hat oft Sachen gesagt, die ich genau in dem Moment gedacht und gefühlt habe, es gab zwischen uns immer wieder diese Momente, in denen ich dachte, wir wären eine Person. So was habe ich noch nie vorher erlebt, und er bestimmt auch nicht. Das macht man doch nicht alles kaputt, nur um jemanden zu verarschen. Oder doch?«

»Geht es nur ums Verarschen?«

Sie zögerte kurz, ehe sie sprach. »Ich hatte in letzter Zeit manchmal Angst vor ihm. Vor allem seit der Sache an der Tankstelle.«

»Glaubst du denn, dass Philippe etwas getan hat...?«

»Vielleicht. Weshalb, sage ich nicht, denn ich habe keinen Beweis. Es ist nur ein starkes Gefühl. Erinnern Sie sich noch an den Unfall mit dem Schweinelaster? Da hat Philippe Sachen gesagt, über die Überlegenheit von bestimmten Rassen...« Sie zögerte erneut, sie spürte, dass ihr Kopf heiß wurde. »Ich fand das so schlimm. Nicht nur, weil er idiotisch geredet hat, sondern weil Philippe in diesem Moment gar nicht er selbst war. Es widersprach allem, was er vorher gesagt und woran er geglaubt hat, als wäre das nichts mehr wert. Er hat sich in seine Worte und irgendeine Wut reingeschraubt ... Aber dann dachte ich doch wieder, dass er uns nur provozieren will, dass das alles Theater ist. Das ging immer hin und her. Oder kann es sein, dass wir ihn alle die ganze Zeit falsch eingeschätzt haben, und dass er das, was er gesagt hat – dass er so in Wirklichkeit ist?«

»Eine ähnliche Frage haben mir vor ein paar Tagen zwei Männer von der Gendarmerie gestellt. Und ich muss zugeben, dass ich nicht wirklich wusste, was ich ihnen antworten soll.«

In diesem Moment fand eine Veränderung in Lous Gesicht statt. Es war etwas in ihrem Blick, der einen Moment lang sehr fokussiert in eine unbestimmte Ferne ging. Dann klang ihre Stimme völlig emotionslos, so als würde sie zu niemandem sprechen, einen Text ablesen, den sie noch nicht kennt und sich dabei bemühen müsse, sich bei keinem Wort zu verhaspeln.

»Ich will mit niemandem zusammen sein, der so extrem ist. Ich wollte es mal, aber jetzt nicht mehr. Meine Mutter ist schon so krass. Die reimt sich auch immer Sachen im Kopf zusammen, die total frustrierend sind und einen beschäftigen, obwohl man genau weiß, dass man das nicht ernst nehmen sollte. Irgendwie ist sie genau wie Philippe. Es macht einen fertig, und dann denkt man doch wieder, es ist alles nicht so gemeint.«

»Es liegt also an deiner Mutter, dass du dich von Philippe getrennt hast?«

Das war wieder so ein Glücksfall. Theron hatte den richtigen

Ton getroffen. Jedenfalls fühlte sich Lou etwas entspannter, und es kam ihr vor, als sei sie seit Tagen zum ersten Mal an einem Ort, an dem ihr nichts passieren würde.

»Möchtest du noch ein Glas Wein?«

»Gerne.«

Etwas später plauderten sie über Bücher und Therons Bibliothek. Während dieses Gesprächs war der Lehrer in seinen Ansichten längst nicht so radikal wie im Unterricht, und Lou hatte das Gefühl, vor jemandem zu sitzen, der sehr viel wusste oder jedenfalls viel nachgedacht hatte. Nur eben nicht so ungeordnet wie Philippe.

Er bot ihr ein drittes Glas Wein an. Es muss ein ganz besonderer gewesen sein, denn er ging in die Küche und kam mit zwei neuen Gläsern zurück.

Theron nahm sie ernst, schien fast vergessen zu haben, dass sie nur eine seiner Schülerinnen war. Und so kam sich Lou auf einmal vor wie eine Dreißigjährige. Als sie ihr drittes Glas Wein geleert hatte, begann sie sich vorzustellen, wie es sein musste, in so einem Haus zu leben. Also fing sie an, sich ihren Lehrer genauer anzusehen, und stellte fest, dass er schöne Hände und ein fein geschnittenes, aber doch männliches Gesicht hatte. Und wie er sie ansah. Das war doch nicht der Blick eines Lehrers bei einem theoretischen Gespräch. Zuletzt schwieg er. Und Lou? Lou schaffte es, seinem Blick nicht auszuweichen. Dieser Blick, diese ganz andere Nähe stand jetzt schon wenigstens zehn Sekunden. Niemand hatte es mehr nötig, etwas zu sagen. Auch das Atmen war doch längst ein ganz anderes.

Leider zerstörte Theron diesen wunderschönen Moment menschlicher Nähe, indem er Lou auf sehr praktische Art ins Gewissen redete.

»Du musst dich jetzt auf die mündlichen Prüfungen konzentrieren. Du weißt, dass du in Englisch ein bisschen auf der Kippe stehst, und dein Abschluss ist im Moment wichtiger als all deine Gefühle Philippe gegenüber. Schieb das für eine Weile zur Seite, wenn du kannst. Die nächsten Tage sind nur für dich wichtig. Philippe wird seinen Abschluss sowieso schaffen, der kann es sich leisten, andere verrückt zu machen. Du kannst das nicht.«

Blau

Was für ein Abend, was für ein Wasser. Das Blau geht deutlich ins Türkise, und die Stimmung ist ausgelassen.

Sie haben alle bestanden.

Und so meinte Lou, vermutlich sei die ganze Angst wegen der Tankstellenschießerei und des geheimnisvollen Motorradfahrers, ja sogar ihre Trennung von Philippe letztlich nur Ausdruck ihrer unsinnigen Befürchtung gewesen, das Abitur nicht zu bestehen.

Mit diesen Gedanken im Kopf stand sie auf einem Block aus Beton und trug dabei einen einteiligen weißen Badeanzug, der aussah, als gehörte er einer Freundin, deren Körper ganz anders gebaut war als ihrer.

Dreißig Meter entfernt einige Fackeln, da, wo die anderen im Gras saßen, redeten, tranken. Julien hatte sich ein paar Minuten zuvor von ihnen entfernt und war im Schutz der Dunkelheit zum Pool geschlichen.

Er fand Lou ziemlich dünn. An den Beinen immerhin hatte sie vom Radfahren ein paar Muskeln. Trotzdem sah man jedes ihrer Gelenke. Auch die Sehnen waren noch nicht eingebettet. Und ihre Brüste? ›Anna und Claire haben größere, aber ... Lous Gesicht, das ist doch schön. Oder ...? Nein, es ist nicht schön‹, entschied Julien schließlich. Jedenfalls nicht so wie das von Anna oder Claire, dafür war es zu schmal, dafür lagen die Augen zu tief in den Höhlen, dafür dürfte es die Schatten unter ihren Augen nicht geben.

Und die Farbe ihrer Augen ? Das war doch Grau. Oder? Da

ging doch nichts ins Grünliche oder Blaue, nicht mal als Reflexion des türkisfarbenen Wassers. Spiegelungen wären ja denkbar. Es ist nicht angenehm, wenn man die Farben von Augen nicht bestimmen kann, noch schlimmer ist es, wenn man meint, gewisse, also diese gewissen Augen würden ihre Farbe von Zeit zu Zeit ändern. Aber Gott, die Farbe ist doch gar nicht das Schlimmste, denn für alle Menschenaugen gilt: Wer in solche blickt, der sieht nichts. Da ist es schon besser, man glotzt in den Schacht eines alten Brunnens.

Ihre Augen also: unbestimmt. Alles andere an Lous Gesicht war sehr scharf und genau. Da fragt man sich natürlich erneut: Lohnt es sich für Julien überhaupt, so lange hinzusehen, wo Anna und Claire doch eindeutig ... mit ihren hübschen Wangenpartien, ihren fast schon slawischen Lippen, die eigentlich keinen Lippenstift brauchten, ihren wohlgeformten, gut proportionierten Nasen, ihren Stirnpartien. Die Stirnpartien, die machen ja viel aus, diese schöne, hohe Wölbung, bevor dann die Haare anfangen, die manchmal seitlich oder verspielt über ebendiese Stirn fallen, das alles war doch bei Anna und Claire viel ... wie sagt man? Schöner. Oder? Oder doch nicht? – Nun, da muss irgendwas gewesen sein, das Julien anzog, denn sein Blick klebte nun schon ziemlich lange auf ihr, ja, er versuchte sogar, sorgfältig wie er nun mal war, sich vorzustellen, wie Lou in einigen Jahren aussehen würde, oder wie es sich anfühlen müsse, mit der Zunge über das alles zu gehen. Und warum, das wäre dann die nächste Frage, warum ging es auch anderen Jungen aus ihrer Klasse so wie Julien? Warum klebte auch deren Blick stets länger an Lou als an den Mädchen mit den schönen Wangenpartien? Kurz gefragt: War sie jetzt schön oder nicht? Ist es wirklich so schwer, sich zu entscheiden?

Lou hatte Julien bis jetzt nicht bemerkt, sie stand noch immer auf ihrem Betonblock, und vor ihr breitete sich noch immer diese leuchtend blaue, ins Türkise gehende Fläche in der Mitte einer tiefen Schwärze aus.

Endlich drehte sie ihren Kopf nach links und betrachtete das Haus von Annas Eltern. Ein riesiger Bungalow mit 300 Quadratmetern Grundfläche und großen Fenstern, die bis runter zum Boden gingen. Drinnen brannte Licht; so konnte Lou selbst von hier aus Räume, Möbel und eine moderne Küche in allen Einzelheiten erkennen.

Die Anlage folgte gewissen geometrischen Richtlinien. So leben Menschen, die es zu etwas gebracht haben. Nur hatten Annas Eltern das nicht geschafft, indem sie ein Verbrechen begangen oder Menschen geopfert hatten. Und genau in diesem Moment geschah etwas, das man als Kippen oder Inversionseffekt bezeichnen könnte. Lou verwandelte ihr Schuldempfinden in ein Gefühl von Stärke. Was sie an der Tankstelle getan hatte, war keine Idiotie gewesen, sie hatte es getan, weil sie es hatte tun wollen. Letztlich machte sie es, während sie wie eine Siegerin auf ihrem Betonblock stand, genau wie Philippe. Sie teilte die Menschen in starke und schwache ein und leitete für sich ein Recht daraus ab, das die Qualität eines Naturrechts hatte. So unbesiegbar wie in diesem Moment hatte sie sich noch nie gefühlt.

Lou spannte ihren Körper an, beugte Knie und Oberkörper, schwenkte die Arme nach hinten. Niemand außer Julien sah das.

Dann stieß sie sich ab. Und sie hatte Kraft, der Anblick ihres feingliedrigen Körpers war immer eine infame Täuschung. Hätte damals jemand diesen Moment auf einem Foto festgehalten, man würde sehen, wie hoch sie über der Oberfläche schwebt, wie makellos die gespannte Haltung ihres Körpers ist und wie sich die Farbe des leuchtenden Wassers, ja sogar die Lichtreflexe in geradezu übertrieben ästhetischer Weise auf ihren Badeanzug übertrugen. Doch nur kurz. Sie tauchte ein, fast ohne dass Wasser spritzte. Und runter. Und runter. Lou ließ sich so tief hinabgleiten, dass ihre Brüste, ihr Bauch, ihre Oberschenkel über den Boden des Pools rutschten. Dann presste sie auch noch das letzte Quäntchen Luft aus ihren Lungen.

Julien stand auf und trat an den Rand.

Er nahm sich Zeit, ihren Körper auf dem Grund des Pools zu betrachten. Er war zu Bögen verzerrt.

›Wie lange sie aushält…‹

Julien verzückten die gebogenen Linien so sehr, dass er gar nicht auf den Gedanken kam, einzugreifen oder sich zu fragen, wie lange eigentlich jemand ohne Luft unter Wasser aushalten kann.

Dann eine verschwommene Bewegung, im nächsten Moment zerriss die Oberfläche und Lous Körper schoss aus dem Wasser empor. Silberne Tropfen wurden emporgeschleudert, längliche Spritzer lösten sich von ihren Haaren. Lou hatte den Mund so weit geöffnet, wie es nur ging, ihre Lungen rissen die Luft förmlich in sich hinein. Das alles innerhalb von einer, allenfalls zwei Sekunden. Dann sackte ihr Körper zurück in die Tiefe, kam aber gleich wieder empor. Langsamer diesmal. Noch immer rang sie nach Luft.

Zwei Schwimmzüge, eine geschmeidige Bewegung, schon war sie am Rand des Pools.

»Na, Julien. Seit wann guckst du mir zu?«

»Ist das ein Badeanzug von Anna?«

Julien hatte das Gefühl, das hätte er vielleicht nicht sagen sollen. Lou reagierte souverän. Sie glitt erneut hinab, tauchte, betont langsam diesmal, wieder auf, ließ sich vom Wasser an den Rand tragen. Endposition: die Unterarme, bis hoch zu den Ellenbogen, flach auf den grauen Gasbetonplatten, ihr Kinn auf den Händen. Sie trieb da am Rand des Pools, als sei sie schon lange an Reichtum und Luxus gewöhnt.

Und sie sah ihn nicht an. Ihr war ohnehin gerade Wasser in die Augen geraten. Das Haus von Annas Eltern, die Fackeln, ihr Schuldgefühl, ihr Triumph, das alles verschwamm.

Ein Geräusch. Noch entfernt, aber Lou erkannte es sofort. Philippes Enduro. Er würde die Maschine sicher an der Straße abstellen und dann den Weg nehmen, der seitlich am Haus vorbeiführt. Es geschah genau, wie sie es sich vorgestellt hatte, Philippe näherte sich der Veranda von links, als würde er eine Bühne betreten. Claire sprang auf, flog ihm in die Arme. Lou ärgerte sich darüber, wie weh das noch immer tat.

Julien drehte sich weg. Er hasste Philippe in diesem Moment so sehr, dass ihm Speichel in den Mund schoss.

Zwei Minuten später trocknete Lou sich ab und zog sich an. Sie trug jetzt einen weißen Rock und ein schwarzes Top, ging, ohne weiter auf Julien zu achten, barfuß durch die dunkle Zone, die den Pool von den beleuchteten Flecken trennte.

Als sie aus der Dunkelheit heraustrat und im Licht der Fackeln auftauchte, wurde sie von Albert gefragt, wie das Wasser sei.

»Flüssig.«

Auch Philippe sah kurz zu ihr rüber. Er wirkte verstört, obwohl er doch gerade Claire im Arm hielt.

›Pech gehabt‹, dachte Lou und wusste, dass sie richtig entschieden hatte. Dann dachte sie kurz an Claire: ›Arme Sau.‹

Sie behielt Recht, was die arme Sau anging, denn Philippe löste sich von Claire, als wäre sie ein Gegenstand. Er schlenderte rüber zu Albert, Benoît und Francesca. Zuerst sah es so aus, als wollten sie ihn nicht bei sich haben, jedenfalls ließen sie ihn nicht richtig in ihren Kreis, drehten nicht mal die Köpfe, um ihn zu begrüßen.

Lou wusste, dass die anderen, jetzt, wo es vorbei war mit der Schule, seine betont besondere Art satthatten. Schon vorhin, bevor sie zum Pool ging, hatten sie über ihre Studienpläne gesprochen. Niemanden interessierte es mehr, dass Philippe noch heute Morgen verkündet hatte, er werde nach Afrika gehen.

›Was will er da auch? Ausgerechnet in einem Land mit so vielen Schwarzen‹, überlegte sie. Vielleicht wäre sie wider alle Vernunft doch noch mal zu ihm gegangen. Aber dann kroch ihm Claire in den Arm, und Benoît fing an, mit ihm zu reden. Wie immer lachte er dabei. Lou vermutete, dass er irgendeinen Witz erzählte.

Sie drehte sich um und erschrak. Julien stand direkt hinter ihr. ›Warum sieht er so wütend aus, das passt gar nicht zu ihm. Hat er auch gesehen, was ich eben gesehen habe? Hat er etwas Ähnliches gedacht?‹ Sie hätte ihn fragen können. Nur wozu?

»Lauf nicht weg, Julien, ich hole uns was zu trinken.«

Sie holte ihm was Starkes und sich selbst etwas Leichtes.

»Cheers, Julien! Auf das Ende der Schule.«

»Auf Paris!«

Er trank. Nun, zuerst nippte er nur. Hatte Anna nicht irgendwann mal gesagt: ›Er küsst so, wie er Alkohol trinkt.‹

Als hätte er ihre Gedanken gelesen, leerte Julien das Glas nun in einem Zug.

»Boah, das war stark.«

»Komm.«

Lou schob ihn vor sich her in die Zone, in der das Licht schwach wurde. Sie legte sich ins Gras.

»Willst du da bis morgen früh stehen bleiben?«

Julien setzte sich vor sie. ›Warum nicht neben mich?‹ Sie sah ihn an, wollte das jedenfalls, blickte dann aber doch an ihm vorbei.

Philippe hatte es inzwischen bei einer anderen Gruppe versucht und auch da kein Glück gehabt. Also ging er zurück zu Claire, die ihn diesmal nicht in den Arm nahm.

Lou reichte es.

»Willst du mich küssen, oder nicht?«

Julien antwortete nicht, er presste sogar die Lippen ein bisschen zusammen. Dann öffnete er sie wieder, atmete flach. Sie hatte ein paarmal überlegt, ob er bei ihr genauso wild sein würde wie bei Anna. ›Wild und trotzdem so schüchtern. Dass er gut aussieht, scheint er nicht zu wissen. Oder er weiß es und es nützt ihm doch nichts.‹ Sein vielsagendes Kuhgeglotze fing an, sie zu nerven, also kam ihre Hand vor, so weit, bis sie seinen Hinterkopf umfassen und in seine Haare reingreifen konnte. Das tat sie, und sie tat es kräftig.

»Au«, sagte er.

»Au«, sagte sie.

Die Fackeln standen wie eben, brannten wie eben, und sie befanden sich noch immer am Rand, fast schon im Dunkeln. Man sah kaum, was sie da gerade mit ihm machte. Julien sah auch nichts, denn er hatte seine Augen geschlossen.

»Nicht die Augen zu, aufmachen.«

Also machte er sie auf.

Anna lachte schrill.

Julien küsste sehr vorsichtig, so, als wolle er etwas verzögern. Seine Vorstellung von Zärtlichkeit bestand offenbar darin, dass alles unendlich langsam ging. Vielleicht meinte er, das würde Frauen gefallen. Oder es gefiel ihm selbst. Es war nicht sein erster Kuss, das wusste Lou, es fühlte sich aber ein bisschen so an.

Auf einmal erschrak sie, drückte Julien grob zurück, blickte Richtung Veranda. Philippe war weg, Claire saß jetzt drinnen auf dem Sofa und weinte. Anna war bei ihr.

»Was ist los, Lou, warum hast du aufgehört?«, fragte Julien, seine Stimme klang wie die eines Sechsjährigen.

Lou beachtete ihn nicht weiter, sondern stand auf und lief Richtung Terrasse. Zweimal scannte sie die Gruppen ab. Philippe war nirgends zu sehen. Also lief sie in einer Art, als würde sie flüchten, in Richtung des Wegs, der links am Haus vorbeiführte.

»Was ist los, Lou?«, rief Benoît ihr noch nach.

Am Haus vorbei, dort war es dunkel und sie hatte vergessen, dass es da eine Stufe gab. Sie stolperte, fiel fast hin, konnte sich aber im letzten Moment abfangen. Zuletzt stand sie an der Straße und ... Philippes Enduro war nicht mehr da. Sie lauschte angestrengt, hörte in einiger Entfernung das vertraute Geräusch seiner Maschine.

›Was mache ich hier?‹

Dann sah sie den Wagen. Ein weißer Mitsubishi Mirage. Er stand auf der anderen Straßenseite, dort, wo sonst nie jemand parkte. Lou erschrak und lief zurück auf die Terrasse. Diesmal erwischte Anna sie. »Bist du gerade Philippe nachgelaufen?«

»Wie lange ist er weg?«

»Weiß nicht, vielleicht fünf Minuten. Claire ist total fertig, er hat sie einfach stehen lassen.«

»Sag mal, fährt einer von denen hier einen weißen Mitsubishi Mirage?«

»Nicht, dass ich wüsste. Ist irgendwas?«

»Hab ein komisches Gefühl, ich weiß nicht. Wahrscheinlich nur Quatsch.«

Sie brachte Julien ein großes Glas Wodka Lemon mit ein klein wenig Lemon. Er hatte sich nicht vom Fleck gerührt, aber er sah sie sehr unglücklich an. »Entschuldige, ich hatte mich erschrocken. Trink. Trink mal richtig, das ist ein besonderer Tag.«

Er gehorchte.

Das Warten schien ihm gutgetan zu haben. Oder lag es am Wodka? Jedenfalls küsste er jetzt anders. Seine Hände lagen schnell auf ihren Schultern, noch unentschlossen, aber er fing schon an.

Lou wusste, was er sich jetzt so vorstellte. Er würde versuchen, sie nach hinten zu drücken. Ehe es so weit kam, zog sie ihren Kopf zurück. Er sah wirklich ein bisschen dämlich aus. ›Wie eine Kuh mit einem hübschen Gesicht‹, dachte sie. »Wollen wir zum Lac de Session fahren?«

»In deinem Auto?«

»Bestimmt nicht mit deinem Moped. Ich sag nur schnell Anna Bescheid.«

Sie ging zu Anna, erklärte, was anstand.

»Hab ich schon mitgekriegt. Aber du hast ihn betrunken gemacht.«

Dann war Lou gegangen, und Anna hatte noch gesehen, dass sie Julien bei der Hand nahm und hinter sich herzog, als würde er ihr gehören. Sie gingen hangab über den Rasen, vorbei an dem großen Rhododendron, zum unteren Tor, also dahin, wo Lou immer parkte. Als sie das sah, war Annas Mund schmal geworden.

Sie waren sofort klatschnackt in den See gesprungen. Lou war dann nur ein paar Meter weit rausgeschwommen, als sie plötzlich aufhörte und sich zu ihm hintreiben ließ. Julien hatte schnell festgestellt, dass ihn ihr knochiger Körper nicht störte. Im Wasser war ihre Haut so weich und zart, dass sich alles richtig anfühlte. Er hätte sie ewig streicheln können.

Diesmal wartete Lou nicht darauf, was er wann tun würde.

Sie wusste, wie es ging, und er überließ sich dem. Nur war er leider nicht so sicher auf den Beinen, wie er gerne gewesen wäre, sie bewegte sich ja auch so viel. Offenbar gefiel ihr das so. Hätte er dagegen angehen sollen? Julien konnte kaum glauben, wie viel Kraft sie in ihren Oberschenkeln hatte, ihm hätten sicher seine Nieren wehgetan, wenn er da hinten mehr gespürt hätte. Und wie tief und scharf sie atmete. Es kam ihm vor, als wollte sie nicht nur ihn, sondern auch alle Luft der Welt einsaugen. Die Wirkung war stark und direkt. Nur trat er leider genau in dem Moment, als er merkte, dass er jetzt kommen würde, auf eine scharfkantige Muschel. So waren sie zusammen ins Schilf gekracht, zwei wütende Blesshühner kamen herausgeschossen.

Gott, hatte Lou gelacht. Ihr Körper hatte wie in Krämpfen gezuckt, und Tränen waren ihr übers Gesicht gelaufen.

Tomaten

Am nächsten Tag zeigte das Thermometer neben der Eingangstür der Bäckerei bereits um sieben Uhr morgens glatte 24 Grad.

Als Erstes trafen sich hier zwei Frauen, Mitte sechzig, die schon zusammen zur Schule gegangen waren.

»Das wird ein Tag.«

»Kann man nur hoffen, dass dieses Jahr wenigstens was aus den Tomaten wird.«

»Die saufen, ich sag dir! Man kann schleppen, bis einem schwindelig wird.«

»So sind Tomaten eben.«

»Ich verstehe nicht, warum sie von denen so viele reinlassen. Die meisten werden dann früher oder später kriminell.«

»Du meinst wegen der Schießerei?«

»Ja.«

Ein paar Sekunden verstrichen, die Sonne fing an, Kraft zu entwickeln.

»Manche nehmen ja einfach den Schlauch, mein Mann sagt auch immer, nimm doch den Schlauch.«

»Die wissen wohl immer noch nicht, wo sie ihn beerdigen sollen.«

»Den von der Tankstelle ...?«

»Den sie noch immer nicht identifiziert haben.«

»Irgendwo muss er ja hin.«

»Aber dass dann so einer auf unserem Friedhof liegt? Der war vermutlich Muslim. Stand jedenfalls in der Zeitung.«

»Man redet nicht schlecht über Tote.«

Ein Mann, Mitte sechzig, kam hinzu, begrüßte die Frauen. Normalerweise begann er immer mit einem Scherz. Doch an diesem Morgen war ihm nicht danach zumute.

»Der Pfarrer hat mir eben gesagt ... ich bin noch ganz ... Gott!«

»Ja?«

»Na, dass sie den Schützen von der Tankstelle bei uns auf dem Friedhof beerdigen wollen, weil sie nicht wissen, wohin mit ihm.«

»Der kam doch nun gewiss nicht von hier. Ich meine, sie

könnten ihn doch genauso gut verbrennen und seine Asche über dem Lac de Session verstreuen oder über einem Feld. Das ist vielleicht auch mehr im Sinne seiner Religion.«

Ein Mädchen in einem orangefarbenen Kleid ging mit großen Schritten an ihnen vorbei, unterbrach die Gedanken an Tomaten, Tote und das Verstreuen von Asche.

»Die hat es aber eilig.«

»War das Claire?«

»Ja, aber was will die um die Uhrzeit in der Gendarmerie?«

Tot

»Mein Freund ist weg, Sie müssen ihn suchen.«

Selbst nach einem starken Kaffee war Ohayon noch nicht richtig wach. Er tat aber wie immer sein Bestes, versuchte alles mitzubekommen, denn das Mädchen redete sehr schnell.

»Wir waren gestern Abend auf einer Party und plötzlich hat Philippe mich einfach stehen lassen. Er ist dann die ganze Nacht nicht nach Hause gekommen. Sein Vater weiß auch nichts. Aber dem ist das egal, er sagt, Philippe wäre schon immer so gewesen, dass er plötzlich zwei Tage weg ist.«

»Es geht also um Philippe?« Ohayon bemühte sich noch immer, wach zu werden.

»Natürlich um Philippe! Ich habe Angst, dass er irgendwas Verrücktes gemacht hat, denn er sagte gestern zweimal, dass er noch was Wichtiges erledigen muss.«

»Wie alt ist er?«

»Siebzehn.«

»Normalerweise warten wir erst mal ...«

»Worauf? Dass was passiert? Er war oft oben bei den alten Kliniken, aber ich komm da nicht rein. Bitte. Mit Philippe ist irgendwas, das spüre ich.«

Sie spürt etwas. Andererseits lassen Gendarmerien für gewöhnlich erst mal etwas Zeit verstreichen. Schließlich ist es fast immer falscher Alarm. Nun laufen aber in einer Kleinstadt wie Courcelles die Dinge anders als zum Beispiel in Paris oder Marseille. Dort wartet man ab, wenn xy mal nicht nach Hause kommt. In Courcelles aber kennt jeder jeden. Also lief es so: Obwohl er noch nicht ganz auf dem Damm war, und obwohl es eigentlich üblich war und so weiter, rief Ohayon seine Kollegen an und informierte sogar noch die Feuerwehren von Avondville und Fleurville.

Ohayon, Roland Colbert und eine der Suchmannschaften inspizierten als Erstes die alten Kurkliniken oben auf dem Wall. Selbst Commissaire Bagrange fuhr mit hoch. Schon nach zehn Minuten wurden sie von zwei Feuerwehrmännern gerufen.

»Wir dachten, dass solltet ihr euch mal ansehen.«

Der Raum war etwa dreißig Quadratmeter groß, weiß und kahl. Hier hatten mal Kranke gelegen, das roch man selbst jetzt noch. Es gab zwei Fenster.

»Das erklärt einiges«, sagte Ohayon mehr zu sich selbst.

»Habt ihr die denn bei der letzten Durchsuchung nicht gefunden?«, fragte Bagrange.

Ohayon nahm eine der Filzdecken hoch und roch daran. »Die liegen hier nicht seit acht Jahren.«

»Sind das überhaupt Decken?«

»Solche Filzmatten verwendet man bei Umzügen. Speditionen benutzen die.«

»Möglicherweise übernachten hier also doch Menschen.« Roland Colbert hätte das nicht unbedingt sagen müssen, es war Ohayon längst klar.

In diesem Moment war draußen ein wildes Hupen zu hören. Ohayon ging zum Fenster, öffnete es. Unten stand ein altes knallrotes Peugeot Cabriolet, in dem vier Jugendliche saßen.

Als er beim Wagen ankam, erkannte er als Erstes Claire. Sie saß auf dem Beifahrersitz und weinte so heftig, dass sie fast keine Luft mehr bekam. Neben ihr am Steuer Julien und auf der

Rückbank Anna und Lou. Lous Blick sah aus, als wollte er über den Rand des Universums hinausgehen. Ein Blick, der jedem, der zu Mitgefühl fähig ist, wie ein Messer ins Herz gehen musste.

Nur Anna war halbwegs gefasst. »Wir haben Philippe gefunden.«

»Unten…«, heulte Claire dazwischen.

»Er liegt im Steinbruch. Ich glaube, er hat sich von oben da reingestürzt.«

»Nein…« Claires Stimme war kaum mehr als ein Röcheln.

»Okay«, entschied Ohayon. »Einer unserer Leute bringt euch nach Hause. Eure Eltern sind da?«

»Wir haben ein Auto, warum soll uns einer nach Hause bringen«, fragte Julien.

»Weil du aussiehst, als wärst du ziemlich durcheinander.«

»Hat das was mit der Schießerei zu tun?«, fragte Claire. »Hat jemand Philippe ermordet?«

»Eins nach dem anderen. Wir werden uns das erst mal ansehen...«

»Das tun wir nicht«, unterbrach ihn Roland mit einiger Schärfe. Er wartete Widerspruch gar nicht erst ab, sondern ging zu einem der Einsatzwagen, um zu telefonieren. Als er zurückkam, erklärte er: »Ich habe einen Freund in Metz angerufen, der gute Verbindungen hat. Wir sollten das mit der Spurensicherung nicht selber machen, wir brauchen die besten Spezialisten, die es für so was gibt. Metz wird uns Professor Percier und sein Team schicken, die sind in zwei Stunden da. Bis dahin sperren wir weiträumig ab.«

Am Abend fuhr Ohayon zu Lous Eltern. Ihre Mutter war nicht in der Lage, mit ihm zu sprechen, offenbar hatte sie das Erlebnis ihrer Tochter so stark mitgenommen, dass sie viel Rotwein trinken musste, um ruhig zu werden. Zum Glück war Lous Stiefvater Herr der Lage. »Lou liegt im Bett, und dass es ihr nicht gutgeht…«

»Versteht sich. Könnte ich trotzdem kurz mit ihr sprechen?«

»Nein.«

»Hat sie irgendetwas gesagt?«

»Sie hat mir nur erzählt, wie sie und ihre Freunde Philippe gefunden haben.«

»Und sie spricht vernünftig darüber? Das war jetzt etwas ungeschickt ausgedrückt...«

»Ich kenne meine Tochter. Sie leidet, aber sie ist stark.«

»Sie würden Hilfe holen, wenn es ihr schlechter geht.«

»Natürlich. Sie hat vorhin etwas gesagt, das ich schon als Zeichen der Besserung nehme. Sie sagte: ›Die Gefühle sind echt, aber die Liebe bringt uns manchmal dazu, die Dinge so zu sehen, wie wir es wollen, das ist eine Art von Betrug.‹«

»Was meint sie damit?«

»Sie fängt an zu begreifen, dass jemand für immer gegangen ist, den sie geliebt hat. Lou und Philippe, das war ja schon etwas sehr Enges. Ich finde es jedenfalls gut, dass sie über ihre Gefühle nachdenkt und nicht irgendwem die Schuld gibt. Wer weiß schon, warum Philippe das gemacht hat? Wenn Sie nicht irgendwo so etwas wie einen Abschiedsbrief finden, wird man das wohl nie wissen. Sein Vater tut mir leid, der hat vor ein paar Jahren seine Frau verloren und jetzt das.«

Ohayon brauchte einen Moment um zu verarbeiten, was eben gesagt wurde. Er wurde nicht ganz schlau daraus. ›Die Gefühle sind echt, aber die Liebe bringt uns manchmal dazu...‹ Der Satz war so lang. Ohayon konnte sich nicht vorstellen, wie ein Mädchen in Lous Alter auf so was kam.

Als Ohayon vor dem Haus stand, dauerte es noch mal eine Weile, bis er den Satz wieder richtig zusammen hatte. »Die Gefühle sind echt, aber die Liebe bringt uns manchmal dazu, die Dinge so zu sehen, wie wir es wollen, das ist eine Art von Betrug.«

›Warum Betrug?‹ Ohayon fragte sich außerdem, wie Lous Vater so einen langen Satz überhaupt behalten konnte, und kam schließlich zu dem Schluss, dass Lou ihn möglicherweise ein paarmal gesagt hatte.

Ein Auto hupte. Es war Roland Colbert.

»Wird bald dunkel, und Bagrange will, dass wir weiter die Kliniken observieren.«

Als Ohayon einstieg, hatte er den Satz bereits vergessen.

Non!

Seit drei Nächten saßen Ohayon und Roland jetzt in einem alten Zivilfahrzeug, das sie geschickt zwischen Bäumen geparkt hatten. Abends schlichen sie sich an das Fahrzeug an und schlossen die Türen ganz leise. Dann packte Ohayon das Essen und die Getränke aus, und es zeigte sich, dass sie im Wagen genauso schnell auf interessante Gesprächsthemen kamen wie im Paris.

Geschehen war bis jetzt nichts, außer dass sie ein paar Rehe beobachten konnten und die Wachleute hin und wieder aufgetaucht waren, ihre Runde vor den Ruinen der Kurkliniken gedreht hatten und wieder verschwunden waren. In der vierten Nacht sprachen Roland und Ohayon weder über Frauen, noch über mythologische Themen oder Sternbilder, über die sich Ohayon in den Nächten zuvor ausgiebig ausgelassen hatte. Es ging um das, was die Woche über in Courcelles passiert war.

Dort hatte es nämlich eine sehr unangenehme Entwicklung gegeben. Es fing damit an, dass einige Hausbesitzer auf die Gendarmerie kamen, um Anzeige zu erstatten, weil man auf ihre Gebäude das Wort »Non!« gesprüht hatte. Immer mit einem Ausrufezeichen, aber ohne weitere Erklärung und ohne politische Aussage oder Forderung. Auf der Gendarmerie war spekuliert worden.

»Die Worte stehen so weit unten. Waren das vielleicht Kinder?«

»Gut möglich. Aber wogegen sind sie?«

Die Bewohner von Courcelles hingegen verstanden es so, dass sich dieses »Non!« auf die geplante Beerdigung des Unbekannten von der Tankstelle bezog. Der Effekt der kargen Nachricht bestand also darin, dass sich nun immer mehr Menschen gegen die Bestattung auf dem Friedhof von Courcelles aussprachen, denn es würde sich ja schon abzeichnen, dass das Grab früher oder später vermutlich geschändet würde. Einige hatten bereits konkrete Vorstellungen entwickelt, in welcher Weise diese Schändung geschehen könnte.

Man hatte das Bürgermeisteramt der Kreisstadt Fleurville eingeschaltet. Dort bemühte man sich auch um eine Lösung, doch niemand wollte die Asche des inzwischen kremierten Verbrechers haben. Selbst die angesprochenen muslimischen Gemeinden und Verbände in Metz und Nancy weigerten sich, die Urne anzunehmen, mit der Begründung, auch wenn der Mann wie jemand aussah, der möglicherweise aus Algerien stammte, so sei es durchaus möglich, dass er Christ war. Man könne ihnen doch nicht einfach die Verantwortung für einen Toten zuschieben, nur weil er dunkle Haut und gewelltes Haar gehabt hätte.

Erst heute hatte sich auf einer Ratsversammlung in Metz die Lösung gefunden. Dort war beschlossen worden, die Urne vorerst im Keller des naturhistorischen Museums einzulagern, wo ohnehin schon einige ägyptische Gefäße ähnlicher Art standen. Wenn sich nichts weiteres ergab, würde man ihn später irgendwo anonym bestatten. Das Problem war damit erst mal vom Tisch.

Es gab aber auch eine entlastende Nachricht. Jedenfalls aus Sicht der Gendarmerie.

Das Team von Professor Percier hatte sich volle drei Tage Zeit genommen und Philippes Leiche, den Steinbruch, vor allem den Bereich oberhalb des Abbruchs gründlich untersucht und eine ganze Reihe von Berechnungen angestellt. Nach Abschluss der Arbeiten wurden Ohayon und Roland in Bagranges Büro gerufen, um zu erfahren, was herausgekommen war.

»Eine kleine Unwägbarkeit bleibt immer«, erklärte Professor Percier. »Es könnte jemand den Jungen an den Abbruch gelockt und ihm dort einen kräftigen Stoß gegeben haben.« Nachdem Percier – 57 Jahre, weißes Hemd, schwarz getönte Haare – das gesagt hatte, lächelte er. Es sah aus, als sei er äußerst zufrieden damit, dass auch in dem Fach, dem er sein Leben gewidmet hatte, noch immer Schlupflöcher blieben. »Ein Stoß also, dann die Yamaha hinterher. Der Gedanke würde Ihnen als Ermittler vielleicht kommen. Doch seine Yamaha und auch er lagen recht weit vom Fuß der Steilwand entfernt. Es müsste dann schon ein ungewöhnlich kräftiger Stoß gewesen sein. Wir sind uns daher so gut wie sicher, dass kein Fremdverschulden vorliegt. Die Leiche des Jungen wies zudem keinerlei Verletzungen auf, die sich nicht durch den Sturz hätten erklären lassen. Auch oben über dem Abbruch fanden wir keine Spuren, die darauf hingewiesen hätten, dass dort gekämpft wurde oder ihn jemand mit einem Fahrzeug verfolgt hätte. Wie gesagt, es bleibt immer ein Rest Ungewissheit, darauf komme ich noch. Jetzt zu den Details ...«

Die präzisen und sicheren Zeichnungen von Professor Percier, die dabei angewandte Physik, angenommene Geschwindigkeit, Gewicht von Fahrer und Maschine, Bodenbeschaffenheit, Anziehungskraft der Erde, das war so einleuchtend und ineinandergreifend, dass Ohayon zunächst alles erklärlich fand. Dann aber war auch ihm aufgefallen, dass es zwischen der berechneten Flugbahn der Yamaha und der von Philippe eine merkwürdige Abweichung gab. Er fragte also nach.

»Sehr aufmerksam. Alle Achtung. Da seine Maschine hier lag«, Percier tippte mit seinem Filzstift auf die entsprechende Stelle seiner Folie, »sein Körper aber hier, gibt es eine Abweichung, die tatsächlich schwer zu erklären ist. Er kann eigentlich nicht gestoßen worden sein, er kann aber auch nicht auf seiner Yamaha gesessen haben. Das macht die Sache schwierig ...«

Professor Percier erklärte dies mit einem rückwärtigen Abrollen während des Flugs. Ohayon fand das alles so interessant, dass er vollkommen wach blieb. Und das obwohl er und Roland seit drei Nächten die Kurkliniken observierten.

Erst als Professor Percier und seine beiden Mitarbeiter den Raum verlassen hatten und Ohayon noch einmal die Zeichnung betrachtete, die der Overheadprojektor noch immer an die Wand warf, wurde ihm klar, dass hier in Formeln, gestrichelten Linien und Pfeilen der Tod eines Siebzehnjährigen dargestellt war. Jedenfalls die mit Abstand wahrscheinlichste Variante davon.

Als Ohayon die Gendarmerie verließ, entdeckte er auf dem Parkplatz Roland Colbert, der gerade in sein Auto stieg. Es war noch immer der schwarze Citroën CX 2400, von dem er bei ihrer ersten Begegnung gesagt hatte, er müsse ihn seiner Dienststelle zurückgeben.

»Warte!«

Roland drehte sich um. »Soll ich dich mitnehmen?«

»Nein, ich habe nur eine Frage. Das will ich schon seit zwei Tagen wissen.«

»Okay?«

»Du hast dich mächtig ins Zeug gelegt, um den Tod dieses Jungen genau untersuchen zu lassen. Ich erinnere mich, dass dein Urteil über ihn ziemlich katastrophal war. Warum jetzt diese Liebesmühe?«

»Wenn er ermordet wurde, müssen wir das wissen, denn dann haben wir unsere Arbeit zu machen. Wenn es ein Selbstmord war, sollten wir das allen Leuten eindeutig sagen können. Ich wollte verhindern, dass er in Courcelles zu einer Figur wird, um die sich Gerüchte und Geschichten von einem nie aufgeklärten Mord ranken. Leider haben die Untersuchungen nicht das Ergebnis erbracht, das ich erhofft hatte.«

»Du mochtest diesen Jungen wirklich nicht.«

»Es ist keine Frage, ob ich ihn mochte. In seiner zerstörerischen Art hatte er etwas, das ich für gefährlich halte, und ich will in keinem Fall, dass aus seinem Tod, wenn er freiwillig war, etwas entsteht.«

»Was könnte da entstehen?«

»Ein Geist. In einer Kleinstadt vergisst man nicht so schnell.«

Der Auftrag, ein Traum

Lou war krank gewesen. »Leer«, hatte sie gesagt, wenn ihr Stiefvater an ihrem Bett gesessen und gefragt hatte, wie es ihr geht. Einmal war sie für drei Stunden weg gewesen und ganz verheult nach Hause gekommen.

»Du musst was essen, Lou.«

»Keinen Hunger.«

»Suppe?«

»Keinen Hunger, lass mich in Ruhe.«

Erst am dritten Abend, nachdem ihre Mutter das Haus verlassen hatte, war sie ins Wohnzimmer gekommen.

»Hi.«

Ihr Stiefvater hatte versucht, mit ihr über Philippes Tod zu sprechen, spürte aber bald, dass er nicht an sie rankam. Dabei hatten sie sonst immer einen guten Draht zueinander gehabt. Immerhin. Lou wirkte auf ihn nicht mehr so betäubt wie während der letzten Tage.

»Komm.«

Sie gestattete ihm, sie ein bisschen zu trösten. Er war der einzige Erwachsene, dem sie wirklich vertraute. So war es schon immer gewesen. Trotzdem lenkte Lou das Gespräch bald in eine bestimmte Richtung. Ihr Stiefvater erschrak. Und so antwortete er schärfer als gewollt.

»Halt dich von Gilles fern.«

Lou sah ihren Stiefvater an, er fand ihren Blick kalt.

»Hat er Philippe da runtergestoßen?«

»Was?«

Eine Pause entstand, er sah sie nicht an.

»Hat er Philippe da runtergestoßen?«

»Ich werde das klären, Lou. Aber bleib die nächsten Tage im Haus.«

»Warum gehst du nicht zur Polizei, wenn du was weißt?«

»Ich weiß nichts.«

»Doch.«

»Geh jetzt schlafen, Lou. Du hast deinen Freund verloren. So schnell, wie du meinst, geht das alles nicht.«

»Ich bin nicht müde.«

Sie erzählte ihm nicht, dass sie wieder über der Wolfsschlucht gestanden hatte, diesmal entschlossen zu springen. Sie hatte die Augen geschlossen und ganz doll an Philippe und seinen Sturz in den Steinbruch gedacht. Umsonst, sie hatte es nicht geschafft, sich das Leben zu nehmen.

»Du bist müde, Lou, du merkst es nur nicht. Ich werde mich um alles kümmern, das verspreche ich dir.«

»Du kümmerst dich also um Gilles.«

»Ja.«

»Okay. Das wollte ich nur wissen.«

Lou war wirklich müde, sie lag kaum zehn Minuten im Bett, da schlief sie bereits.

Es ist anfangs nur ein Schein, und der befindet sich deutlich unterhalb des Zentrums. Nach einiger Zeit – im Traum ist das schwer zu bestimmen – wird daraus ein unscharfer Fleck, und es dauert dann noch mal eine ganze Weile, bis dieser Fleck sich in zwei Punkte auflöst, die allmählich schärfer und größer werden. Die Schärfung der leuchtenden Flecke – Scheinwerfer eines Wagens, das ist jetzt deutlich zu erkennen – bedeutet Gefahr. Wenn man die Verhältnisse vernünftig betrachtet, sollte Lou jetzt von der Straße gehen, denn der Wagen kommt genau auf sie zu.

Aber sie geht nicht von der Straße.

Die Situation wird immer gefährlicher, da der Wagen näher kommt, und doch immer ungefährlicher, da er offenbar seine Geschwindigkeit verringert. Der unauflösliche Widerspruch zwischen Gefahr und Freude macht Lou Angst, nicht die Sorge, überfahren zu werden.

Festnahme

»Wach auf. Ohayon! Wach auf.«

»Was?«

»Da.«

»Ach, die wieder. Wie spät ist es?«

»Halb zwei.«

Die Männer vom Wachschutz waren, wie auch an den vorherigen Tagen, mit einem Transporter gekommen. Roland hatte die Lichter des Fahrzeugs zwischen den Stämmen schon eine Weile vorher aufblitzen sehen.

Zunächst patrouillierten sie vor den Gebäuden auf und ab, und Ohayon atmete schon wieder ganz gleichmäßig.

»Wach auf, da passiert was.«

Ohayon blinzelte. Es dauerte einen Moment, ehe er richtig wach war, denn er hatte gerade von einer zutraulichen Ente geträumt, die sprechen konnte.

»Was denn?«

»Sie streiten sich.«

»Ah ja?«

Der Streit war nicht heftig, es schien eher ein Wortgefecht zu sein, bei dem offenbar eine Zigarette eine Rolle spielte. Jedenfalls fuchtelte der eine mit seiner Zigarette vor dem Gesicht des anderen rum, während der ihn zweimal am Oberarm festhielt. Zwischendurch zeigte der mit der Zigarette dreimal auf den Transporter. Zuletzt machte er sich frei und ging zum Eingang des Gebäudes. Dort zog er ein Bund Schlüssel aus der Tasche und versuchte, die Tür aufzuschließen. Keiner der Schlüssel passte.

»Der will da rein?«, stellte Roland fest.

»Das wird ihm nicht gelingen, das Schloss wurde ausgetauscht.«

Der Mann kehrte zu seinem Kollegen zurück, zeigte auf die Tür, seine Zigarette, seine Schlüssel und redete ununterbrochen dabei. Roland und Ohayon stiegen aus. Da der Streit inzwischen ziemlich heftig geworden war, bekamen die Kontrahenten nicht mit, dass sich ihnen zwei Männer der Gendarmerie näherten.

»Dürfen wir erfahren, worum es geht?«

Die Männer sahen sie etwas verschreckt an.

»Sie hatten uns gesagt, Ihre Firma besäße keine Schlüssel zu den Gebäuden, warum versuchen Sie dann, mittels eines Schlüssels ...«

Weiter kam Roland nicht, denn die Männer rannten weg.

Sie nahmen die Verfolgung auf, wobei sich für Ohayon zeigte, dass Roland zwar schneller war als er, die Flüchtigen aber noch schneller. Die machten auch nicht den Fehler, den Transporter zu besteigen, sondern liefen an ihm vorbei und vergrößerten dabei ihren Vorsprung.

Plötzlich sah Ohayon weiter vorne etwas zwischen den Bäumen. Im ersten Moment dachte er an ein Wildschwein, aber dann ... Irgendjemand lief von da in schrägem Winkel auf die beiden Flüchtigen zu. Als der Schatten aus dem Wald kam, erkannte Ohayon, dass es ein kräftig gebauter Mann war. Roland rief noch irgendetwas, und im gleichen Moment sprang der Schatten einen der Flüchtigen an, riss ihn zu Boden. Der Niedergerissene versuchte sich freizumachen, schlug und trat um sich. Er verlor trotzdem, denn auch der Angreifer schlug ein paarmal mit der Faust zu. Da ahnte Ohayon bereits etwas.

Roland erreichte die beiden zuerst. »Hören Sie auf!«

»Warum? Damit er wieder abhaut?«

Als Ohayon ankam, grinste der Mann in der Lederjacke.

»Ohayon, bist du etwa gerannt? Das hat's ja noch nie gegeben.«

»Ihr kennt euch?«

»Ja, wir kennen uns, das ist Gendarm Conrey aus Fleurville.«

Der Mann am Boden wand sich zwar noch ein bisschen, aber Conrey hatte jetzt keine großen Schwierigkeiten mehr, ihm Handschellen anzulegen. »Wie ist Ihr Name?«

Der Gefesselte fluchte.

»Wir kriegen den sowieso raus.«

»Paul ... Paul Bézier. Und ich weiß gar nicht, was Sie überhaupt von mir wollen.«

Ein Verrückter ist das

Paul Bézier war groß und nicht wirklich dick, trotzdem wirkte alles an ihm verquollen und gerundet. Davon abgesehen neigte er dazu, bei kleinen Redepausen oder wenn er konzentriert zuhörte, mit seinen dicken Lippen kleine kussartige Bewegungen zu machen.

»Na, Paul, da hast du dir ja was eingebrockt.«

»Ich würde Sie bitten, meinen Mandanten mit vollem Namen anzusprechen.«

Die Vernehmung fand nicht in Courcelles, sondern in den Räumen der Gendarmerie Fleurville statt, da der Bedeutung einer aufzuspürenden Gruppe von Schleusern Vorrang vor der Schießerei an einer Tankstelle gegeben wurde.

Conrey stellte also die Fragen, Ohayon und Roland Colbert durften nur zuhören. Paul Béziers Anwalt war ebenfalls zugegen. Und natürlich die zuständige Staatsanwältin. Eine Neue, eine Jüngere, wie Ohayon gleich bemerkte.

Conrey machte seine Sache routiniert, denn er unterstellte Paul Bézier sofort, er habe an der Tankstelle von Courcelles zwei Menschen erschossen. Eine Eröffnung, die Ohayon für gewagt hielt, die aber den Effekt hatte, dass sich Béziers Anwalt einschaltete und erklärte, sein Mandant sei durchaus bereit, über seine Beteiligung an »einer vorübergehenden Unterbringung von Arbeitskräften« zu sprechen, mit der Schießerei jedoch habe er nichts zu tun.

»Gut«, gab Conrey nach, »sprechen wir erst mal darüber.«

»Da gibt's nichts zu sagen, außer dass ich Decken und was zu essen und zu trinken besorgt habe.«

Paul Bézier schien um Aufrichtigkeit bemüht, jedenfalls hatte er keine abwehrende oder lässige Haltung eingenommen. Im Gegenteil. Er stützte sich mit seinen Unterarmen auf dem Tisch ab, was ihm erlaubte, seinen Oberkörper ein Stück weit über den Tisch zu schieben. Der Mann wollte reden, sich von Schuld und Last befreien. Trotzdem war die dadurch entstehende Nähe für Conrey etwas unangenehm, was vor allem an Paul Béziers sonderbaren Lippenbewegungen lag.

»Wenn Sie Täter suchen, ja? Dann suchen Sie Gilles und V.«

»Wen sollen wir suchen?«

»Gilles Larousse und Robert Vauterin. Wo die beiden im Moment sind, kann ich Ihnen aber nicht sagen. Die sind nämlich weg, und ich weiß nicht wohin. Das sage ich jetzt ganz ehrlich. Ehrlich!«

Conrey ließ sich nicht anstecken von Pauls Aufrichtigkeit. »Sie haben also Decken gebracht.«

»Weil in den Kliniken zwar noch Betten stehen, aber ohne Bettdecken.«

»Und warum haben diese illegal eingeschleusten Arbeitskräfte dort übernachtet?«

Der Anwalt von Paul Bézier unterbrach sofort: »Aus der Sicht meines Mandanten waren das keine illegal eingeschleusten Arbeitskräfte, sondern Menschen, die unterwegs nach Belgien waren und dort oben in der Kurklinik lediglich ...«

»... gesund werden wollten?«

»Sie meinen das möglicherweise ironisch, aber genau so war es.«

»Und ich bin froh, dass es vorbei ist damit, das können Sie mir glauben. Ehrlich! Das würde ich sogar beschwören.«

»Und warum genau sind Sie so überaus froh, dass Sie gefasst wurden?«

»Weil ich mir schon Gedanken gemacht hatte, ob das überhaupt alles mit rechten Dingen zugeht. Denn eigentlich sollten wir die Gebäude ja nur bewachen.«

»Sie haben sich kurz vor Ihrer Verhaftung mit einem Mann gestritten.«

»Ja, mit V.«

»Robert Vauterin?«

»Genau, weil ich rauchen wollte. Der Zigarettenanzünder im Transporter ist aber kaputt, und mein Feuerzeug war leer. Ich weiß nicht, ob Sie rauchen, aber da entsteht schon ein Drang. Ich wusste aber, dass im Gebäude auf dem Tresen des alten Empfangs ein Feuerzeug liegt. Ich wollte nur kurz rein, es holen, aber V wollte das nicht, weil er meinte, wir würden vielleicht beobachtet und niemand sollte wissen, dass wir Schlüssel für die Gebäude haben. Auch da dachte ich mir schon, dass etwas nicht stimmt. V und Gilles sind nämlich, wenn Sie mich fragen, komplett verrückt. Das ist ja oft so, bei welchen, die beim Militär waren. Vor allem Gilles rastet schnell aus. Und zwar komplett. Und misstrauisch ist er auch, denkt immer nur schlecht von allen. Der wollte nie, dass irgendwer irgendwen kennenlernt. Deshalb wohl auch das mit dem Umladen.«

»Ihre Kurgäste wurden umgeladen?«

Pauls Anwalt konnte das so nicht stehenlassen. »Sie würden mir einen Gefallen tun, Monsieur Conrey, wenn Sie Ihren Zynismus etwas mehr kontrollierten.«

Sein Mandant sah das anders. »Wieso Zynismus? So wie ich das gesehen habe, waren das so was wie Hotelgäste. Auch wenn es da in der Klinik ziemlich fies roch. Und ich gebe auch zu, dass ich wusste ... Wir hätten da keine unterbringen dürfen. Das war mir schon klar. Aber doch nicht so! Doch nicht, dass es am Ende ein Verbrechen ist. Ich habe 1500 Francs die Woche extra gekriegt, um die Decken und das Essen zu besorgen und auch mal sauber zu machen. 1500! Dafür begehe ich doch kein Verbrechen!«

»Nicht so schnell bitte. Wie lief das mit dem Umladen?«

»Na, die kamen mit einem LKW, manchmal auch mit Transportern, und stiegen am Parkplatz neben dem Forsthaus aus. Ich musste im Wald warten, bis der LKW wieder weg war, und hab sie dann abgeholt, durch den Wald geführt und zum Krankenhaus gebracht. Dort bekamen sie dann ihre Akten.«

»Was für Akten?«

»Weiß ich nicht. Gilles hat immer so dünne ... wie nennt man das denn? So gefaltete Pappen, in die man was einheften kann.«

»Faltmappen?«

»Von mir aus. Die hat er an sie verteilt, bevor sie dann reingegangen sind. Jedenfalls, Gilles hat immer zu mir gesagt: ›Keinen Kontakt zu den LKW-Fahrern.‹ Und so habe ich es dann auch gemacht. Die Gäste blieben meistens zwei oder drei Tage, dann haben Gilles oder Robert sie so Stück für Stück nach Belgien gebracht.« Paul Bézier unterbrach sich kurz. »Das mit Belgien ist V mal rausgerutscht.«

»Nun, ich kann für Sie nur hoffen, dass niemand Stück für Stück nach Belgien gebracht wurde.«

»Doch, so war es. Sie fuhren immer in kleinen Gruppen. Und immer in Gilles' Transporter.«

»Und was waren das für Gäste, die zu Ihnen kamen?«

»Männer. Meist jüngere.«

»Und wie sahen die aus?«

»Na, ich denke, die kamen wohl aus dem Süden. Aber nicht aus Südfrankreich.«

»Sie meinen aus Algerien oder Marokko?«

»Das weiß ich nicht, es wurde ja nie gesprochen. Ich durfte

nur Englisch mit denen reden, und immer ganz knapp. Ich hatte mir die Worte aufgeschrieben. Die Männer haben auch nur Englisch gesprochen. Glaube ich jedenfalls.«

»Aber Sie werden doch einen Akzent herausgehört haben.«

»Mein Englisch ist nicht so gut.«

Der Anwalt machte einen Vorschlag. »Ich denke, das reicht erst mal zu dieser möglicherweise illegalen Nutzung einer leerstehenden Kurklinik. Wie Sie sehen, weiß mein Mandant nur sehr wenig von dem, was da im Hintergrund vor sich ging.«

»Eigentlich gar nichts. Ehrlich!«

»Er ist trotzdem bereit, eine Aussage zu machen, die die Schießerei an der Tankstelle betrifft. Natürlich hofft er im Gegenzug, dass die hier Anwesenden seine teilweise Mitwirkung an der zeitweiligen Unterbringung von möglicherweise illegalen Arbeitskräften vernünftig und rational beurteilen.«

Sein Blick in Richtung Staatsanwältin wurde mit einem Nicken belohnt. »Also, Paul, was hast du gehört?«

»Na, wie ich schon sagte, Gilles ist meiner Meinung nach verrückt. Und in einer Nacht, da hörte ich, als die Gäste gerade vor der Klinik angekommen waren, unten im Tal Schüsse. Ziemlich viele. Ich denke, so um Mitternacht rum wird das gewesen sein. Zehn Minuten später kam dann Gilles, und der kochte.«

»Wie kam er?«

»Verstehe ich nicht.«

»Na, kam er zum Beispiel mit einem Auto, einem Fahrrad, einem Motorrad oder zu Fuß?«

»Na, mit seinem Transporter. Er hat die Gäste dann gleich alle mitgenommen, was vorher noch nie passiert war. Danach hatten wir nie wieder welche.«

»Wo hielt sich Robert Vauterin auf, als im Tal geschossen wurde?«

»Der wartete auf Gilles. Genau wie ich.«

»Er war bei Ihnen?«

»Ja.«

»Und an welchem Tag hörten Sie die Schüsse?«

»Na, wie ich sagte!«

»Ja?«

»In der Nacht, in der das an der Tankstelle passiert ist. Als ich dann hörte, dass es zwei Tote gab, bekam ich Angst. Ich glaube, V auch. Jedenfalls waren er und Gilles von da an keine Freunde mehr.«

»Sie sehen, mein Mandant spricht ganz offen, er hat nichts zu verheimlichen. Was er sich jetzt von den Polizeikräften und der Justiz erhofft, ist Schutz.«

»Oh, wir werden ihn gerne schützen«, erklärte Conrey sofort. »Auch wir haben eine ganze Reihe von Hotels, und ich kann Ihnen verraten, in unseren Hotels werden die Decken regelmäßig gewaschen. Teilweise müssen die Gäste dabei allerdings helfen.«

»Wir hatten eine Vereinbarung.«

»Sicher, aber ich möchte noch ein bisschen mehr über Belgien erfahren. So lange ist Ihr Mandant unser Gast.«

Nun sahen sowohl Conrey als auch der Anwalt zur Staatsanwältin rüber. Die reagierte nicht, da sie noch dabei war, sich Notizen zu machen.

Braun

Die aufgeworfene Erde war braun, die Blumen bunt. Es war wieder ein heißer Tag, die Luft stand, obwohl es bereits Abend war, und manche meinten, sie würden bestimmte Gerüche wahrnehmen. Niemand hatte eine Vorstellung davon, wie der Tag enden würde.

Die letzten Trauergäste verließen den Friedhof gegen 19.30 Uhr. Sie gingen langsam, einige zeigten dabei auf ältere Grabsteine. Vor dem Tor blieben sie noch eine Weile in Gruppen stehen. Die Älteren einigten sich bald darauf, dass Philippe ein ›armer Junge‹ gewesen war. Mit seinem Vater, dem Förster, sprachen nur wenige.

»Keine Mutter.« Diese Worte waren mehrfach gefallen.

Um 21 Uhr trafen sich Lou, Julien, Claire, Albert, Francesca, Benoît und Fabien bei Anna im Garten. Anfangs ging es natürlich um die Frage, warum Philippe das getan hatte. Niemand konnte sich erklären, weshalb jemand, der gerade das beste Abitur seiner Klasse gemacht hatte, sich das Leben nimmt. Und so kam erneut die Frage auf, ob es wirklich Selbstmord gewesen war, oder ob sein Tod nicht doch etwas mit der Schießerei an der Tankstelle zu tun hatte.

Julien hielt dagegen: »Mein Vater hat mit den Ermittlern gesprochen. Die haben das ganz genau untersucht und sind sich sicher, dass kein Fremdverschulden vorliegt.«

Anna wusste noch mehr. »Die haben sogar Fachleute aus Metz geholt. Mein Vater kennt den Leiter der dortigen Spurensicherung, Professor Percier, weil er als Richter öfter mit ihm zu tun hatte. Und mein Vater sagt, das sind wirklich so ziemlich die besten, die es gibt. Trotzdem muss ich jetzt nach London.«

»Was?«

»Ja, tut mir leid, Lou, aber aus unseren Träumen von Paris wird erst mal nichts. Mein Vater sagt, London, und er ist manchmal sehr strikt. Ich bin ja auch noch nicht volljährig.«

»Was soll denn an London sicherer sein als an Paris?«

»Ich glaube, er will nicht, dass ich in meiner alten Clique bleibe. Er meint, wir hätten eine hysterische Dynamik entwickelt.«

Von nun an ging es nicht mehr um Philippe, sondern um sie selbst. Denn auch Albert, Francesca, Fabien und Benoît würden Courcelles verlassen.

So redeten sie lange über sich, ihre Eltern und ihre Pläne für die Zukunft. Darüber wurde es dunkel. Es war ein schöner Abend, der Himmel verfärbte sich dramatisch, und als Anna vorschlug, Fackeln aufzustellen, waren alle einverstanden.

Sie holten Bier und Wein, und das Gespräch ging noch einmal zurück zu Philippe. Inzwischen war nur noch Claire der Meinung, es sei kein Selbstmord gewesen.

Lou zog sich schließlich ein Stück weit in den unteren Teil des Gartens zurück. Sie konnte kaum glauben, dass es Julien und Anna so leicht fiel, gegenüber den anderen so zu tun, als sei sein Tod unerklärlich. Sie wussten doch, was wirklich passiert war. Philippe hatte sterben wollen. Was wäre denn von ihm geblieben, ohne Zuhörer? Lou hatte es ja bei der Party in genau diesem Garten erlebt. Außer Benoît wollte niemand mehr etwas mit ihm zu tun haben. Und sie selbst war am schlimmsten von allen gewesen. Sie hatte mit Julien rumgeknutscht, um Philippe zu zeigen, dass es endgültig vorbei war.

Da Lou schon einiges getrunken hatte, bekam sie ihre Gedanken nicht mehr ganz unter Kontrolle. Und so sah sie ihn, wie er in den Steinbruch stürzte, sie sah sich, wie sie versuchte, in die Wolfsschlucht zu springen. Annas Eltern hatten Recht. ›Hysterie.‹

Die Bilder, ihre Gedanken, die noch immer zwischen Wut und Trauer hin- und hergingen, das alles wurde zu einem Taumel, einem Sturz. Lou blickte auf, um sich an etwas festzuhalten. Und tatsächlich sah sie ihre Freunde im Licht der Fackeln. Manche saßen, andere standen, und einige liefen herum, um sich Bier oder etwas zu essen zu holen. Eigentlich hätte das alles für Lou erklärlich sein müssen. Doch es war anders. Die Farbe des Lichts der Fackeln kam ihr falsch vor, und sie hatte das Gefühl, in der Welt würde etwas mit dem Tempo nicht stimmen, ihre Freunde würden sich zu langsam bewegen. Sie fühlte sich auf einmal völlig von ihnen getrennt und hatte Angst, das würde nie wieder aufhören.

Dann war die Welt auf einmal wieder da.

Zuerst hörte Lou, dass ihre Freunde anders sprachen. Lauter und aufgeregter als zuvor. Zweimal wurde nach ihr gerufen. Erst verstand sie nicht, was das sollte, dann sah sie jemanden und erschrak.

»Lou! Da will einer mit dir sprechen.«

Ein Mann stand im Schein der Fackeln, Lou hatte ihn sofort erkannt. Er war einige Male bei ihnen zu Hause gewesen, und sie wusste, dass er eng mit Gilles Larousse befreundet war. Ihr Stiefvater hatte ihn nie gemocht.

Ohne auch nur einen Moment zu zögern, rannte sie los. Hangab über den Rasen. Schon nach ein paar Metern meinte sie, jemand würde ihr folgen. Lou war das egal. Sie hatte nur noch eine Chance, dem Mann zu entkommen. Unten gab es ein kleines Tor. Nur daran dachte sie und war so blind, dass sie mitten in einen großen Busch hineinlief. Den hatte sie nicht gesehen. Vor Angst. Und weil es hier unten so dunkel war.

»Sie ist in einen Rhododendronbusch reingelaufen«, sagte Anna aus, nachdem Lous Eltern ihre Tochter am nächsten Tag als vermisst gemeldet hatten.

»War jemand bei ihr?«, fragte Ohayon

»Nein, sie saß ein Stück weiter unten am Hang und wir wollten sie nicht stören, weil sie sehr traurig war und sehr in Gedanken. Sie war ja mit Philippe zusammen gewesen.«

Anna, Albert und Fabien konnten den Mann, der nach Lou gefragt hatte, sehr genau beschreiben. Sie identifizierten ihn sofort auf einer Reihe von Fotos, die Roland und Ohayon ihnen vorlegten.

»Der!«

»Ja, der war das.«

Robert Vauterin.

Ohayon sprach lange mit Lous Stiefvater. Der gestand schließlich, dass seine Tochter den Verdacht geäußert hatte,

Gilles Larousse könne etwas mit der Schießerei an der Tankstelle und Philippes Tod zu tun haben. Er machte sich Vorwürfe, weil er Gilles deswegen zur Rede gestellt hatte.

Zu diesem Zeitpunkt waren die Suchmannschaften bereits unterwegs gewesen, und die Bewohner von Courcelles zeigten immer wieder zu den beiden Hubschraubern hoch, die über dem Wald, den Weideflächen, Entwässerungsgräben und Maisfeldern kreisten.

Dann reiste Anna nach London ab. Bevor sie ins Flugzeug stieg, gab es noch eine hässliche Szene zwischen ihr und ihrem Vater.

Benoît, Albert, Francesca und Fabien verließen Courcelles zwei Tage später.

Niemand hatte Lou gesehen, seit sie weggelaufen war. Es schien, als hätte der Rhododendronbusch sie einfach verschluckt.

Ohayon überlegt

Man sah Ohayon an, dass er sich Sorgen machte – er hatte bereits dreimal in seinen Vernehmungsprotokollen geblättert.

»Vielleicht versteckt sie sich irgendwo, weil sie Angst vor Robert Vauterin hat.«

»Und warum kommt sie dann nicht zu uns?«

»Das ist meine Schuld. Sie hatte mich schon bei der ersten Vernehmung gefragt, ob sie als Zeugin möglicherweise in Gefahr ist. Ich habe ihr das ausgeredet. Auch als die anderen Zeugen kamen und behaupteten, sie würden von einem Mann auf einem Motorrad verfolgt, habe ich das für eine Form von Hysterie gehalten.«

»Wir waren beide dieser Meinung.«

»Stimmt, du hast ja noch diese Rede in der Aula gehalten. Und die war wirklich sehr gut.«

»Vielleicht aber fahrlässig, wie sich jetzt zeigt. Wir hätten dieser Geschichte mit dem Motorradfahrer gründlicher nachgehen müssen.«

Ohayon schüttelte den Kopf, stand sogar auf und unternahm eine kurze Wanderung im Kreis, die vor dem Fenster endete. »Was ich nicht verstehe ... Warum sollte jemand ein Mädchen entführen, das seine Aussage längst gemacht hat? Das ergibt überhaupt keinen Sinn.«

»Weil sie uns vielleicht nicht alles gesagt hat.«

»Aber das hätte ich doch gemerkt.«

»Sicher?«

»Roland! Das Mädchen ist siebzehn Jahre alt.«

»Achtzehn.«

»So gerade. Sie hatte noch nie mit dem Gesetz zu tun. Vor allem: Was könnte sie überhaupt wissen?«

»Ihr Vater ist mit Gilles Larousse befreundet.«

»Du meinst, dass sie ihn gedeckt hat?«

»Du hast ja die Aussage von Paul Bézier gehört. Vermutlich hat Gilles Larousse an der Tankstelle geschossen. Sie kannte ihn, er war öfter bei ihren Eltern zu Hause.«

»Aber dieser andere Junge...«, überlegte Ohayon. »Dieser Benoît. Der hat doch ausgesagt, dass der Schütze einen Helm trug.«

»Vielleicht hat sie ihn an etwas anderem erkannt. An seinem Gang, einer Narbe an der Hand, irgendetwas, das uns nicht bekannt ist.«

»Nur besitzen weder Gilles Larousse noch Robert Vauterin ein Motorrad.«

»Nicht offiziell, aber...«

»Also gut, Roland. Wenn einer der beiden sie tatsächlich entführt hat, wo würde er sie hinbringen?«

»In einen Lagerraum?«

»Haben wir gecheckt.«

»Gott, Ohayon! Es gibt tausend Möglichkeiten. Gilles

Larousse hat Zugriff auf die Laster der Spedition, er kann sie sonstwo hingebracht haben.«

»Und worauf soll das hinauslaufen? Wann will er sie wieder freilassen?«

»Du versuchst dir gerade was schönzureden.«

»Nein, Roland. Ich bin sicher, dass sie sich irgendwo versteckt. Ihre Freunde haben ausgesagt, dass Lou nach Paris wollte. Vielleicht ist sie da.«

»Dein Wort in Gottes Ohr.«

Gilles Larousse und Robert Vauterin waren zur Fahndung ausgeschrieben. Bis jetzt hatte sich niemand gemeldet. Viele Einwohner von Courcelles, darunter auch Claire und Julien, beteiligten sich an einer zweiten Suchaktion. Wieder ohne Erfolg. Dafür hatte Roland Colbert seine Beziehungen spielen lassen und einen Durchsuchungsbeschluss erwirkt, der sich auf alle der Spedition Larousse zugänglichen Räumlichkeiten und Gebäude bezog. Also auch auf die Lager in Nancy, Reims und Troyes. Roland selbst überwachte die Durchsuchungen, Conrey konzentrierte sich auf Belgien, Ohayon dachte nach.

Dann kreiste nur noch ein Hubschrauber.

Tage vergingen, und Ohayon hatte Schwierigkeiten einzuschlafen. Dreimal war er schon die Gegend um Courcelles herum abgefahren, hatte nach leerstehenden Gebäuden Ausschau gehalten. Lous Eltern waren bereit, jede nur erdenkliche Unterstützung zu gewähren, gleichzeitig waren sie sich sicher, dass weder sie noch Lou jemanden in Paris kannten, bei dem ihre Tochter hätte unterkommen können.

Also fing Ohayon von vorne an. Bemühte sich, noch einmal ganz unvoreingenommen an alles heranzugehen. Und dann ... er hatte die Kellerräume der Schule durchsucht, er hatte noch den Geruch von eingelagerten Schulunterlagen und Putzmitteln in der Nase ... fiel ihm ein, dass er selbst, als er noch zur Schule ging, ein paarmal ziemlich feist und zäh gelogen hatte. Und er hatte sich sehr gut darauf verstanden, dabei ein ganz unschuldiges Gesicht zu machen.

»Sie?«

»Hallo Claire. Du bist noch hier?«

»Warum sollte ich nicht hier sein?«

»Weil zum Beispiel deine Klassenkameradin Anna von ihren Eltern nach London gebracht wurde?«

»Benoît ist auch weg und Albert, Fabien und Francesca. Ihre Eltern meinen, wir wären hysterisch, und es sei besser, uns zu trennen.«

»Du hast keine Angst, hysterisch zu sein?«

»Nein, ich bin einfach nur traurig.« Sie zögerte kurz. »Weil ich Philippe nicht retten konnte. War es denn wirklich Selbstmord?«

»Unsere Fachleute sind sich eigentlich sicher.«

Sie blickte zu Boden, man sah deutlich, dass es ihr nicht leicht fiel zu sagen, was sie zu sagen hatte. »Zuerst habe ich Lou und Julien die Schuld gegeben, weil die in der Nacht, als Philippe das gemacht hat, rumgeknutscht haben. Und ich glaube inzwischen, Philippe war nie in mich verliebt. Dabei mochte ihn zu dem Zeitpunkt außer mir keiner mehr. Aber was nützt es schon, irgendwem Schuld zu geben?«

»Lou und Julien haben rumgeknutscht?«

Sie versuchte zu lächeln, es sah erbärmlich aus. »Ja, haben sie. Lou hat das wahrscheinlich nur gemacht, damit Philippe endlich kapiert, dass es vorbei ist. Sie hat Julien benutzt.«

»Das vermutest du.«

»Julien ist schon seit mindestens einem Jahr in Lou verknallt. Mit dem konnte sie machen, was sie wollte. Gemein, weil Julien ein echt netter Kerl ist. Und so treu.«

»Sag mir doch mal ganz genau, wie das ist, wenn Julien treu ist.«

»Na, bis der mal eine Freundschaft aufgibt, da muss echt viel passieren. Treu, manchmal auch ein bisschen naiv. Ich hoffe nur, dass Lou ihn, was Philippe angeht, nicht zu irgendwas Verrücktem angestiftet hat.«

»Zum Beispiel?«

»Ich weiß nicht. Ich habe mich nur gewundert, dass wir Philippe so schnell gefunden haben. Also seine Leiche.«

»Noch mal ganz genau, bitte. An dem Morgen, als ihr Philippe im Steinbruch gefunden habt. Wo habt ihr da überall gesucht?«

»Nur da.«

»Ihr seid gleich zum alten Steinbruch gefahren?«

»Ja.«

»Und wer von euch kam auf die Idee, zuerst da hinzufahren?«

»Julien. Er sagte was von einem, der sich da mal erhängt hat, und Lou und Anna meinten dann auch, es sei eine gute Idee, zuerst da zu suchen.«

»Ist Julien auch von seinen Eltern in Sicherheit gebracht worden?«

»Nein, der ist noch hier. Ich habe ihn dreimal angerufen, um zu reden und zu überlegen, wo Lou sein könnte. Aber er will nicht. Julien hat sich total in sich verkrochen. Früher war er immer ganz offen und bereit, über alles zu sprechen, was mit seinen Freunden zu tun hat. Gerade auch, wenn es Stress gab. Und zwischen Julien und Philippe gab es ja öfter Stress in letzter Zeit. Weil Julien ist eben in Lou verknallt und fand es scheiße, dass sie noch immer mit Philippe zusammen war. Und das obwohl der angeblich dabei war, ihr Leben zu zerstören.«

»Das hat er so gesagt? Warum?«

»Julien hatte wohl ein paarmal gesehen, dass Philippe sich mit Gilles Larousse und diesem Robert Vauterin getroffen und Sachen besprochen hat. Lou war wohl auch dabei. Ich kann mir aber nicht vorstellen, dass die beiden so dumm waren, sich auf irgendwas Kriminelles einzulassen. Ich meine, das sind gute

Freunde von mir, ich hätte doch gemerkt, wenn da was nicht stimmt.«

»Ja, das dachte ich auch. Ich danke dir, Claire.«

Als Ohayon wieder im Wagen saß, schlug er sich ein paarmal mit der Faust auf sein Knie. Er hatte alles falsch eingeschätzt. Obwohl er erst dreiundzwanzig war, hatte er völlig vergessen, was für eine Intensität Solidarität, Liebe und Hass in diesem Alter erreichen können.

Nachdem sein Knie genügend bestraft war, startete er den Motor und fuhr zum Haus von Juliens Eltern. Er hatte Glück, sie waren nicht da. Julien hatte kein Glück, denn schon nach ein paar einleitenden Sätzen wurde der kleine Gendarm ungemütlich.

»Es ist kein Spaß, Julien. Wenn du weißt, wo deine Freundin ist und uns trotzdem mit hohem Aufwand suchen lässt, ist das eine Straftat. Dann wird es nichts mit dem Studium.«

»Ich habe keine Ahnung. Wirklich.«

»Hast du dir mal Gedanken darüber gemacht, wie es Lous Eltern geht?«

»Sie hat immer gesagt, dass sie nach Paris will. Bestimmt ist sie dort. Irgendwann wird sie sich bestimmt melden, und dann ist alles wieder in Ordnung.«

›Also doch in Paris...‹ Ohayon wusste es sofort. Die Erleichterung war so groß, dass er sichtbar durchatmete. Es fiel ihm nicht leicht, weiterhin einen harten Ton anzuschlagen. Nur war der eben nötig, wenn er hier etwas erreichen wollte.

»Du meinst also, Lous Eltern nehmen das ganz locker, nur weil du irgendwas glaubst? Lous Stiefvater ruft jeden Tag dreimal bei uns auf der Gendarmerie an, und als ich das letzte Mal dort war, standen zwei leere Weinflaschen neben dem Sofa.«

»Lous Mutter hat schon immer getrunken.«

»Wo ist Lou?«

»Ich weiß es nicht.« Julien fing fast an zu weinen. »Ich

schwöre es Ihnen, ich weiß nicht, wo sie ist. Ganz, ganz ehrlich. Ich würde es sofort sagen. Ich will doch auch, dass alles gut ausgeht.«

»Gut. Aber wenn sich rausstellt, dass du doch was wusstest, und wenn Lous Eltern irgendwas machen, das nicht mehr in Ordnung zu bringen ist, komme ich wieder. Darauf kannst du dich verlassen.«

»Sie waren bis jetzt immer so freundlich. Hat Lou jedenfalls gesagt.«

»Oh, da hat sie sich getäuscht. Ich bin nicht freundlich, ich tue nur so, um an Informationen zu kommen. Wenn wir uns das nächste Mal sehen, Julien, wird jemand von der Staatsanwaltschaft dabei sein.«

»Okay. War's das?«

Ohayons Frisur

Ohayon saß in seinem Wagen und observierte das Haus, in dem Julien und seine Eltern lebten. Und während dieses Wartens zeigte sich etwas, das sich nicht von selbst erklärt.

Hätte Ohayon nicht nervös oder doch wenigstens hochkonzentriert in seinem Wagen sitzen müssen? Die Augen zusammengekniffen wie ein Wolf oder wie zum Beispiel Charles Bronson in *Spiel mir das Lied vom Tod*?

Hätte vielleicht. Könnte. Aber Ohayon ist nicht Charles Bronson. Er knipste sich hingebungsvoll seine Fingernägel. Es machte ihm immer Spaß, sich schon vorher zu überlegen, wohin die kleinen Teufel wohl fliegen würden. Als er damit fertig war, drehte er den Rückspiegel so, dass er sein Gesicht betrachten konnte. Er hatte es schon geahnt. Seine Haare gingen ihm inzwischen doch ziemlich weit über die Schultern und lagen teilweise auf den Epauletten seines Amiblousons auf. Und sie wirkten tatsächlich strähnig und fettig. Außerdem musste er sie sich ständig aus dem Gesicht schieben, was gerade bei Vernehmungen nicht unbedingt souverän wirkte. Auch Roland hatte ihn ja schon darauf hingewiesen.

Der Haarschnitt ist wichtig für einen Mann, keine Frage, aber man sollte während einer Observation nicht minutenlang sein Gesicht im Rückspiegel betrachten. So hätte Ohayon beinahe den Moment verpasst, als Julien das Haus verließ und sein Moped startete. Fast fünfzehn Minuten hatte der Junge durchgehalten. Das imponierte Ohayon.

›Ein treuer Freund. Oder wirklich sehr verliebt. Oder jemand, der sich alles ganz genau überlegt.‹

Er musste ihm nur zwei Kilometer folgen. Er hätte ihn auch überholen können, denn Ohayon wusste längst, wo Julien hinfahren würde. Vor dem Haus von Lous Eltern angekommen, kippte er sein Moped auf den Ständer und klingelte.

Ohayon wartete zwei Minuten, dann ging auch er hoch.

Als er das Wohnzimmer betrat, erkannte er sofort, dass Lous Mutter geweint hatte, und gleichzeitig sehr erleichtert aussah.

»Es geht ihr gut, sie lebt, sie ist in Paris!«, brach es aus ihr heraus. Dann wieder Tränen. Ohayon wunderte sich nicht, dass Julien seinem Blick auswich, und der Junge versuchte es dann auch gleich noch mit einer plumpen Lüge.

»Sie hat mich eben angerufen und gebeten, dass ich ihren Eltern Bescheid sagen soll.«

»Danke«, weinte Lous Mutter, »danke, Julien.«

»Wir haben nur kurz telefoniert, und Lou wollte mir ihre Nummer nicht geben. Sie hat aber gesagt, dass sie schon an verschiedenen Unis war, sie will jetzt definitiv studieren.«

»Komm, Julien, wir müssen ein bisschen reden«, erklärte Ohayon entschieden und zerstörte damit all das Schöne, das gerade im Raum schwebte.

Zehn Minuten später. Eine Eisdiele, voll mit hellen Klängen und hellem Interieur.

»Ich weiß nicht, wo in Paris Lou übernachtet, aber sie ist nicht in Gefahr. Wir haben nur kurz telefoniert, ich war total geschockt und gleichzeitig unglaublich erleichtert ... Können Sie sich ja denken.«

»Julien. Du kannst aufhören, mich zu belügen.«

Julien war nicht doof, jedenfalls hatte er jetzt endgültig kapiert, dass es keinen Sinn mehr machte, irgendwelche Geschichten zu erzählen.

»Na gut, sie ist in Paris, weil sie Angst hat, dass Robert Vauterin sie auch noch umbringt, so wie Philippe. Ich durfte ihren Eltern nichts sagen, weil Lous Vater mit Gilles und Robert befreundet ist.«

»Ich muss zugeben, du imponierst mir.«

»Versuchen Sie es jetzt wieder mit nett?«

Ohayon unterhielt sich fast eine Stunde mit Julien. In diesem Gespräch ging es vor allem um Treue, Freundschaft und Verrat. Und so fand Ohayon ganz nebenbei heraus, dass Julien in der Nacht, in der Philippe starb, mit Lou zusammen gewesen war. Julien gestand Ohayon auch, dass Philippe ihn zwei Tage vor seinem Selbstmord besucht hatte.

»Er hat mich wieder mit seinen Sprüchen genervt und ständig gesagt, die Zeit, in der wir auf die Autos geschossen haben, sei die beste seines Lebens gewesen.«

Julien berichtete weiter, wie gemein Philippe sich Claire und Lou gegenüber im Paris aufgeführt hatte. »Er hat beide gleichzeitig geküsst und so getan, als würde er sie vollständig besitzen. Ich glaube, Philippe hatte Spaß daran, andere zu quälen und zu demütigen, vielleicht, weil wir früher alle so fies zu ihm waren. Er wurde immer nur Arsch genannt und auch viel in den Arsch getreten. Nur wegen dem Wort, nur wegen Arsch. Vielleicht deshalb. Dass er so war, meine ich.«

Das mit dem Arsch, dem Treten und dem Übertreten von Regeln der Fairness unter Freunden überhörte Ohayon, ihm war etwas anderes wichtig.

»Ihr habt auf Autos geschossen?«

»Im Steinbruch, da, wo wir ihn dann gefunden haben, und... Ich weiß inzwischen, dass Lou mich nicht liebt. Hat sie nie. Sie hat mich nur benutzt.«

»Das war jetzt ein Sprung.«

»Finden Sie? Ich glaube, ich bin schon seit zwei Jahren in sie verliebt, ich habe es nur nicht gleich gemerkt. Sonst hätte ich so was doch nie gemacht. Schießen mit einer echten Waffe.«

»Was für eine Waffe habt ihr benutzt?«

»Eine Pistole, die Philippe seinem Vater geklaut hatte.«

»Weiß du, wo diese Waffe jetzt ist?«

»Die hat Philippe bestimmt wieder zurückgelegt. Jedenfalls habe ich ihm vor ein paar Tagen gesagt, dass mich so was wie Schießen nicht mehr interessiert, weil ich, wie alle anderen, an die Uni und an Berufe denke. Ich habe ihm außerdem gesagt, dass sich niemand mehr für das interessiert, was er denkt oder sagt.« Eine kleine Pause, ein Blick in Richtung einer Fußleiste. »Das war nur zwei Tage, bevor er sich das Leben genommen hat.« Wieder der Blick Richtung Fußleiste. »Aber weil Philippe an dem Abend so viel von dem alten Steinbruch gesprochen hat, und dass das die beste Zeit war, kam ich dann auf die Idee, zuerst dorthin zu fahren, als alle ihn suchten.« Und noch mal. Wieder Richtung Fußleiste. Diesmal klebte der Blick länger da fest. »Ich habe noch immer ein total beschissenes Gefühl, weil ich nichts unternommen habe, obwohl mir doch klar sein musste, dass Philippe unbedingt jemanden zum Reden brauchte. Aber man merkt eben nicht immer, dass einer schwach ist, wenn er so stark ist. Und jetzt...«

»Hm?«

»Mal tut er mir leid und dann wieder glaube ich, dass er einfach nur total egozentrisch war. Philippe, der war ... ich weiß gar nicht, wie ich Ihnen das erklären soll. Er war nicht zu fassen. Man konnte bei ihm nie sagen, er ist so oder er ist so. Er hatte eigentlich gar keinen richtigen Charakter. Und das obwohl er eindeutig der King war. Da war bei ihm so was wie ein ständiges Schweben oder Drehen und ... So gesehen kann man nicht mal sagen, dass er böse war. Oder?«

Keine Antwort von Ohayon.

»Jedenfalls glaube ich inzwischen, dass er nie wirklich mein Freund war. Nicht, weil er mich reingelegt hätte, sondern weil es eben seine Art war, sich bei nichts festzulegen. Er konnte das vielleicht gar nicht, verstehen Sie? Ich glaube, nur deshalb hat er Lou mit Claire betrogen. Vor den Augen von uns allen. Können Sie sich vorstellen, was das für ein Gefühl ist? Oder war. Für Lou, für mich, für Claire. Unser Lehrer hat immer gesagt, Philippe sei hochintelligent. Ich weiß nicht, ob Monsieur Theron da richtig lag. Kommt wohl drauf an, wie man intelligent definiert. Aber Philippe hatte auch was. Er gehörte zu der Sorte Mensch, an die andere glauben.«

»Es ist gut, dass du zu Lous Eltern gefahren bist und sie aus ihrer Ungewissheit erlöst hast.«

»Na ja, Sie sind ja auch ein ziemlicher Schocker. Hauptsache, Sie fassen jetzt erst mal Robert Vauterin. Nicht, dass der Lou doch noch was tut. Wir haben übrigens gar kein Eis gegessen, nicht mal was getrunken.«

»Wir haben über wichtige Dinge gesprochen.«

»Schon, aber der Besitzer guckt immerzu rüber. Und er sieht ein bisschen verstimmt aus. Vernehmen Sie hier öfter Leute?«

Aufklärung eines Teilaspekts

Lou war noch immer nicht zurück. Dafür hatte Ohayon die alten Patronenhülsen im Steinbruch eingesammelt und ins Labor geschickt, um sie mit denen zu vergleichen, die nach der Schießerei an der Tankstelle gesichert wurden. Ja, und dann kamen die alte Laurine Mercier und ihre siebenjährige Urenkeltochter daher und fanden, ohne es je gewollt zu haben, das, was alles wieder veränderte – eine Leiche.

Laurine Mercier hatte in Courcelles immer als sonderlich gegolten, weil sie im Sommer stets mit einem riesigen schwarzen Sonnenschirm herumlief und so tat, als würde sie andere nicht erkennen. Sie benutzte auch gerne deutsche Worte in ihren Sätzen, und sagte manchmal: »Solche waren wir, solche sind wir.«

Offenbar bildete sie sich etwas darauf ein, dass ihre Vorfahren mütterlicherseits Deutsche waren. Aber von der Sorte gibt es ja einige in dieser Ecke Frankreichs. Also solche, die sich noch immer wie Fremde aufführen.

Laurine und ihre Urenkeltochter hatten eigentlich nur den Hund ausführen wollen, denn der brauchte, wie alle Hunde, Bewegung. Der Hund war aber sehr dumm, oder durch Überzüchtung schon stark von seinen Instinkten getrennt. Also fand Madame Merciers Urenkeltochter ...

»Oma, da am Schilf schläft jemand, der ist so dick, als ob er gleich platzt.«

So wurde, auf diese nicht eben ungewöhnliche Weise, am Ufer des Lac de Session Gilles Larousses Leiche gefunden. Er musste es unzweifelhaft sein, denn eine Gerichtsmedizinerin aus Metz hielt einen langen Vortrag, bei dem es unter anderem ausführlich um Zähne ging. Ohayon hörte genau zu, schrieb sogar mit, meinte allerdings, am Ende ein wenig Zahnschmerz zu verspüren.

In Gilles Larousses Halfter steckte eine Pistole. Und nachdem man die untersucht hatte, stand fest, dass die beiden Opfer an der Tankstelle mit dieser Waffe erschossen worden waren.

Commissaire Bagrange war zufrieden: »Das deckt sich damit ...« Diesen Fakt betonte er mehrfach, weil nun alles so gut zusammenpasste, »... deckt sich eindeutig damit, dass Paul Bézier ausgesagt hat, Gilles Larousse sei etwa zehn Minuten nach den Schüssen im Tal bei ihnen aufgetaucht, habe nervös gewirkt und die illegalen Arbeiter, anders als sonst, sofort mit seinem Transporter weggebracht.«

Roland hatte kurz genickt und auch Ohayon wollte aufstehen, da er meinte, die Sache wäre mit dem ballistischen Bericht erledigt. Doch so war es nicht.

In einem weiteren Vortrag ging es um Kaufquittungen und die Zuordnung einer Seriennummer. Dem zu folgen war nicht schwer. Gilles Larousse hatte die Waffe gekauft. Wieder wollte Ohayon aufstehen, doch es war immer noch nicht vorbei.

Der sich nun anschließende Bericht hatte es wirklich in sich. Bei dem Nachweis spielten Abrieb-, Eindrück- und Tragespuren am Halfter eine Rolle, da sie der Waffe zuzuordnen waren. Ebenfalls von Bedeutung war der Umstand, dass Gilles Larousse das Halfter, in dem die Waffe steckte, unter einem Jackett getragen hatte, und dass dieses Halfter mit zwei Ledergurten befestigt gewesen war. Gegen Ende all dieser hieb- und stichfesten Darlegungen, die der Staatsanwältin am besten gefielen, verlor Ohayon endgültig den Faden. In der Summe alles Gesagten schien die Schießerei an der Tankstelle mit all ihren Folgen bis ins Kleinste aufgeklärt. Das jedenfalls schloss Ohayon aus dem vernünftigen und zufriedenen Nicken seines Chefs und der Staatsanwältin.

Ohayon und Conrey

Am nächsten Tag, um kurz nach 16 Uhr, hörte Ohayon eine der längsten Reden seines Lebens.

Commissaire Bagrange war anwesend, Roland Colbert natürlich, Commissaire Chakat in seiner Funktion als Leiter der Gendarmerie Fleurville, die neue Staatsanwältin nebst Adlatus sowie zwei Fachleute aus Brüssel.

Zudem hatte sich, quasi als Ehrengast, Monsieur Doute von der *Gazette de Metz* eingefunden. Er begrüßte Roland Colbert noch auf dem Gang sehr herzlich, sprach kurz mit ihm, wobei er ihn mehrfach am Arm berührte.

Trotz dieser zärtlichen Gesten bestand die Staatsanwältin darauf, dass der Journalist den Raum verließ, bevor Conrey anfing.

»Sie werden, wie Ihre Kollegen, alles Wichtige auf der anschließenden Pressekonferenz erfahren.«

Dann reichte ein Nicken von ihr, und Conrey fing an. Er sprach im Stehen, und man hatte ihm, wie damals Roland Colbert, ein Mikrofon und sogar ein Pult nebst Overheadprojektor aufgebaut, was Ohayon sehr ärgerte.

»Zunächst zum Ausgangspunkt: Es gab in der Nacht vom 15. auf den 16. Juni eine Schießerei an einer Tankstelle, die sich am Ortsausgang von Courcelles befindet. Bei ihrem Eintreffen fanden die Kollegen von der Police Nationale zwei Tote vor. Einer saß noch im Wagen, einem Mitsubishi Mirage. Wir wissen inzwischen, dass er in Deutschland Maschinenbau studierte, nichts weist auf eine Verbindung zu kriminellen Kreisen hin. Er war aber dafür bekannt, dass er häufig Anhalter mitnahm. Das zweite Opfer lag auf den Betonplatten der Tankstelle, in ungefährer Verlängerung der dem Verkaufsraum nächstgelegenen Reihe von Zapfsäulen. Also etwa sechs Meter vom Wagen und vier Meter von der letzten Zapfsäule entfernt.«

Kurzes Gemurmel. Ohayon sah Conrey an, wie sehr er die Situation genoss. Und natürlich trug der seine Lederjacke. So, als sei er von wichtigen Ermittlungen undercover nur mal kurz heimgekehrt. Conrey verhielt sich genau Ohayons Vorstellung entsprechend. Wichtigtuerisch. Schon allein der Satz »in ungefährer Verlängerung der dem Verkaufsraum nächstgelegenen Reihe von Zapfsäulen« hatte Ohayon über alle Maßen verärgert.

»Vielleicht kurz zur Orientierung für die Kollegen aus Belgien«, fuhr Conrey fort. »Courcelles ist ein kleiner Ort, vierzig Kilometer westlich von hier. In Courcelles passiert eigentlich nie etwas, außer dass dort viele Schweine ums Leben kommen.«

Kurzes, offenes Lachen, sogar die Staatsanwältin lächelte.

Was nun folgte, war eine Ungeheuerlichkeit. Conrey fasste das Ergebnis der Ermittlungen kurz und präzise zusammen, dafür brauchte er gerade mal zehn Minuten. Er schloss die Sache ab, indem er beiläufig erklärte: »Das war's eigentlich schon.«

Conrey trank ein paar Schluck Wasser, und Ohayon spürte, wie ihm das Blut in den Kopf stieg. Er wendete sich an Roland Colbert, der neben ihm saß, und flüsterte: »Er hat uns mit keinem einzigen Wort erwähnt.«

Nachdem Conrey sich am Wasser erfrischt hatte, fuhr er fort.

»Die Ermittlungsergebnisse, die ich eben zusammengefasst habe, sind weniger mein Verdienst als das der Kollegen Ohayon und Colbert aus Courcelles, die sehr gute Arbeit geleistet haben.«

Daraufhin gab es einen kleinen Zwischenapplaus, und Ohayons Unterkiefer begann zu malmen. Conrey war aber noch nicht fertig, Ohayon erkannte ein Leuchten, Zeichen einer Vorfreude. Und er lag nicht falsch. Conrey begann damit, seinen eigentlichen Auftritt zu inszenieren.

»Verzeihung, es ist sehr warm heute. Vielleicht kann mal jemand ein Fenster öffnen.«

Und tatsächlich stand die Staatsanwältin auf und öffnete ein Fenster. Ohayon schüttelte den Kopf. Einen Moment später spürte er eine Hand auf seiner Schulter. Roland Colbert ließ sie dort liegen.

»Danke«, sagte Conrey und nickte der Staatsanwältin in einer Weise zu, als sei sie seine Mitarbeiterin. Was nun folgte, war eine lange Rede, in der es um Speditionen, Fahrstrecken und Grenzkontrollen ging. Spätestens jetzt zeigte sich, dass Gendarm Conrey im Grunde gar nicht an der Aufklärung der Schießerei interessiert war, sondern an räumlichen und verkehrstechnischen Strukturen. Er sprach eher wie ein Jurist oder

Landvermesser als wie ein Ermittler. Das ging so weit, dass er seinen Overheadprojektor einsetzte und Frankreich, Belgien, Luxemburg, Deutschland und die Niederlande mittels eines Filzstifts in Sektionen unterteilte. Was er da machte, war das Gegenteil von dem, was Ohayon für den Sinn einer Ermittlung hielt. Conrey schien es geradezu darauf anzulegen, dem Verbrechen an der Tankstelle den Ort zu nehmen. Mehrfach benutzte er die Worte: »Es ist nicht vorbei.« Ohayon musste, wenn auch widerwillig, zugeben, dass sein Konkurrent in Belgien und Marseille offenbar einiges herausgefunden hatte.

»Die Kollegen in Luxemburg vernehmen zur Zeit Farid Gacem. Er ist gelernter Elektriker und Inhaber einer Firma für Trockenausbau. Dieser Mann ist schon einmal, wenn auch indirekt, in Erscheinung getreten, da sein Bruder Nadim Gacem in der Nähe von Courcelles bei einem Verkehrsunfall ums Leben kam. Einige von Ihnen erinnern sich vielleicht, in der Zeitung wurde das Opfer immer als ›der Tote hinter der Leitplanke‹ bezeichnet. Nadim Gacem kam mit einem gelben Ford Fiesta, den er sich von seinem Bruder geliehen hatte. Wir wissen nicht, wo er hier gelebt und warum er seinen Wagen nicht benutzt hat. Angeblich wollte er Arbeit suchen. Es ist aber eher wahrscheinlich, dass er sich an den von Gilles Larousse organisierten illegalen Transporten entweder beteiligen wollte, oder im Auftrag seines Bruders hier recherchiert hat, um Gilles später aus dem Geschäft zu drängen. In meinen Augen ist es ziemlich wahrscheinlich, dass dic Schießerei an der Tankstelle mit dem Versuch einer solchen feindlichen Übernahme zusammenhängt. Hier stehen die Ermittlungen im Moment noch am Anfang, doch es zeichnet sich immer deutlicher ab, dass die Schießerei in Zusammenhang mit dem illegalen Transfer von Arbeitskräften steht.«

Und schon wieder trank er. Aber nicht einfach so. Conrey trank ein paar Schluck. Stellte das Glas wieder ab. Überlegte es sich. Trank noch mal. Ohayon spürte, wie sich der Druck von Roland Colberts Hand etwas verstärkte.

Conreys Darlegungen dauerten noch weitere zwanzig Minuten. Er schloss seinen Vortrag mit einem Auftrag.

»Vordringliches Ziel, abgesehen von den weitergehenden Ermittlungen in Marseille, Luxemburg und Belgien, ist natürlich die Ergreifung von Robert Vauterin, der in dringendem Verdacht steht, seinen Compagnon Gilles Larousse am Rand des Lac de Session ermordet oder dort deponiert zu haben. Und natürlich wurde der gesamte Vorgang wegen der nun doch überregionalen Bedeutung wieder an die Police Nationale abgegeben. Aber vielleicht gestatten Sie mir in diesem Zusammenhang noch ein kurzes Wort: Die Annahme der Police Nationale, es handele sich bei der Schießerei um etwas Lokales ohne übergreifende Bedeutung, war falsch. Ich erwähne das, um noch einmal auf die Bedeutung der Gendarmerien, gerade hier im Grenzgebiet, hinzuweisen und mich bei meinem Vorgesetzten Commissaire Chakat zu bedanken, der mir trotz meines noch untergeordneten Dienstrangs gestattet hat, selbstständig zu ermitteln.«

Commissaire Chakat sowie Commissaire Bagrange nickten, Ohayon pfiff es in den Ohren.

Drei Stunden später saßen er und Roland im Paris. Sie stießen an und tranken. Danach klopfte Roland Ohayon auf die Schulter. »Es ist vorbei. Unser erster gemeinsamer Fall.«

»Nein, Roland. Da ist noch was ... Wie soll ich sagen? Etwas unter der Oberfläche.«

»Das sagt dir dein Gefühl?«

»Wir haben nur ein wenig die Wellen geglättet. Conrey mag an großen Zusammenhängen interessiert sein, aber diese Jugendlichen ...«

»Bitte nicht kryptisch, und bitte nicht schlecht gegen einen Kollegen.«

»Die haben so viel Gewalt erlebt. Gegen andere und gegen sich selbst.«

»Gegen sich selbst? Du meinst Philippe?«

»Die meisten sind gerade mal achtzehn ... Da ist nichts vorbei.«

Abschied von Courcelles

Sie tauchte mit einer Selbstverständlichkeit auf, als sei nichts weiter geschehen.

Lou hatte eigentlich nur vorgehabt, mit ihren Eltern zu reden und kurz ihre Sachen zu packen, um dann nach Paris zurückzukehren. Doch ganz so schnell ging es nicht, denn Ohayon wollte wissen, warum sie geflohen war.

»Das fragen Sie im Ernst? Ich hatte Angst. Alle Zeugen der Schießerei wurden von einem Mann auf einem Motorrad verfolgt, Philippe war tot, irgendwer suchte nach mir ...«

»Robert Vauterin. Du kanntest ihn doch. Warum sagst du ›irgendwer‹?«

»Weil er für mich in dem Moment irgendwer war, der Gefahr bedeutete. Julien hatten die auch schon von der Straße abgedrängt! Wenn Sie mich fragen, ein Mordversuch.«

»Nach unseren Erkenntnissen hat sich Philippe das Leben genommen, und Julien war schwer betrunken, als er von der Straße abkam.«

»Sagen Sie! Klar. Sie haben ja immer für alles eine bequeme Erklärung. So wie Sie auch dic ganze Zeit gesagt haben, uns würde nichts passieren. Nein, ich gehe nach Paris. Da können Sie reden, was und wie Sie wollen.«

Ohayon wurde einfach nicht schlau aus ihr. Und erst recht nicht aus sich selbst. Woher kam sein Misstrauen? Lag es daran, dass sie bei der ersten Aussage nicht die Wahrheit gesagt und verschwiegen hatte, dass sie nicht die ganze Zeit im Lager gewesen war, sondern sich eine Weile hinter der Tankstelle aufgehalten hatte? Angeblich um sich zu verstecken, falls der Mörder zurückkehrt. Ihr Lehrer hatte sie als intelligent, äußerst zäh, ja sogar als Kampfmaschine beschrieben, sie hatte zwei Jungen verprügelt, ihr Stiefvater war ein guter Freund des Haupttäters, ihre Mutter Alkoholikerin. War es das, was ihn misstrauisch machte? Die Summe der Biografie eines Mädchens? Aber sie hatte ein gutes Abitur gemacht, wollte nun in Paris studieren. So wie zigtausend andere auch. Also waren es am Ende doch ihre Augen? Irgendetwas an ihr stimmte nicht, irgendetwas verschwieg sie. Nur wusste Ohayon nicht, was das sein könnte.

›Roland hat Recht, der Fall ist aufgeklärt. Macht keinen Sinn, sie weiter zu befragen.‹

»Und? Was wirst du in Paris machen?«

»Studieren, was sonst? Ich habe meine Woche genutzt und weiß jetzt, was ich will. Kann ich gehen?«

»Natürlich.«

Ohayon blieb nichts anderes übrig, als sie ziehen zu lassen und zu hoffen, dass tatsächlich alles geklärt war. Nicht nur für die Gendarmerie. Während er ihr nachblickte, dachte er über einen kleinen Abschnitt seines Ausbildungshandbuchs nach. Das war der Teil gewesen, der ihn während seiner Lernphase am meisten interessiert hatte: ›Folgestraftaten‹.

Gemeint war damit, dass Menschen, die durch die unmittelbare Berührung mit Gewalt schwer erschüttert wurden, manchmal die Balance verlieren. Auswirkungen zeigten sich oft erst nach Jahren. Zum Beispiel, wenn sie selbst begannen, Verbrechen zu begehen. Entweder gegen andere oder gegen sich selbst.

Ohayon hatte den für ihn so bedeutsamen Abschnitt seines Handbuchs längst in seine eigene Sprache übersetzt. ›Die injizierte biografische Substanz wirkt langsam, aber sie wirkt. Erst wenn das Gift seinen Effekt vollständig zur Entfaltung gebracht hat, zeigt sich, wer jemand ist.‹ In Ohayons Augen wäre nichts fataler, als bei jemandem wie Lou auf etwas Feststehendes hinauszuwollen, denn die in ihr wirkenden Vorgänge waren noch nicht abgeschlossen.

Hell, modern, bedeutend. Paris und ein neuer Kosmos, der Universität heißt.

Für Lou veränderte sich allein im ersten Semester so viel, dass sie Courcelles und ihre Freunde komplett vergaß. Sie lernte ja auch so viele neue kennen ...

Monique (erste Wohnung zusammen), Annicka (langweilig, aber nützlich), Georges (der erste Bisexuelle, den sie richtig kennenlernte), Laure (von Hause aus arrogant, aber ehrlich), Bénédicte (starb an Drogen, was niemand gedacht hätte), Eva (attraktiv, plus intelligent, plus reiche Eltern. Mit ihr teilte Lou einige Geheimnisse), Sébastien (mit ihm war sie fast zwei Jahre zusammen).

Um nur einige zu nennen.

Zunächst schien Lou der Anfang in Paris gar nicht so kompliziert, wie sie in Courcelles geglaubt hatte.

»Ja, ich nehme das Zimmer.«

»Wie lange werden Sie bleiben?«

»Eine Woche. Erst mal.«

Bereits am Tag ihrer Ankunft trieb Lou ein unbedingtes Verlangen auf die Straße. Es kam ihr vor, als wäre es eine Pflicht, die Hauptstadt in dieser Weise zu erkunden. Ganze Tage blieb sie draußen, suchte nur zur Nacht ihre Pension auf. Einige Tage später hatte sie ein Studentenzimmer.

Gehend, schauend nahm sie Block für Block die Stadt in Besitz und bekam eine immer genauere Vorstellung von der Schlacht, die sie schlagen würde. Es war wirklich dieses Wort, ›Schlacht‹, das sie benutzte.

Bei all dem vergaß sie vollkommen, was in Courcelles vorgefallen war, bei all dem vergaß sie ihre Schuld, vergaß sie die Tankstelle, vergaß den Lastwagen mit den zwei jungen

Männern, den Mitsubishi Mirage und die beiden Toten, vergaß zuletzt sogar die Schublade, in der die Pistole ihres Vaters gelegen hatte. Und da ihr beim Gehen und Sehen ihre Täterschaft entfiel, vergaß sie sogar Philippes zerschmetterten Körper.

Dieses Vergessen im Modus des Gehens war die erste lautlose Schlacht. Bei der sie viel Erde verbrannte. Und da sie sich schon mal von aller Last befreit hatte, widerstrebte es ihr nicht einmal mehr, sich mit einer Diebin zu vergleichen. Denn so eine war sie, das mogelte sie nicht weg. Eine Diebin, die sich nun durch List, Fleiß, notfalls mit Ellenbogen in den Besitz ihres Anrechts auf die Reichtümer der Stadt bringen würde.

Es war wirklich erstaunlich, aber die Verwandlung eines Mädchens aus der Provinz in eine Städterin vollzog sich innerhalb einer guten Woche.

Vielleicht trank sie in diesen Tagen zu viel Wein. Jedenfalls wurde der Kosmos ihrer Begehrlichkeit immer größer. Sie hörte auf eine innere Stimme, die ihr zurief: Du wirst jemand sein! Eine Stimme, die dabei war, etwas auszubrüten.

Immer erhitzter flammten ihre Träume in dem trüben Licht, das nachts durch die Scheiben der Lokale auf die Straße fiel. Ohne je zu wissen wohin, setzte sie ihre Wanderungen fort, bis sie endlich völlig erschöpft zur Ruhe kam. ›Ich bin nun eine andere ...‹, meinte sie.

Auch ihr Stiefvater verhielt sich anders als gedacht. Er schickte ihr Geld. Nicht so viel, wie sie gebraucht hätte, aber doch recht viel, wenn sie bedachte, was er mit seinen beiden Tankstellen verdiente. So musste Lou nur an drei Tagen pro Woche ein paar Stunden an der Kasse eines Supermarkts und in einer Konservenfabrik arbeiten und hatte genügend Geld, um bei allem mitzumachen und auch mal einen über den Durst zu trinken.

Lehrerin hatte sie werden wollen.

Doch nach Abschluss ihres Studiums stellte sich Lou bei

ihren Bewerbungen und in ihrer Probezeit so dämlich an, als wolle sie mit allen Mitteln verhindern, einen Beruf zu ergreifen, sie fühlte sich nicht mehr berufen, Lehrerin zu werden. Philippe hatte doch völlig Recht gehabt ... »Was soll es bringen, sein Leben mit so was zu verschwenden?« Sie begann, Kunstgeschichte zu studieren, hörte aber nach einigen Semestern wieder auf. Alles, was davon hängenblieb, war eine eigentümliche Begeisterung für die Kerkerbilder des venezianischen Kupferstechers Giovanni Battista Piranesi.

Lou fing an, ihre Mutter, und überhaupt alle, die nach ihren Fortschritten fragten, zu belügen und arbeitete nur noch in ihrer Konservenfabrik. Eine Arbeit, für die sie eindeutig überqualifiziert war.

Da war noch etwas. Dieser verrückte Traum, der davon handelte, dass auf einer nächtlichen Straße die aufgeblendeten Lichter eines Autos auf sie zukamen. Den wurde sie einfach nicht los. Wenn sie davon träumte, war sie am Morgen total gerädert.

Das Jahr 1996 war wirklich hart. Meinte sie.

Doch dann wurde ihr wie aus dem Nichts ein neues Leben geschenkt. Lou wusste nicht, was sie tun sollte, und so landete sie am Ende mehr zufällig in einem kleinen Kino, in dem gerade eine Sergio-Leone-Retrospektive lief, und sah *Spiel mir das Lied vom Tod.*

Nach dem Film, der für sie etwas sehr Realistisches und Befreiendes hatte, bekam sie auf einmal extremen Hunger. Also ging sie in die Cantina Mexicana nebenan und wurde dort von einem jungen Mann angesprochen.

»Warst du auch in dem Film?«

»Ja.«

»Was für eine ikonographische Kraft! Ich heiße Robert.«

»Lou.«

Ein zweiter kam hinzu.

»Das ist Fabien.«

»Hi, Fabien! Ich kannte mal einen, der auch so hieß.«

»Cool. Lust, dich zu uns zu setzen?«

Lou war noch nie hier gewesen. Die Bar, in der man unter sechzehn verschiedenen Burritos wählen konnte, glänzte mit einer ellenlangen Getränkekarte, und Tequila, das kapierte sie bald, war etwas Größeres als der Wein, den sie bis jetzt gewohnt war. Alles in der Cantina Mexicana passte perfekt zusammen. Das maisgelbe Licht kam aus Lampen, die so tief hingen, dass die beiden Finnen sich bücken mussten, wenn sie Getränke oder Essen brachten. Und selbstverständlich trugen sie auch diese lustigen Hüte. Davon abgesehen handelte es sich bei der Cantina, wie Lou schnell feststellte, im Grunde um einen Seminarraum für Cineasten. Ein paar Frauen, die möglicherweise Männer waren, schienen sich dort ebenfalls wohlzufühlen.

Von nun an verbrachte sie ihre Abende dort, und Robert und Fabien verpassten ihr nach und nach eine gründliche Einführung in verschiedene Bereiche filmischer Theorie und Ästhetik. *Spiel mir das Lied vom Tod* sahen sie sich dreimal an. Überhaupt guckten sie, wegen der ikonographischen Kraft, fast nur Filme, in denen viel geschossen und gestorben wurde. Vor allem Western und Mafiastreifen aus den Siebzigern. Und einmal sagte Fabien plötzlich: »Die eigentliche Frage lautet doch, ob der Held durch städtische oder durch familiäre Gewalt traumatisiert wird.«

Es war unglaublich, was die beiden alles im Kopf hatten und was sie wie miteinander verbanden. Doch sie konnten auch ganz normal reden.

»Sag mal, Lou, hast du nicht Lust, mal einen kurzen Rock für uns zu tragen und andere Schuhe?«

Sie tat es gerne, ging shoppen, zog sich an, wie die beiden es wünschten, und an manchen Abenden fühlte Lou sich auf diese Weise glücklich und frei. War sie nicht genau wegen dieser Freiheit nach Paris gekommen?

An anderen Abenden hörte sie nur halb zu. Denn das Wissen

darum, dass sie vier Menschen auf dem Gewissen hatte, löste sich ja nicht einfach auf, nur weil zwei junge Männer über Filmästhetik sprachen.

Dieses stets sehr plötzlich und intensiv aufbrechende Schuldgefühl, das schon an Angst grenzte, war auch der Grund, warum Lou ihren neuen Freunden anlässlich all dieser Sterbefilme nie erzählte, dass auch sie schon geschossen und wirklich Erschossene gesehen hatte. Und am Ende mancher Nächte in der Cantina war sie so betrunken und zugekifft, dass ihre Schenkel sich öffneten, ihr Kopf bis zum Anschlag nach hinten sackte, ihr Speichel rauslief und sie nichts mehr wahrnahm als sich wiederholende Sätze und eine Blendung aus totaler Erkenntnis und Licht.

Dunkel und langsam

Die beiden Zimmer ihrer kleinen Wohnung zweigten am Ende eines langen Gangs ab. Der Raum zum Hof raus war nachts gemütlich erleuchtet, der zur Straße hin nicht.

In diesem dunklen Raum mit seinem Volumen, seinen eingebildeten blauen und gelblichen Schatten hielt Lou sich vor dem Schlafen gerne auf. Hier mischte sich das Licht einer Straßenlaterne auf ungeheuer mannigfaltige Art mit der Dunkelheit.

Stets saß sie auf ihrem geklauten Barhocker direkt am Fenster, rauchte und schlürfte ihren Weißwein, wobei sie sich eisern daran hielt, dass vier Flaschen für drei Tage reichen mussten und dass sie nur abends trank.

Manchmal ging ihr Blick einfach nur auf die bröckelnde Mauer des Hauses auf der anderen Straßenseite, manchmal beugte sie sich vor und beobachtete unten die Menschen, wie sie an der Laterne vorbeigingen. Ihre Schatten wurden erst kürzer, dann wieder länger. In solchen Momenten verspürte Lou manchmal den Drang, sich sofort anzuziehen und rauszugehen, um unter Menschen zu sein. Sie widerstand diesem Sog.

Wenn sie den Passanten zusah, die unten an der Laterne vorbeigingen, begann sie bisweilen und eher unbewusst ein Spiel mit der Zeit. Sie bildete sich dann ein, den Schritt der Flaneure verlangsamen zu können, meinte, der eine Schatten sei etwas dunkler als der andere. Zwischendurch blickte sie immer wieder direkt in das Licht der Laterne und hoffte, dass sie nicht wieder von dem Auto träumen würde, das mit aufgeblendeten Scheinwerfern auf sie zukam.

Als sie den Trick mit der Verzögerung natürlicher Bewegungen vollkommen beherrschte, begann sie damit, sich Szenen vorzustellen.

In der Nacht, in der an ihrer Tankstelle geschossen wurde, war zunächst alles wie immer gewesen. Lou malte sich in Form einiger Kupferstiche à la Piranesi zunächst die Ankunft des schweren LKWs aus Marseille aus, die beiden Araber, die ihr so verdächtig vorgekommen waren, den weißen Mitsubishi Mirage, den Motorradfahrer, der seinen Helm nicht abnahm, die Insekten vor den Strahlern, vor allem aber die Architektur der Tankstelle.

Während geschossen wurde, war sie hinten im Lager gewesen. Jetzt endlich sah sie, was vorne geschah.

Ein gut gezeichneter Mann, in schwarzer Motorradmontur, einen ebenfalls schwarzen Helm auf dem Kopf, näherte sich von der Straße her dem Verrückten, der, um sie zu ärgern, noch immer Papier aus dem Papierspender riss.

Alles geschah nun ganz langsam. Der Verrückte ließ sein letztes Blatt Fließpapier fallen, der Wind nahm es mit. ›...jetzt dreht er sich um, geht ein paar Schritte auf den Motorradmann zu...‹ In dem Moment, da er in ein Feld intensiv blendenden Lichts trat, zog er seine Pistole. Die ersten Schüsse fielen, denn der Mann mit dem Helm hatte jetzt ebenfalls eine Waffe in der Hand. Seine Beine knickten ein wenig ein, er machte sich kleiner, um schwerer getroffen werden zu können. Lou sah die Geschosse durch die Luft zischen. Es war genau wie in den Comicheften, auf die Philippe immer so stand. Die Kugeln verdichteten die Luft, zogen eine Art Kondensstreifen hinter sich her.

Als Erstes wurde der unbeteiligte Fahrer im Auto getroffen. Das Geschoss ging in seinen Hals, eine kleine, sauber gezeichnete Fontäne spritzte heraus. Dann erwischte es den anderen. Erst am Oberschenkel – Blutspritzer länglich! Dann etwas weiter oben – Blutspritzer breit! Zuletzt mitten im Gesicht. Hier blieb Lous Film beinahe stehen.

Zähne, Knochensplitter und feinster Blutstaub standen in überaus ästhetischer Art in der Luft. Und das alles in krassen Farben und unter Lichtverhältnissen, als habe der Beleuchter seine Lampen in expressionistischer Manier aufgestellt.

Der Oberkörper des Getroffenen bog sich nun immer weiter nach hinten.

Im Moment, da er begann, Bild für Bild hintüber zu stürzen, löste sich die Pistole so langsam aus seiner geöffneten Hand, dass man meinen könnte, hier geschähe gerade etwas ganz Besonderes. Dieses Lösen der Pistole aus einer sterbenden Hand schien der Höhepunkt in Lous Film zu sein. Denn jetzt ging es in normalem, ja sogar in beschleunigtem Tempo weiter.

Der Getroffene fiel so schnell zu Boden, dass es geradezu albern aussah. Und der Motorradmann rannte in einer derart lächerlichen, beinahe entenartigen Weise zu seinem Motorrad, als sei er eine Figur in einem Zeichentrickfilm. Er raste weg auf seiner Maschine wie ein schwarzer, mit Kohle geschmierter Streifen. Aber war das noch wichtig?

Nein.

Denn Lou sah jetzt sich selbst. In ihrem Film stand sie an der Kasse, was, wie sie und alle an der Ermittlung Beteiligten wussten, nicht stimmte. Sie war im Lager gewesen, hatte sich dort versteckt. Von hier an wurde es so phantastisch, dass man meinen könnte, Lou habe wohl doch noch mal einen kräftigen Joint geraucht.

Sie sah sich wie einen Doppelgänger, und tatsächlich löste sich ihre Figur hinter der Kasse zunächst in zwei, dann in viele Gestalten auf, und einige davon liefen tatsächlich nach hinten ins Lager. Andere blieben, starr vor Angst, stehen, wieder andere holten Waffen aus der Schublade, gingen raus und beteiligten sich an der Schießerei. Lou fand es total faszinierend, dabei zuzusehen, wie sie selbst sich in diese Verschiedenheit zersplitterte.

Das Ende ihres Films entsprach dann, genau wie der Anfang, der Wirklichkeit. Lou verließ den Kassenraum durch die Glastür und versteckte die Pistole ihres Vaters hinter dem Gebäude. Als sie zurückkehrte, erschrak sie, weil Benoît dort stand, als sei er gerade aus dem Boden gewachsen. Ausgerechnet der Klassenclown tauchte am Ende ihres Films auf. Aber so war es nun mal gewesen.

Davon abgesehen, dass sie die meisten ihrer Erkenntnisbilder aus Comics und einem Sergio-Leone-Film raubkopiert hatte, sah Lou natürlich keinen inneren Film, sondern nur eine Reihe von einzelnen Bildern. Wir können keine inneren Filme erzeugen, wir sind nicht in der Lage, kontinuierlich zu denken.

Ein Jubiläum

In Courcelles verschwanden 1997 einige Tiere, und es wurde erneut – und auch noch an fast gleicher Stelle wie damals – ein Zelt im Wald gefunden. Dazu noch zwei herrenlose Fahrräder, die an einem Baum lehnten. Diese Vorkommnisse veranlassten die *Gazette de Courcelles*, eine Serie von Berichten zu veröffentlichen, die an die Ereignisse der Jahre 1986/87 erinnerten. Es wurden Vergleichsfotos der beiden Zelte veröffentlicht, Fotos einer Drahtschlinge, die an einer Buche hing, sowie solche eines Steinbruchs. Und natürlich durften Aufnahmen des alten Gymnasiums nicht fehlen, in dem 1987 die letzte Klasse Abitur machte. Im Zentrum der Reportagen aber standen die Ereignisse an der Tankstelle. Die ließ der Chefredakteur der *Gazette* über alle Achsen fotografieren. Von vorne, von hinten, von links, von rechts, sogar von oben. Zudem gab es noch eine Serie von Detailaufnahmen, zum Beispiel die eines Betonbodens mit dunklen Flecken. Das Ganze wirkte, als wollte man den Profanbau kartographieren. Zuletzt erweiterte die Zeitung ihre Serie so sehr, dass eine regelrechte Stadtchronik entstand, die unterschwellig den Eindruck erweckte, dass ein ewigwährendes Verbrechen im Zentrum von allem stünde.

Auf ein Glas Wein

Warum kündigen sich die wirklich bedeutenden Momente so selten an? Warum haben unser Wesen, unsere Intelligenz, unser Charakter nicht die nötige magnetische Kraft, das Schicksal entschlossen, wie ein Angler seinen Karpfen zu handhaben? Man brauchte doch letztlich nicht mehr als eine gute Schnur, ein Netz und einen Knüppel.

Nun, über Zufall und Schicksal ist viel gesagt worden und wenig bekannt. So passierte auch Lou dieser Unfall wie aus heiterem Himmel.

In der Rue Rataud, Ecke Rue Tourneford, kam Lou gerade an einem Bistro mit einer grün-weiß gestreiften Markise vorbei, als sie sich plötzlich entschloss, die Straßenseite zu wechseln. Das hatte sie noch nie getan, war stets auf dieser Seite geblieben.

Als sie sich mitten auf der Fahrbahn befand, meinte sie, dass jemand ihren Namen rief. Hatte sie die Stimme nicht eben schon gehört?

»Lou!«

Noch immer glaubte sie, jemand anderes sei gemeint.

»Lou!«

Da erst blieb sie stehen.

»Lou! Hier bin ich! Hier, unter der Markise!«

Eine Frau, die im Halbschatten unter der Markise des Bistros gesessen hatte, stand auf und winkte, wobei der Wind eine Serviette aus dünnem Papier sachte vom Tisch zog.

»Was für ein Zufall, Lou! Wirklich! Was für ein Zufall, dich hier zu treffen.«

Erst jetzt erkannte sie ihre Kommilitonin Eva. Seit dem Studium hatte sie die nicht mehr gesehen.

»Komm, das müssen wir feiern? Willst du einen Kaffee? Nein? Lieber Wein?«

Sah man es ihr schon an?

»Was treibst du so, Lou? Siehst ein bisschen abgekämpft aus.«

Sie waren ins Gespräch gekommen, und Lou hatte sich eine Karaffe Wein bestellt. Sie war ehrlich gewesen und hatte Eva erzählt, womit sie ihr Geld verdiente.

»Konservenfabrik? Was ist los, Lou, du hattest doch einen guten Abschluss?«

»Ich habe es trotzdem nicht geschafft, weiß auch nicht.«

»Okay. Aber du wirst doch nicht nur in einem Lager arbeiten und Konservendosen in Kartons packen.«

»Ich denke viel nach.«

»Worüber?«

Und da erzählte sie Eva, wie aus dem Nichts, was sie seit ihrer Ankunft in Paris stets für sich behalten hatte.

»Ich bin, kurz bevor ich zum Studieren nach Paris kam, Zeugin eines Verbrechens gewesen. Eine Schießerei mit zwei Toten an einer Tankstelle. Es fing kurz nach dem Studium an, dass ich darüber nachdenke. Vorher war ja immer so viel los. Aber als dann meine ersten Bewerbungen zurückkamen … Ich konnte nichts dagegen machen, dass mir das immer wieder reingefunkt hat, in all meine Pläne, weil ... Ich wurde einfach das Gefühl nicht los, dass ich schuld war daran, dass an der Tankstelle damals zwei Menschen erschossen wurden. Aber wir sind ja alle nicht damit fertig geworden. Einer unserer Freunde hat sich sogar das Leben genommen und ein Freund meines Vaters wurde ermordet.«

Endlich sprach sie darüber. Aber warum mit Eva? – Nun, es fällt einem manchmal leichter bei Personen, die einem eigentlich fremd sind.

»Jetzt sag schon. Was ist damals passiert?«

»Zuerst war alles wie immer. Es war etwa eine Stunde vor Mitternacht, und ein paar aus meiner Klasse und ich wollten eine Freundin besuchen, die an einer Tankstelle gearbeitet hat. Wir haben uns am Bahnhof getroffen und sind dann gemeinsam hingefahren. Als wir noch etwa 500 Meter von der Tankstelle entfernt waren, wurde es plötzlich stockdunkel, weil es da keine Häuser und auch keine Straßenlaternen mehr gab ...«

Sie hörte auf zu sprechen. Merkte Eva, dass Lou ganz woanders war? Zeitlich? Gedanklich? Eva konnte nicht wissen, dass Lou die Rollen der Akteure in ihrer Erzählung vertauscht hatte. Wusste Lou es?

»Die Rue de Fleurville, auf der wir fuhren, steigt an dieser Stelle leicht an und die Tankstelle liegt etwas tiefer als die Straße. Deshalb taucht das Gebäude immer so merkwürdig auf, wenn man darauf zufährt. Zuerst erscheint das Dach, um das ein Band aus rotem Neonlicht geht. So könnte man nachts fast meinen, es würde aus dem Boden emporsteigen. Und wenn man dann näher kommt, wachsen die Stützen ganz langsam nach unten aus diesem Dach heraus. Noch etwas später sieht man die Zapfsäulen. Die wachsen von unten nach oben.«

»Lou?«

»Entschuldige. Jedenfalls, als ich auf die Tankstelle einbog, sah ich einen Mann auf dem Beton liegen. Ein zweiter saß noch im Wagen. Beide tot, und alles war voller Blut. Ich bin sofort rein in die Tankstelle, und da kam mir meine Klassenkameradin entgegen. Sie zitterte am ganzen Leib, ich musste sie ganz fest in den Arm nehmen, damit sie sich erst mal ein bisschen beruhigt. Und ich frage mich manchmal, ob sich damals nicht ihre Angst auf mich übertragen hat.«

»Eure Klassenkameradin war Zeugin der Schießerei?«

»Nein. Sie hatte sich hinten im Lager versteckt. Das jedenfalls hat sie immer behauptet.«

»Wurde denn der Täter geschnappt?«

»Er hat sich an einem See das Leben genommen.«

»Und worum ging es bei dieser Schießerei?«

»Keine Ahnung.«

»Dass du schuld bist, ist doch Blödsinn! Du warst nur zufällig in der Nähe.«

»Ich bin schuld, glaub mir, Eva. Klar passiert das alles nur in meinem Kopf, aber ... die ganze Welt, alles passiert nur in unserem Kopf.«

»Dass du alles so genau beschreiben kannst. Vor allem die Tankstelle. Man hat das Gefühl, es ginge dir eigentlich nur um dieses Gebäude.«

»Ich beschreibe ganz gerne Dinge und Szenen. Liegt vermutlich daran, dass ich, nachdem ich aus Thailand zurück war ...«

»Ach, du warst auch in Thailand?«

»... dass ich dann noch vier Semester Kunstgeschichte studiert habe. Da gehörte das dazu. Bildbeschreibung.«

»Kunstgeschichte? Ist ja verrückt. Das habe ich auch studiert, auch vier Semester, weil ... mir noch nicht klar war, was ich mal werden will. Haben dich da spezielle Maler interessiert?«

»Piranesi. Das ist allerdings kein Maler, sondern ein Kupferstecher aus dem achtzehnten Jahrhundert. Er ist vor allem für seine Kerkerbilder bekannt, die aber ... Das sind Phantasien, diese Kerker hat es nie gegeben.«

Das wirkliche Gespräch begann erst jetzt. Und an dieser

Stelle kann man nun wirklich von einem Zufall sprechen, so echt, so glaubhaft, wie nur wirkliche Zufälle es sind. Es stellte sich nämlich heraus, dass auch Eva den Stichen des Piranesi erlegen war. Und vielleicht hätte Eva, wenn der Name des Italieners nicht gefallen, wenn dadurch nicht ein zweites Gespräch in Gang gekommen wäre, ihr erstes Urteil nicht revidiert und Lou für krass durchgedreht und vor allem für eine Alkoholikerin gehalten. Dann wäre das Entscheidende nie zur Sprache gekommen.

So aber, wegen Piranesi und dieser unerhörten Gleichheit ihrer Schicksale, hatte Eva Lou zuletzt erzählt, dass in einer Bücherei am Rand der Stadt dringend Mitarbeiter gesucht würden. Dort fing Lou an, dort machte sie Karriere, dort lernte sie ihren Mann kennen. Sie hätte sonst vermutlich keine Kinder.

›Gerade noch die Kurve gekriegt.‹ Mehr Erklärung brauchte Lou nicht für ein Wunder. Mehr zu sagen über diese Zeit bis heute – fast zwanzig Jahre immerhin – liefe auf die Schilderung einer Biografie hinaus. Was aber diese Biografie angeht, so genau sie sich auch schildern ließe, es würde kaum gelingen zu klären, welche Anteile daran sich Lous Wesen, anderen Menschen oder schlichten Zufällen verdankten. Wie schnell wäre man in Versuchung, die Momente innerer Zweifel, Momente, in denen sie sich selbst im Weg stand, Momente, in denen etwas schiefging, der Tankstelle von Courcelles gewissermaßen unterzuschieben. Dass hieße letztlich, Lou um ihr Recht auf innere Freiheit zu bringen. Die Tankstelle von Courcelles wäre zuletzt ein Synonym für das, was man für gewöhnlich als Schicksal bezeichnet. Das zu unterstellen wäre eine Anmaßung.

Also nur kurz. In diesem neuen, diesem gesunden Leben schaffte Lou es endlich, sich zu beherrschen. Eisern, so muss man sagen. Jedenfalls kam sie jetzt mit zwei, maximal drei Gläsern Weißwein pro Tag aus. Und während der Schwangerschaft ... Natürlich. Sie war schließlich eine verantwortungsvolle Frau. Der letzte klitzekleine Rest, der ihr blieb, von dem

Bösen damals, war dieser Traum von dem Auto, dass mit voll aufgeblendeten Scheinwerfern auf sie zukam. Ein Traum, von dem Lou immer meinte, er handele vom Tod.

Also ein Grab

Hohe Bäume, gleichmäßiges Licht, gepflegte Wege.

Ihre alten Freunde aus Courcelles trafen sich, wie Lou wusste, an jedem 23. Dezember am Grab von Philippe. 2012 nahm sie zum ersten Mal an diesem Treffen teil. Das Ganze folgte, wie sie schnell merkte, einem Ritual. Julien verkündete zunächst, wie alt Philippe inzwischen wäre. Dann wurde seiner gedacht. Lou spürte dabei ein nadeliges Stechen in Händen und Füßen, und nach einer Weile meinte sie, ihre Oberarme und ihre linke Gesichtshälfte würden taub. Ihre Freundin Anna stand etwas abseits, als müsse auch sie etwas aushalten.

Nach dem Gedenken nahm Claire sie beiseite.

»Ich muss das mal loswerden, Lou, denn ich habe mich nie bei dir bedankt.«

»Wofür?«

»Dass du mir das Leben gerettet hast, damals, als ich in den Canal de Songe gefallen bin. Wenn du mich nicht aus dem Wasser gezogen hättest...«

Claire wurde sehr emotional, als sie noch einmal bis ins Detail von der Rettung, dem gemeinsamen Trocknen der Kleider und der wilden Rennerei im Maisfeld berichtete.

»Und wir sind tatsächlich haargenau an der richtigen Stelle rausgekommen.«

Lou war das ein bisschen unangenehm, denn sie erinnerte sich nicht mehr. Überhaupt waren Claires Schilderungen ihrer gemeinsamen Kindheit viel positiver als in ihrer eigenen Wahrnehmung. Sie hatte ihre strebsame, beinahe harte Art stets aus der Armut ihrer Eltern, den Geschichten ständigen Niedergangs ihrer Mutter und ihrem kleinen Kinderzimmer abgeleitet. Lou erinnerte sich nur zu genau daran, dass sie zu Hause immer die Schuhe ausziehen und leise gehen musste.

Claire hatte sich kein bisschen verändert. Sie wusste alles über jeden. So erzählte sie Lou, was in den Jahren aus den anderen geworden war, und dass das Treffen an Philippes Grab seit 1998 jedes Jahr stattfand.

Dass Julien und Anna geheiratet hatten, konnte Lou noch immer nicht glauben. Sie sah kurz zu ihrer Freundin von damals rüber. Die hatte sich inzwischen sechs Meter von ihnen entfernt und stand da, als habe man sie aus Salz geformt. Claire dagegen war lebhaft wie früher, hatte für alles eine Erklärung.

»Julien ist vermutlich der Zufriedenste von uns allen, denn er lebt in der Wiederholung. Wirklich! Bei ihm muss sich alles wiederholen. Andere würde das stören, Julien nicht. Er und Anna bewohnen schon seit Jahren das Haus von Annas Eltern, weil die jetzt auf Madeira leben, und er geht jeden Morgen vor dem Frühstück im Pool schwimmen. Er liest immer noch Bücher, die beschreiben, warum Menschen so sind, wie sie sind, und er hat die beiden Kinder erzogen, wie er selbst erzogen wurde.«

Lou spürte, dass ihr Körpergefühl allmählich zurückkehrte. Anna hatte sich mit kleinen Schritten noch etwas weiter von der Gruppe entfernt.

»Als Anwalt übernimmt Julien genau wie sein Vater nur die Pflichtverteidigung in äußerst schwierigen Fällen, bei denen die Angeklagten kaum eine Chance haben. Fälle, die sich lange hinziehen und nicht gerade massig Geld einbringen. Aber er muss ja auch nicht viel verdienen, denn Anna hat es wirklich zu was gebracht, sie sitzt ständig im Flugzeug und ... dass Fabien letztes Jahr gestorben ist, weißt du?«

»Ich warte im Wagen auf dich«, sagte Anna plötzlich und machte sich auf den Weg Richtung Parkplatz. Lou wusste nicht, was sie tun sollte, aber als Claire ihr einen schnellen Blick randvoll mit Subtext zuwarf und zu Julien ans Grab ging, folgte sie ihr.

So ergab sich nun dieses Bild. Ein langer, gerader Weg auf einem Friedhof in winterlichem Licht, wie es sich gegen 14.30 Uhr zeigt, wenn der Himmel bewölkt ist. Keine Schatten, kaum Farben. Die blattlosen Äste der Bäume verschränken sich hoch über dem Weg, und es entsteht exakt der Eindruck, den auch Innenräume von Kathedralen vermitteln. Auf dem Weg zwei gehende Frauen. Man sieht beide von hinten, und die eine hat zwanzig Meter Vorsprung, was ein gutes Objektiv aber ausgleichen kann. Da ihre Laufwege leicht versetzt sind, sieht man beide. Sie wirken in dieser Naturkathedrale klein und unbedeutend.

Als Anna ihren Jaguar MK II erreichte, musste sie die Tür mit dem Schlüssel in einer Weise öffnen, wie man es früher tat, denn der Wagen wurde 1968 gebaut. Sie stieg ein, entriegelte die Tür auf der Beifahrerseite. Dann holte sie eine Packung aus der Mittelkonsole, entnahm ihr eine Zigarette, verzichtete aber darauf, sie anzuzünden, da Lou gerade einstieg.

»Ist das immer noch der Wagen deines Vaters?«

»Ja.«

»Claire hat mir berichtet, dass du beruflich sehr erfolgreich bist. Sie scheint richtig stolz auf dich zu sein.«

»Ja, sie ist stolz. Und ich weiß auch, dass Claire annimmt, ich habe es leicht gehabt. Aber man geht nicht nach London und triumphiert. Wie lief es für dich?«

»War ein komisches Gefühl, an Philippes Grab zu stehen. Es ist alles so zugewachsen, dazu der eingegraute Stein und das Moos. Als ich das letzte Mal hier war …«

»… warst du achtzehn und ich siebzehn. Wollen wir uns damit aufhalten, darüber zu sprechen, dass Zeit vergangen ist?«

»Ich musste auch daran denken, wie wir beide damals oben über dem Steinbruch gelegen und geträumt haben.«

»Daran erinnerst du dich noch?«

»Vielleicht, weil Philippe sich von genau dieser Stelle aus in die Tiefe gestürzt hat.«

»Hast du daraus geschlossen, dass er bei seinem Selbstmord an dich gedacht hat? Oder willst du mich fragen, ob ich ihn dort hingelockt und runtergestoßen habe?«

»Du warst damals sehr hart gegen ihn.«

»Es gab eine kurze Zeit, da mochte ich Philippe, er war sogar ein paarmal bei uns zu Hause. Aber du hast Recht, von dieser Phase abgesehen ...«

»Trotzdem trefft ihr euch seit Jahren an seinem Grab.«

»Das mache ich nur Julien zuliebe. Aber das ist jetzt nicht wichtig, ich wollte dich etwas fragen, ich ... Warum bist du hier?«

Was hätte Lou darauf antworten sollen?

»Sei mir nicht böse, aber ich fand es gut, dass du all die Jahre nicht gekommen bist. Ich hatte angenommen, du hättest uns vergessen. Ich hatte vor allem gehofft, du hättest Philippe vergessen. Julien und ich ...«

»Ich frage mich oft, ob ich ihn nicht hätte retten können.«

»Julien fragt sich das auch. Ihr hättet ihn nicht retten können. Philippe hat alles immer nur für sich selbst gemacht.«

»Sogar sterben?«

Anna zündete sich nun endlich die Zigarette an, die sie seit fünf Minuten in der Hand hielt.

Lou sah zu ihrer Freundin rüber, die Freude daran zu haben schien, Rauch gegen die Windschutzscheibe ihres MK II zu blasen. Anna trug goldene Ohrstecker, die die Form eines raffiniert konstruierten Schneckenhauses hatten, in dessen Inneren eine weitere Schnecke saß.

Die Bibliothek

Die Jahre vergehen wie im Flug, so sagt man. Aber dieses Vergehen ist unvollständig, denn die Haltbarkeit mancher Dinge ist verblüffend, und das Gedächtnis mancher Ermittler auch.

Ohayon – ein Schälchen mit kandierten Früchten in Griffweite – studierte gerade die Einsatzprotokolle einiger Außenstellen der Gendarmerie Fleurville, als er auf einen Bericht der Feuerwehr stieß. Dem Dokument waren Bilder angehängt. Sie zeigten Feuerwehrleute, Gendarmen und einige Taucher. Die umstanden ein total verrottetes Peugeot 206 Cabriolet, das man gerade aus dem Lac de Session gezogen hatte.

Ob er sie wohl erkannt hätte? Nun, Ohayon hatte nicht gleich nach ihr gesucht. Zuerst war er eine Weile zwischen den Regalen der Bücherei herumgeschlendert. Offenbar befand er sich hier in der Abteilung für Kinder- und Jugendbücher. Einige davon kannte er fast auswendig, weil er sie seinen Kindern so oft vorlesen musste. Neben den Märchen- und Kinderbüchern hatte man, warum auch immer, die Abteilung für Geschichte und Politik untergebracht. Auch da warf Ohayon einen kurzen Blick in die Regale. Ganz unten standen die Biografien berühmter französischer Politiker. Er ging die Namen auf den Buchrücken kurz durch, einige hatte er selbst noch erlebt.

»Monsieur Ohayon? Kommen Sie, wir können uns im kleinen Leseraum unterhalten, den habe ich für uns reserviert.«

Sie war noch immer sehr dünn, aber sie ging aufrecht, zielstrebig, selbstbewusst. Eben wie eine 47-jährige Frau, die weiß, was sie will, die es zu etwas gebracht, etwas aus ihrem Leben gemacht hat.

»Sie sind Leiterin dieser Bibliothek?«

»Die Bibliothek ist nur ein kleiner Teil dieses Kulturzentrums.«

»Und Sie leiten das alles. Ein weiter Weg. Ich meine, aus einem Kaff wie Courcelles bis hierher...«

»Kommen Sie.«

Der kleine Leseraum, in den Lou ihn führte, sah aus wie ein gemütliches Wohnzimmer mit Ohrensesseln, alten Stehlampen und schönen Regalen aus dunklem Holz.

»Das ist ja fast wie zu Hause.«

»Wir haben sechs solcher Räume. Für verschiedene Altersstufen und Ausrichtungen.«

»Was meinen Sie mit Ausrichtungen?«

»Nicht alle Leser haben den gleichen Geschmack, nicht alle kommen aus unserem Kulturkreis. Sie haben noch Fragen?«

»Ja, dann fange ich mal gleich an. Wir haben am 15. November einen Kleinwagen aus dem Lac de Session geborgen. Ein Peugeot 206 Cabriolet.«

Sie sah ihn an. Sie wartete.

»Nun, ich erinnerte mich daran, dass Sie und ihre Freunde damals so einen Wagen besaßen.«

»Ja, unser Cabriolet, unser Traum. Gebraucht natürlich. Wir hatten zusammengelegt, Julien, Anna und ich. Mit dem wollten wir nach Paris fahren, um zu studieren. Wir wollten sogar zusammen wohnen. Wie man sich das eben mit achtzehn auf einem Dorf so vorstellt. Ist es denn wirklich unser Auto, das Sie gefunden haben?«

»Ja. Es war damals auf Ihren Vater angemeldet.«

»Wegen der Versicherung. Aber wie kommt unser Wagen da in den See?«

»Das wollte ich eigentlich von Ihnen wissen.«

Es entstand eine Pause. Ohayon beobachtete sie, konnte aber an ihren Gesichtszügen nicht mehr ablesen, als dass sie überlegte. Und sie fand dann auch eine Erklärung.

»Der wurde doch gestohlen.«

»Stimmt. Ihr Vater hat den Wagen im August 1987 als gestohlen gemeldet.«

»Dann wird der, der ihn gestohlen hat, ihn dort im See… wie sagt man bei Ihnen … versenkt? deponiert? abgelegt?«

»Das dachten wir zuerst auch, aber … es tut mir wirklich leid, dass ich Sie drei Tage vor Weihnachten noch damit belästige.«

»Das macht ja nichts. Nur, wie kann ich Ihnen helfen?«

»Die Schlüssel steckten noch.«

»Was bedeutet...?«

»Es bedeutet, dass ich Ihre Freunde von damals, Julien und Anna, gefragt habe, ob sie noch einen anderen Schlüssel zu dem Fahrzeug besitzen. Sie hatten keinen mehr. Haben Sie Ihre noch?«

»Nach dreißig Jahren?«

»Besaß Ihr Stiefvater vielleicht welche?«

»Wie gesagt, nach so langer Zeit ... Und mein Stiefvater ist vor drei Jahren gestorben. Ich verstehe auch immer noch nicht, was Sie von mir wollen.«

»Das kann ich Ihnen sagen. Der Wagen wurde an einer Stelle gefunden, die weit vom Ufer entfernt ist. Unsere Frau von der Spurensicherung hat das Fahrzeug untersucht, Gewichte und Entfernungen berechnet. Sie kam zu dem Schluss, dass der Wagen über eine Art Rampe gesteuert wurde, die sich dort seit den fünfziger Jahren befindet. Die Rampe sollte im Herbst abgerissen werden, dabei fand man den Wagen.«

»Der, meinen Sie, über diese Rampe gesteuert wurde?«

»Ich frage mich nun, warum das geschehen ist, warum man einen Wagen über diese Rampe steuert, und das offenbar mit sehr hohem Tempo. Bei so einem Manöver riskiert man sein Leben. Das hat schon fast etwas von einem Selbstmordversuch.«

»Könnte es eine Mutprobe gewesen sein?«

»Ich glaube, es gab einen anderen Grund. Wir haben im Sommer 1987 am Ufer des Lac de Session einen Toten gefunden. Gilles Larousse.«

»Ich weiß. Er war ein Freund meines Vaters.«

»Damals vermuteten wir, dass einer seiner Komplizen ihn ermordet hätte, aber aufgeklärt wurde das nie. Man hatte ihm das Genick gebrochen. Was nicht so ungewöhnlich war, wie man erst mal denkt, denn Monsieur Larousse war längere Zeit beim Militär, er kannte noch Leute aus dieser Zeit.«

»Zum Beispiel meinen Vater.«

»Und Robert Vauterin, der seit damals ebenfalls verschwunden ist. Ein Mann, der in Nahkampftechnik ausgebildet war. In diese Richtung gingen damals unsere Ermittlungen. Aber dieser Genickbruch könnte natürlich auch die Folge des Aufpralls aufs Wasser gewesen sein.«

»Also hat Gilles den Wagen geklaut und ihn in den Lac de Session gesteuert? Warum sollte er das tun?«

»Unsere Frau von der Spurensicherung sagt, Gilles Larousse habe sicher auf der Beifahrerseite gesessen. Falls er im Wagen war. Das ließ sich aus seiner Körpergröße und der Einstellung der Sitze schließen. Der Fahrer muss deutlich kleiner als er gewesen sein. Sie sind wie groß?«

»1,65, aber ... Sie machen sich über mich lustig!«

»Dass Monsieur Larousse auf der Beifahrerseite saß, passt vor allem zu der Tatsache, dass es dort keine Kopfstütze gab. Da war er gewissermaßen im Nachteil, beim Aufprall. Das würde also seinen Genickbruch noch mal auf ganz andere Art erklären.«

Ihr Lachen war etwas schrill, aber ehrlich. »Warum bitte sollte ich unser geliebtes Auto mitsamt meinem Patenonkel in einem See versenken?«

»Weil Sie vielleicht Angst hatten. Damals hatten ja alle Angst, die an der Tankstelle waren, nachdem dort geschossen wurde. Einer aus Ihrer Clique hat sich sogar das Leben genommen. Gingen Sie damals davon aus, dass Ihr Freund Philippe freiwillig gestorben ist...?«

»Ja.«

»...oder meinten Sie, dass Monsieur Larousse etwas mit seinem Tod zu tun hatte?«

»Wie kommen Sie darauf?«

»Weil Ihre Freunde ausgesagt haben, Sie hätten damals gemeint, Ihr Freund Philippe und Monsieur Larousse seien möglicherweise gemeinsam in den Vorfall an der Tankstelle verwickelt gewesen.«

»Das habe ich nie gesagt!«

»Sie sollen sehr verliebt gewesen sein ...«

»Worauf wollen Sie hinaus? Dass ich Rache genommen habe?«

»War es so?«

»Unsinn. Die Polizei hat … Sie haben doch damals festgestellt, dass Philippe eindeutig Selbstmord begangen hat. Wir waren alle total überdreht, das stimmt. Heute würde man Jugendliche wie uns psychologisch betreuen. Aber ich habe doch niemanden umgebracht. Ich bin damals weggelaufen, weil Philippe tot war, weil einige aus meiner Klasse von einem Mann mit einem schwarzen Motorrad verfolgt wurden, weil man bereits versucht hatte, Julien zu überfahren ...«

»Ich verstehe. Und dann tauchte auf Ihrer Party ein Mann auf.«

»Das war keine Party, das war unsere Trauerfeier für Philippe!« Sie war ein bisschen laut geworden. »Verzeihung.«

»Eine Trauerfeier. Und dort tauchte ein Mann auf, den wir als Robert Vauterin identifizieren konnten. Er soll nach Ihnen gefragt haben.«

»Ja, ich geriet in Panik.«

»Sie sollen durch den Garten gerannt sein, zu einem Tor unten an der Straße. Es hieß damals, sie seien in einen Rhododendronbusch hineingelaufen.«

»Kann sein, das weiß ich nicht mehr so genau. Glauben Sie denn, dass Gilles Larousse Schuld hat an Philippes Tod?«

»Ich würde gerne erst noch mal über den Wagen sprechen.«

»Was denn jetzt?«

»Dort, am unteren Ausgang des Gartens, stand der Wagen. Ihr Peugeot 206 Cabriolet. Da sind sich Ihre Freunde sicher. Könnte es sein, dass Gilles Larousse Ihre Flucht vorausgesehen und Sie am Wagen erwartet hat? Könnte es sein, dass er Sie gezwungen hat, einzusteigen ...?«

»Nein! Sie verstehen ja überhaupt nicht, was los war! Nur

weg, dachte ich, nur weg. Ich lief nach Hause, habe mein Geld geholt und bin dann zum Bahnhof und nach Paris.«

»Sie waren zehn Tage verschwunden. Was ist in diesen zehn Tagen in Paris passiert? Mussten Sie mit etwas fertig werden?«

»Ich habe eine Wohnung und Arbeit gesucht. Und ich musste tatsächlich mit etwas fertig werden. Die Wochen nach der Schießerei waren ein einziger Schock. Mich zu orientieren, etwas Neues beginnen, das war meine Rettung. Deshalb habe ich mich nicht gemeldet. Ich wollte nichts mehr mit all dem zu tun haben. Ich fühlte mich gejagt. Sogar meinen Stiefvater hatte ich in Verdacht...«

Sie hörte mitten im Satz auf zu sprechen, saß da mit einem Gesichtsausdruck, als wäre sie ganz woanders. Es dauerte einige Zeit, bis sich in ihrem Gesicht etwas tat.

»Ich rede über Zustände, die Sie vermutlich gar nicht verstehen können. Und ich glaube inzwischen, was mich viel mehr durcheinandergebracht hat als die Schießerei und die Ereignisse danach, das war Philippes Selbstmord. Heute, als Erwachsene, würde ich mich natürlich sofort fragen, was in seinem Elternhaus los war, Philippe ist ja ohne Mutter aufgewachsen. Ich meine, man bringt sich doch nicht um, nur weil man in seiner Clique nicht mehr gut ankommt. Aber damals sah ich nur mich, ich meinte, ich sei schuld an seinem Tod. Und ich glaube, Julien und Anna ging es genauso. Wir haben ihn alle im Stich gelassen, als er uns brauchte.«

Dann fing Lou plötzlich an, über ihren Lehrer Monsieur Theron zu sprechen. Seit Jahrzehnten hatte sie nicht mehr an ihn gedacht, hatte völlig vergessen, wie sich damals alle verwandelten. Und so hörte Ohayon die Geschichte von Philippes Aufstieg in der Klasse, erfuhr von seinem sehr plötzlichen Erblühen, einer quasi kollektiven Entwicklung, die ohne Theron wohl niemals hätte passieren können. Noch verblüffender als diese Informationen, die Ohayon vieles begreiflich machten, war die Veränderung in Lous Gesicht. Es hatte vermutlich etwas mit der inneren Haltung zu tun, der Lebhaftigkeit ihrer Bewegungen. Lou sah auf einmal wieder so aus, wie Ohayon sie von damals in Erinnerung hatte.

Als sie fertig war mit dem Bericht von ihrem Lehrer, fand eine Rücktransformation statt, und sie war wieder die Leiterin des Kulturzentrums François Mitterrand, eine durch und durch respektable Frau. Ohayon nickte, als sei er mit allem einverstanden, was er hörte und sah.

»Ich möchte Ihnen etwas zeigen.«

Er griff in die Tasche seines roten Blousons und holte etwas heraus. Ohayon entfaltete es mit so viel Liebe und Sorgfalt, als handle es sich um etwas sehr Kostbares. Am Ende lagen zwei Blatt grünliches Fließpapier auf dem Tisch.

Sie wurde rot, stand auf und verließ zügig den Raum.

Ohayon wartete. Während er das tat, bewegte er sich kein bisschen.

Als Lou nach fünf Minuten zurückkehrte, sah Ohayon, dass sie geweint hatte. Und dass sie wütend war.

»Also gut«, erklärte sie entschlossen.

Ohayon wartete noch immer. Und noch immer konnte er in ihrem Gesicht nichts lesen. Jedenfalls nichts Kleines oder Beiläufiges. Sie war aufgewühlt, es sah aus, als würde sie jeden Moment erneut anfangen zu weinen.

»Es war einfach nur eine Idiotie, aber diese Idiotie, die ich damals begangen habe, war letztlich der Grund dafür, dass diese beiden jungen Männer an meiner Tankstelle erschossen wurden, und vielleicht sogar dafür, dass Philippe sich das Leben genommen hat. Selbst Gilles' Tod hängt wahrscheinlich damit zusammen. Wissen Sie eigentlich, dass Sie was von einem Pfarrer haben? Aber sie sind kein netter Pfarrer.«

»Naja, ich bin Ermittler.«

»Und wissen Sie auch, was Armut ist?«

»Sie wollten gerade etwas sagen. Hat das etwas mit Armut zu tun?«

»Ja, durchaus. Es ging um Geld. Nur darum. Ein paar Tage vor der Schießerei hatte ich an der Tankstelle Nachtschicht. Es lief alles wie immer, bis zu dem Moment, als sich zwei Kunden darüber beschwerten, dass aus dem Spender keine Papierhandtücher kamen. Also bin ich raus, mit einer Zange, und habe es auch geschafft, den Papierspender oben zu öffnen. Oben wird nachgefüllt. Und da fand ich das Geld. Es war in Plastikfolie eingewickelt. 13.000 Francs. Das wären heute 3.000 Euro.«

Sie machte eine lange Pause.

»Ich habe es genommen. Das Geld, so meinte ich, würde mir meinen Start in Paris ermöglichen. Wir wollten ja nach Paris, und meine Eltern besaßen nichts. Nur daran habe ich gedacht, als ich das Geld nahm.«

»Eine große Verführung.«

»Erst am nächsten Tag wurde mir klar, was vermutlich los war. Irgendwer benutzte den Spender zur Übergabe von Geld aus kriminellen Geschäften. Und da kam ich sofort auf Gilles und auf Philippe. Der hatte damals einen Job bei meinem Vater, der darin bestand, die Tankstellen mit dem zu beliefern, was man täglich braucht. Philippe hat also auch diese Kästen mit neuen Papierhandtüchern befüllt. Und ich hatte ihn ein paarmal im Paris gesehen, zusammen mit Gilles Larousse und Robert Vauterin. Eigentlich wollte ich das Geld dann zurücktun, aber ... Ich weiß nicht, warum. Drei Tage, nachdem ich das Geld genommen hatte, kamen dann die beiden jungen Männer in ihrem Mitsubishi, und der eine hat sich aufgeführt wie ein Irrer. Er wollte Alkohol, obwohl er bereits betrunken war. Ich durfte aber an solche nichts ausgeben. Also fing er an, mich zu beleidigen und die Papierhandtücher aus dem Spender zu reißen, um mich zu ärgern. Habe ich Ihnen das damals nicht erzählt?«

»Das mit dem Rausreißen schon.«

»Da bin ich dann nach hinten gegangen, weil mein Stiefvater mir gesagt hatte, wenn einer durchdreht, wäre es das beste, man sieht mich nicht. Und dann wurde geschossen. Ich war mir sicher, dass Gilles etwas mit dieser illegalen Geldübergabe zu tun hatte, denn ihm gehörten die Tankstellen, die mein Vater gepachtet hatte. Ich dachte, dass Gilles wütend war, weil man ihm sein Geld geklaut hatte, und dass er sich nun auf die Lauer gelegt hätte, um herauszufinden, wer sich an dem Spender für die Papierhandtücher zu schaffen macht. Und als nun dieser junge Mann anfing, da alles rauszuzerren ...«

»Ich verstehe den Gedanken, und vielleicht war es so. Vielleicht auch nicht. Haben Sie denn Philippe damals zur Rede gestellt? Oder mit jemand anderem darüber gesprochen?«

»Wir standen kurz vor dem Abitur. Ich wollte Philippe nicht die Zukunft verbauen. Ich glaube, das hat eine große Rolle gespielt. Also diese Art von Solidarität. Und ich habe ihn geliebt. Ich habe das Geld genommen, weil ich mit ihm weg wollte. Mit ihm wegzugehen, das war damals mein größter Traum, es ging nur darum. Und doch habe ich mit dazu beigetragen, dass Philippe aus unserer Clique rausflog. Julien, Anna und ich haben uns damals auf völlig idiotische Weise in den Gedanken reingesteigert, dass er kriminell wäre.«

»Und nun glauben Sie, Sie seien schuld an seinem Freitod? Weil er aus Ihrer Clique rausflog?«

»Wissen Sie, was das Schlimmste ist? Alles war ja nur eine Vermutung. Ich hatte nie beobachtet, dass Philippe Geld in dem Kasten deponiert hat. Der hing hinter einem der Pfeiler, ich konnte ihn von meinem Platz aus gar nicht sehen. Vielleicht hat Philippe überhaupt nichts getan.«

»Es ist schwer, hinterher zu sagen, was vielleicht wie passiert ist oder auch nicht.«

»Warum treffen wir uns dann jedes Jahr kurz vor Weihnachten an seinem Grab? Doch weil wir uns schuldig fühlen. Sie sehen, ich habe mehr als genug Gründe, mich zu verfluchen. Aber ich habe unser geliebtes Peugeot Cabriolet ganz bestimmt nicht über irgendeine Rampe gesteuert. Ich hatte meinen Führerschein gerade mal drei Wochen.«

»Gut. Wenn Sie den Führerschein erst drei Wochen hatten ... Unsere Frau von der Spurensicherung sagt, es wäre ein ziemliches Kunststück, den Wagen in vollem Tempo da um die Kurve zu zwingen, um auf die Rampe zu kommen. Und selbst wenn Sie es getan hätten, da würde Ihnen heute niemand mehr einen Strick draus drehen. Monsieur Larousse war bewaffnet, als wir ihn fanden, und er hatte bereits zwei Menschen erschossen.«

»Aber warum sind Sie dann hier?«

»Erstens haben wir einen Toten und wissen nicht mit Sicherheit, wie er ums Leben gekommen ist. Es wird außerdem noch immer nach Robert Vauterin gefahndet.«

»Nach dreißig Jahren? Wenn er nie gefunden wurde, ist er vermutlich längst tot.«

»Vielleicht schon seit damals, das jedenfalls würde ich annehmen. Aber es gibt noch einen Grund, warum wir solche Vorgänge zu Ende bringen. Jedenfalls gilt das für mich. Wenn Sie damals den Wagen über die Rampe gesteuert hätten, weil Sie Angst hatten, weil Monsieur Larousse Sie vielleicht gezwungen hat, mit ihm irgendwo hinzufahren, dann wäre es auch für Sie gut, mir das zu sagen.«

»Hören Sie denn nie auf?«

»Sie haben viel über Ihre Schuldgefühle gegenüber Philippe gesprochen, viel mehr als über die Geschichte mit dem Auto, nach der ich eigentlich gefragt hatte. Und dieses Schuldgefühl, das nehme ich Ihnen wirklich ab. Manchmal haben Schuldgefühle aber gar nicht die Ursache, an die man denkt. Wir könnten darüber reden, was damals am Lac de Session passiert ist, und ich könnte Ihnen vielleicht einiges erklären. Vor allem jetzt, wo Sie wissen, dass Ihnen deshalb keine Strafe mehr droht.«

Sie schüttelte den Kopf, und als sie lachte, wirkte sie noch einmal ganz jung. »Sie sind wunderbar, Monsieur Ohayon, und Sie haben wirklich etwas von einem Pfarrer. Aber ich saß nicht am Steuer. Ich schwöre es Ihnen.«

»Gut.«

»Das war's? Die Sache ist damit erledigt?«

Er sah sie lange an. Und zwar auf genau die gleiche Weise wie damals, am Tag vor ihrer endgültigen Abreise nach Paris.

»Was mich angeht, ist alles erledigt.«

Ohayon stand auf, Lou ebenfalls. Nun endlich ein Lächeln, wie es typisch ist für ihn. »Kommen Sie noch manchmal nach Courcelles?«

»Natürlich. Meine Mutter lebt da, viele aus meiner Familie ...«

»Davon kommt man nie los.«

»Nein, und in drei Tagen ist Weihnachten.«

»Dann will ich Sie nicht länger aufhalten.«

»Wegen des Geldes, das ich damals an mich genommen habe ...?«

»Das konnten Sie sicher gut gebrauchen, um hier in Paris anzufangen. Und Sie haben ja was draus gemacht. Ein schönes Weihnachtsfest für Sie und Ihre Familie.«

»Danke, das wünsche ich Ihnen auch.«

Als er draußen ist, dreht sich Ohayon noch einmal um. Da sieht er sie hinter einer Wand aus leicht spiegelndem Glas. Sie steht an einem Wagen voller Bücher und sortiert sie in die Regale ein. Ihre Bewegungen sind so routiniert und exakt, als hätte sie ihr Leben lang nie etwas anderes gemacht. Ohayon wundert sich ein wenig darüber, dass die Leiterin eines großen Kulturzentrums noch solche Arbeiten übernimmt.

Unter Wasser

»Unsere Vorfahren waren Flussschiffer und Kaufleute. Sie besaßen zwei Fähr- und vier Poststationen. Dazu Gasthäuser sowie einige Ländereien ...«

Während Lous Mutter mit ihrer Weihnachtsgeschichte beginnt, bleibt etwas Zeit, sich Lou genauer anzusehen. Vielleicht liegt es am Licht der Kerzen, aber war der Rücken ihrer Nase schon immer so scharf? Sie wirkt müde und abgearbeitet. Gleichzeitig zäh und unverwundbar. Schmal war sie schon immer, aber jetzt sieht man, dass ein Leben geprägt von Zwölf-Stunden-Tagen eben doch Spuren hinterlässt. Und ihre Hände! Sind ihre Finger länger geworden?

Lou hat nie geglaubt, dass die Schießerei an der Tankstelle, die sie für ihren und Philippes Schicksalsmoment hält, mit Transporten von Arbeitskräften zusammenhing, sie würde eine derartig erweiterte Erklärung für ihre Schießerei an ihrer Tankstelle ablehnen. Trotz ihrer inzwischen recht beeindruckenden kulturellen Kenntnisse hat Lou noch immer den Hang, sich Dinge dem eigenen Gefühl vertrauend zu erklären. Sie hält auch daran fest, ihren Lebensweg für etwas zu halten, für das nur sie selbst Verantwortung trägt. Nicht ungefährlich. Aus den Irrtümern so einer Selbstanalyse kann ein Gefühl der Schuld entstehen, auch dann, wenn das gar nicht angebracht ist. Das Gegenteil ist ebenfalls möglich. Ein Gefühl der Schuldlosigkeit bei jemandem, der durchaus etwas Verwerfliches getan hat. Und es gibt noch immer einige Schattenbereiche, die sich nicht ausleuchten lassen. Warum plant Lou regelmäßig Ausstellungen, die sie ihren Job kosten können? Warum fährt sie zwei-, dreimal im Jahr weg und sagt niemandem, wohin? Warum trinkt sie noch immer?

Lou betrachtet ihr Glas. Der kleine Kommissar hatte ihr vor drei Tagen angeboten, über genau diese Verschiebung eines Schuldgefühls zu sprechen. Sie hatte abgelehnt. ›Voreilig vielleicht...‹ Sie überlegt also, ob sie ihn zu Beginn des neuen Jahres aufsuchen und sein Angebot zu einem Gespräch wahrnehmen soll. Der Gedanke bewirkt ein leichtes, geradezu heiteres Gefühl, denn der kleine Kommissar geht offenbar davon aus, es sei ihr Ziel, sich zu entlasten. Nun, woher sollte er auch wissen, dass sie keinen Frieden sucht?

Während Lous Mutter weiter von der Todesfahrt ihres Vaters

berichtet und die Gläser immer wieder gefüllt werden, beschäftigt Lou etwas Neues. Sie meint plötzlich, sie könne sich endlich den Traum erklären, der sie seit damals quält.

Das Auto, das mit grell aufgeblendeten Scheinwerfern auf sie zukommt, überfährt sie nicht, weil es direkt vor ihr hält. Sie geht zur Fahrertür, und im Wagen sitzt Philippe. Sein Scheitel, seine glatten blonden Haare, alles stimmt so genau, als sähe sie eine Fotografie. Er lächelt sie an, rutscht auf die Beifahrerseite.

Während Lou in ihrer Vorstellung zusammen mit Philippe auf der nächtlichen Straße fährt, von der sie damals so innig gehofft hatte, sie würde ihn und sie in ein neues Leben führen, ziehen ein paar alte Erinnerungen vorbei. Der vertrödelte Sommer mit Anna, oben am Steinbruch. Die cineastischen Nächte mit den beiden Kiffern in der Cantina Mexicana. ›Gott, ist das lange her ...‹

Viel näher scheint ihr der Moment, als sie mit Julien mitten beim Sex ins Schilf am Ufer des Lac de Session gefallen war und die Blesshühner da wütend rausgeschossen kamen. Die kleinen Vögel waren aufgeregt übers Wasser gelaufen, hatten erst kurz vor der Rampe haltgemacht.

Verrückt, auf was sie alles kommt, nur weil der kleine Kommissar in seinem roten Blouson sich mit ihr unterhalten hat. Und sie will nicht, dass es aufhört, also trinkt sie noch ein paar Schlucke Wein.

Aus dem Grau des Asphalts heraus entsteht das nächste Bild. Ungenau und viel großartiger, als alles in Wirklichkeit war. Sie, Philippe und Julien schießen im Steinbruch auf Autos, sie zerballert die Kopfstützen, und Philippe erklärt ihnen die Welt. ›Verdanke ich nicht letztlich ihm, dass ich es geschafft habe ...?‹

Lou weiß, dass Courcelles schon lange nicht mehr Courcelles ist. Die Tankstelle immerhin existiert noch. Wie es sich für ein Monument der Erinnerung gehört, hat sie ihr Aussehen kaum verändert. Aber die Kirche wurde geschlossen, die Spedition ist verschwunden, die Großschlachterei und die Gendarmerie auch. Das Gymnasium hatte man ja bereits 1987 aufgegeben. Alles, was es in Courcelles einst an Bedeutendem gab, wurde von Fleurville aufgesogen, einer Stadt wie eine Hyäne.

»Ich bin sicher, dass mein Vater bis zuletzt gegen den Tod angekämpft hat…«

Emile Batelier ist noch nicht ertrunken. Er quält sich mit dem Mangel an Sauerstoff, trommelt unter Wasser mit Fäusten gegen das Dach seines Fiat 850 und fleht die Götter an, ihm zu vergeben. Auch Lou fühlt sich manchmal schuldig. Aber sicher nicht wegen Gilles Larousse.

Endlich.

Emile Bateliers Todeskampf ist vorbei, sein Kopf sinkt nach hinten, Lou dreht ihren ein Stück nach links. Wie ruhig ihre Tochter atmet. So soll es bleiben, dafür werden sie und Gérald alles tun. Sie wird ihr Kind jedenfalls nicht mit irgendwelchen alten Verhängnissen und Schuldgefühlen belasten. Sie ist nicht ertrunken, sie hat sich frei gemacht und es nach Paris geschafft. Lou verdient inzwischen recht gut, besitzt ein Haus, in dem man rumlaufen kann wie man will, hat ausreichend Rücklagen fürs Alter. Das klingt für manche vielleicht profan, soll aber erwähnt werden, denn das mit dem Geld spielt bei ihr ja immer ein bisschen mit rein. Und die Gedanken an Geld hängen für Lou nun mal mit ihren Zehenspitzen zusammen. ›Donner nicht so mit den Füßen.‹ Den Satz hat sie noch heute im Kopf. Er wird da wohl auch bleiben.

Sie hätte möglicherweise nicht geschafft, was sie geschafft hat, wenn Gilles Larousse an der Tankstelle von Courcelles nicht zwei Männer erschossen hätte, wenn es Philippe nicht gegeben hätte und ihre Vorstellung von einer gemeinsamen Fahrt auf einer nächtlichen Straße. Eine Fahrt, die nie enden wird, weil sie nie begann.

Lou wird im neuen Jahr ganz gewiss nicht nach Fleurville fahren, um sich mit Ohayon über die Ereignisse des Sommers 1987 auszusprechen. Dennoch ist bei ihr eine leichte Verlagerung ins Träumerische eingetreten. Unter diesen Bedingungen kann sie wenigstens für eine Weile freigegeben werden. Dafür ist es höchste Zeit, ihre Tochter unter Beobachtung zu stellen, um aufzuklären, ob die Verbrechen und die Epoche, in der ihre Mutter gelebt hat, in ihr fortwirken, oder ob es zu ganz neuen Entwicklungen kommt. Beunruhigend ist die mehrfach wiederholte Aussage von Lous Tochter, sie würde nach Courcelles zurückkehren. Im Moment allerdings kann darüber noch nichts gesagt werden, denn die Zukunft lässt sich nicht betrachten.